中國語言文字研究輯刊

八　編
許　鋟　輝　主編

第6冊
古楚語詞彙研究（中）

譚　步　雲　著

花木蘭文化出版社

國家圖書館出版品預行編目資料

古楚語詞彙研究（中）／譚步雲 著 -- 初版 -- 新北市：花木
蘭文化出版社，2015〔民 104〕
目 4+224 面；21×29.7 公分
（中國語言文字研究輯刊 八編；第 6 冊）
ISBN 978-986-322-977-3（精裝）
1. 方言學　2. 詞彙學
802.08　　　　　　　　　　　　　　　　　103026714

ISBN-978-986-322-977-3

9 789863 229773

中國語言文字研究輯刊
八　編　　第六冊　　　　ISBN：978-986-322-977-3

古楚語詞彙研究（中）

作　　者　譚步雲
主　　編　許錟輝
總 編 輯　杜潔祥
副總編輯　楊嘉樂
編　　輯　許郁翎
出　　版　花木蘭文化出版社
社　　長　高小娟
聯絡地址　235 新北市中和區中安街七二號十三樓
　　　　　電話：02-2923-1455／傳眞：02-2923-1452
網　　址　http://www.huamulan.tw 信箱 hml 810518@gmail.com
印　　刷　普羅文化出版廣告事業
初　　版　2015 年 3 月
定　　價　八編 17 冊（精裝）　台幣 42,000 元

古楚語詞彙研究（中）

譚步雲　著

目

次

下　冊

第七章　楚語詞彙輯錄略解

　　詞彙的研究成果，最終應體現為詞典的編纂。因此，在本文的最後一章，筆者希望通過全面匯輯楚語詞以反映既有的以及筆者的研究，為日後古楚語詞典的編寫奠定基礎。

　　本章匯輯共收 1518 詞。為嚴謹計，見於楚地文獻的連綿詞、重疊詞祇收入確知為楚語者，讀者可參本文第三章相關內容。

　　如同通常的漢語字典、詞典一樣，這個匯輯是按漢字部首類集的。換言之，就是盡可能把它做成詞典的樣子。不過，這是一個古方言詞的匯集，其中又涉及許多出土文獻的例證，因此，在正編之前，有必要對編撰體例作一說明，權當凡例：

一、本匯輯以部首為次。各部首後括號內數字為該部詞條總數。

二、各部首後詞條，以首字筆劃多寡為序。筆劃相同者，則以首字首筆之橫、豎、撇、捺、點、曲為序。

三、各詞條標以【名】、【代】、【數】、【量】、【動】、【助】、【形】、【副】、【嘆】、【連】、【介】、【語】、【專】、【術】、【前】、【中】、【後】、【外】、【古】、【組】，分別指代名詞、代詞、數詞、量詞、動詞、助動詞、形容詞、副詞、嘆詞、連詞、介詞、語氣詞、專名、術語、前綴、中綴、後綴、外來詞、古語詞、詞組，以說明該詞用法或來源。

四、在古漢語中，詞兼類的情況相當普遍。古楚語也不例外。正如前文所述：當詞義或詞性發生變化時，其語音多有屈折變化（訓詁學上稱為「讀破」或「破讀」），其詞形有時也隨之發生變化（文字學上稱之為「後起字」），即一個詞兒分化為兩個或以上的詞兒。譬如「辟」，對應其不同的詞義可以被寫成「避」、「闢」、「僻」或「嬖」等。因此，本文將視其詞義或詞性的不同而分列於不同的部首之中。

五、典籍、出土文獻或方言中所見的楚語詞往往有一詞多形的現象（即同一詞條的不同寫法），為了印刷上的方便，也為了節省篇幅，本匯輯將對古字、異體字、方言字作些技術上的處理：

（一）一詞通常祇列一形。為避免產生歧義，詞條均以規範繁體字出之，必要時會以括號附上簡略的形體注解。

（二）無法採用規範繁體字者則隸定後出之。

（三）凡同形異詞者，則在詞右下標上序數以示區別。

（四）凡經方家考定、且獲得學界認可之文字（詞條），則照用如儀。

（五）如能體現功能轉移或詞義差異，分屬不同部首的異形詞可能分別列出，釋義從簡而採參見方式，以☞符號表示「參見」。

六，釋義以本義、引申義、假借義、比喻義為次，義例盡可能列舉首見文獻。

七，釋義所舉例證，用符號「～」代替詞條。一個「～」祇代替一個詞條。

八，同詞異形及詞例與詞例之間以「／」分隔。

九，釋音從略。

十，模糊難辨的字用■代替，敓字用□代替，據意所補字置於〔　〕中。

十一，筆者的個人意見以及不便在正文中闡述的內容，均以案語出之。

總　目

一畫（凡 22）

1. 一部（12）

　　丁子、七月、三閭大夫、三旌、上柱國、上將軍、下人、下之人、下丘、
不壯死、不殆（辜）、不斟

2. 丨部（5）

　　凵（收）牀、中夕、中射士／中謝、中射之士、中廄尹

3. 丶部（1）

　　主尹

4. 乙部（3）

　　乚、九月、亂

5. 亅部（1）

　　了

二畫（凡 121）

1. 二部（7）

　　二天子、亏、五山、五兩、五官、些、亞將軍

2. 亠部（4）

言月、言祭、言禩、京

3. 人部（亻同）（45）

人兮、人愚、什物、以至、以商、仟尹、伬（凡）、（縣）令、令尹、伍官、伃、何斟、伶人／伶官、佗、佁、侗、似、佻、侘傺、伹（豎）、保、保室（室）、保豙（家）、佶（造）、佶（造）膚（府）、伾山、从、偉、倒頓、倀孺、倦、倌、候人、優蹇、傅、僄、僵（憑）几、儕、僕、嗇、僙、儋、儃、儃、儣

4. 儿部（4）

兀、元右、先、覡（兄）俤（弟）無後者

5. 入部（2）

內齋、兩東門

6. 八部（10）

八月、兮、公、公宔、共命、兵死、兵死者、其、其余（餘）、典令

7. 冖部（2）

冗、冗箄

8. 冫部（3）

冬柰之月／冬柰／冬蔡／冬夕、冶帀（師）、冶差（佐）

9. 刀部（刂同）（13）

刑夷／刑屎／刑尸、刖、**剁**（份）、判、刲、劃（剸）、剔（傷）、剛、割肆（姑洗）、剚尹／剚、剚官、剞、剝

10. 力部（3）

劳、勑（勝）、勞商

11. 勹部（2）

㫐（盅）、鞠

12. 匕部（3）

北子、北方、北宗

13. 匚部（匸同）（4）

匝（簠）、匽戟、匽匽、匽璇

14. 十部（4）

十月、卉、南方、畢

15. 卜部（2）

卜尹（開卜大夫）、占

16. 卩部（巳同）（7）

厄、卵缶、卵盞、卲、卲王／𨑕王／𨑕親王、郄（膝）、郄（膝）䒷

17. 厂部（1）

厲

18. 厶部（1）

厷（厹）

19. 又部（4）

叕、叞、叔、叡（搏）

三畫（凡297）

1. 口部（53）

右尹、右司馬、右司寇、右仔尹、右斯（廝）政、右迬徒、右領、可以、句（后）土、句亶、司衣、司舟公、司馬、司馬子音、司徒、司救、司敗、司悳（德）、司禍、司褐、呂鐘、吃、言、吾公子春、含可（兮）、昏、呷蛇龜、知、命、命尹、呼吟鷹、咍、呰、晉、唊、唏、唉、䲰、唈、喝、晶、羿、嗟、嗄、嘩尹、喊咨、嘖、嘽咺、簹、嗷咷、嗇沱、囂尹、嚦屎

2. 囗部（4）

四月子、囟、囿、國老

3. 土部（29）

土伯、圯、坏、坔需、坡、地錢草、坐山、块（缺）、坪皇／坪諲、坨（地）、封、封人、坉（缶）、坢（餅）、堚（地）、堚（地）宝、埶、堵敖、埜（野）堚（地）宝、埜（野）齋、堁、執、執圭、執事人、堨、塔、塝（坳）、壇、壤

4. 士部（1）

士尹

5. 夂部（攵同）（6）

夂、夆（各）、夆（格）仉（几）、夆（格）朱（銖）、夑、夋

6. 夕部（4）

　　夗專、夥、夢、夒／孃

7. 大部（53）

　　大、大攻（工）尹、大巾、大夫、大尹、大水、大正、大右、大右人、大司命、大司馬、大司城、大弁、大主尹、大伛尹、大門、大波、大彤箸、大保豪、大（太）師、大宮（邑）、大宰／大嶂、大迅尹、大禍、大胜（厨）尹、大將軍、大英／大央、大堉（禹）、大廄、大廄馭、大敏（令）、大牒（牒）尹、大臧（藏）、大莫敖（嚻、鑘）、大鮫（漁）尹、大膺、大闍、大埅（地）宝、大駐尹、天鵝、夫人、太、太一／大一、太卜、太官、太宰、太傅、央亡、央萺、夯、夼、奕、爽

8. 女部（27）

　　女阿、女歧（岐）、妯娌、姘、娃、姞、燦、娫、姱、婷、嫸、姻、婁、娟、媓、媱、嫁、嬊、嬪、嫪、嬉、孈畬、嫠、嬌、嬛、嫡、孺

9. 子部（8）

　　子、子1、子2、孛、孖（好）、孚、嚳（幼）、毅

10. 宀部（40）

　　（郡）守、宙（中）、宙（中）廄、宙（中）廄馭、宙（中）獸（獸）、宙（中）簪（獸）尹、宙（中）簪（獸）敏（令）、宗老、定甲、定吝（文）王、定斳（新）鐘、宓妃、宮矦（后）土、宮埅（地）宝、宮行／宮禜、宮室、宮廄尹、宮廄敏（令）、宮襦（廄）、害、寀、家（宋）、宲、宿莽、寒蟪、葆豪（家）、寐、寢尹、橐、橐（集）尹、橐（集）既（餼）、橐（集）胜（厨）、橐（集）胜（厨）尹、橐（集）糈（糈）、橐（集）糈（糈）尹、橐（集）鬻（腏／餟）、橐（集）獸（獸）、橐（集）醻（酋）、穎豪（家）、瘝

11. 寸部（3）

　　將、將軍、尊缶

12. 小部（14）

　　小令尹、少（小）人、少（小）攻（工）尹、少（小）攻（工）差（佐）、少（小）司命、少（小）司城、少里喬與尹、少（小）宰、少（小）橐（集）尹、少簡／少敵、少（小）僮／少（小）童、少傅、少（小）臧（藏）、少

（小）寶

13. 尢部（兀、尣同）（1）

尷

14. 尸部（3）

（縣）尹、屈磔之月／屈磔之月／屈磔／屈夕、展

15. 屮部（1）

屯

16. 山部（6）

山鬼、屺、崝山、崑崙草、嵒、巒

17. 巛部（3）

州加公、州里公、州差（佐）

18. 工部（11）

工正、左史、左敏（令）／差敏（令）、左尹、左司馬、左徒、左喬尹、左
迲徒、左闡（關）尹、巫咸、差

19. 己部（2）

邔巳、巽

20. 巾部（9）

市令、市攻（工）、帣（紛）、帞頭、師、檢（錦）、幨、幨砳、幡

21. 广部（6）

庖宰、庹、廣平、厩尹、厩右馬、廥（嗇）夫

22. 廴部（2）

廷、廷理

23. 廾部（2）

弁、畀

24. 弓部（6）

弩父、弡死者／弡死、張皇（餒餲）、弭、弼弼、彈

25. 彡部（1）

彤笿

26. 彳部（1）

德

四畫（凡370）

1. 心部（忄、⺗同）（55）

忎（恐）、忈／𢙌（仁）、忞／惹（怒）、恋（願）、念／㱓（貪）、怹、忸怩、快扛鳥、忢、思、恖（慍）、怚、怕癢花、㥥1（謀）、㥥2（悔）、恒慨、恩（溫）、悘／悢（哀）、悋、悅、𢘑／忩（欲）、恿（勇）、悘／悘（疑）、惷（圖）、悳需、惏、惃、惌、愓、悼、愸、愄1（畏）、愄2／㥜（威）、愄2（威）王、愪、愴豢（家）、愮、慆、憗、慬（謹）、慧、懸、慫懚（從容）、憚、憭、憍1（僞）、憍2（化）、憑1、憑2、憑1心、憖、懵怹、憐、憩、憪慌

2. 戈部（16）

戎、戉（攻）、戒（械）客、𢦏（𢧢）、戚、𢧐（勇）、𢧵（傷）、戠（職）室、戠（職）飤（食）、戠（職）歲、戠（職）襄、戲（戲）尹、戠（割）、戲、截、𢧵（殲）

3. 戶部（2）

床（戶）、戾

4. 手部（扌同）（36）

扱、扰、折、承命、承豢（家）、承悳、扭、拼（拯）、拌、拟、捐、挾斯、捷、掩、掉花、掌夢、捼、揔、援夕、揞、揚荷、揹（遒）、捱、搁、摸、摸（奚）、搪、摧、摶、摢、撚、撴／搴／攐、撲、擘、攎、攩

5. 支部（1）

支注

6. 攴部（攵同）（16）

攻（工）尹、攻（工）差（佐）、攻叙、攻祱、攻解、敀、敀（庭）差（佐）、攺（敀）、敤、敏（畋）尹、敍（啓）敁（毆）（除驅）、敷、敲、歛、數、敾

7. 文部（2）

文王、文坪夜君／文坪栾君／文坪星君

8. 斗部（1）

斠

9. 斤部（8）

　　新長刺、新官市（師）、新官敏（令）、新官婁、新承命、新保豙（家）、新佶、新鐘

10. 方部（3）

　　於麄／於菟／於檡、旖（旌）、㫍（旗）

11. 日部（10）

　　日、昔、昃（仄）楒（柮）、㫓／曠、㫄（晦）、晏、曉、㬊（早）、暴、曬

12. 曰部（5）

　　沓、曹、曾、會（合）戁（懽／歡）、曷

13. 月部（1）

　　月

14. 木部（64）

　　末、未及、杜狗、杜敖、李父、李耳、東方、東邧公／東厃公／東石公、東君、東城夫人、東皇太一、東陵連囂、柿、枓、柍、朿、朿大王、杯治、柱國、柢、桂冠（冠）、栽陵君、枒（柯）、桎、柖、株、桎（格）、根格、梴、桃梧／桃部、桯、桓、栲、栖落、梖子、桴、槼（拔）、某、棘、植、椢（桎）、柵、棏豙（家）、極、椹（枕）、楊豚尹、榍、楥、樑、楮、㯟（屎）、樂尹、榕、樲、樸牛、橉、檐、櫡鼓、檋杌、櫂、樮（邊）、檺（寫）、櫼、欁

15. 止部（17）

　　正、正（征）官、正差（佐）、正婁、正敏（令）、正僕人、赱（上）、步、步馬、武、武王、堂、隹（進）、歲、𧾷、𧽱（趣）、𧽱（趣）禱

16. 歹部（歺同）（3）

　　殖、殢、殜（世）

17. 欠部（3）

　　欲、欸、歠

18. 殳部（4）

　　段、殺、毀、殼

19. 毌部（2）

　　毌庸、母妭

20. 毛部（2）

毭（稱）、氀（膜）

21. 氏部（2）

氏、氐惆

22. 水部（水、氵同）（63）

水上、沑、沐猴、汨、沈尹、沙、沽（湖）、河伯／河、泄、洇盗、泭／浮、泠人、洅（海）、波尹、渳、氺（休）、氺（休）人、涅石、浞（沱）、浴（谷）、涌、淦、淰、淒（淒）、清尹、涵、湯鼎、湖雞腿、湘夫人、湘君、渴、游（遊）宮、浴（浴）、浴（浴）缶、滑、滔滔、灂（瀑）、溪（溪）、漸木、漸木立、漚（漚）、漉、潛、潭、潭府、澑（流）、濁文王、濁坪皇、濁新鐘、濁割韡（姑洗）、濁穆鐘、濁獸鐘、澤濁、濟、瀻、淫、瀬、瀛、漢、瀾沛、濼、澖、灘（漢）

23. 火部（灬同）（18）

炒爐、煤、舄、舄匣、烏、烏頭、烏麀、臮（焌）月／爨月、無賴、無寫、煭（炗）、煮（蒸）、燠、燭鋪（僮）、燥、穮（焰）、熷、熙（熬）

24. 爪部（爫同）（8）

采菱、爰、爯、奚（奚）、㝇（卒）、㝇（卒）歲、臺（室）、豪（家）

25. 父部（4）

父、父老、父姼、爹

26. 爿部（2）

牁（牆）、牆居

27. 牛部（8）

牢敏（令）、牧、牰／牶（犝）、犀比、特／犘（牲）、犠（犧）、犟、犢（膚）

28. 犬部（犭同）（14）

犬黽、戾、猁、猍、猋、猾、猺（獢）、獥、猲、獨、獨春、獡禱、獸鐘、獻馬之月／獻馬

五畫（凡 128）

1. 玉部（王同）（15）

王丁司敗、王士、王父、王母、王孫、王孫桌／王孫桌、玉尹、玉敏（令）、

　　玉延、玉簍、珞尹、理、琭豪（家）、琴、環列之尹

2. 瓜部（1）

　　瓢

3. 瓦部（2）

　　題、瓻

4. 甘部（2）

　　醟、窨（蜜）

5. 用部（1）

　　甬

6. 田部（8）

　　申椒、畀、甾、當、畛挈、畚、畱屈之月／畱屈、畽

7. 疋部（1）

　　疐

8. 疒部（12）

　　疲、疠（病）、痛痢、痢、瘼、瘳、療、痲、瘘、癋（瘥）、癏／癏（孼）、
　　瘠

9. 癶部（3）

　　登徒、登徒子、發尹

10. 白部（4）

　　白朝、白霝／白竈／白蠚、皀、皀

11. 皮部（1）

　　皯

12. 皿部（10）

　　盌、盞（琖）、盞盂、監、監馬尹、監食者、盠鼎、盪鼎／盪鼎、鹽、盧茹

13. 目部（罒同）（13）

　　相、眞、眙、眠娗、眮、眛、睇、罟、睞、敮、瞹、臄、瞞

14. 矛部（1）

　　矜

15. 矢部（3）

　　矦（后）土、短褐／短、矤（兼）

16. 石部（6）

石林、缶（缶）、砋、硬、碏、礎

17. 示部（礻同）（20）

社1、社2、祆（太）、祧／禍（禍）、祝融、祈（丘）、粒（位）、祥（先）、祩（休）、裄（行）、宲／褰（夜）、嘗（嘗）、嘗（嘗）祭、盟禮（明祖）／禮（祖）、福、褋（世）、禝（畏）、禨（鬼）、綮／祱（繫）、禬

18. 内部（2）

禺、禽（离）

19. 禾部（9）

私、杓、秎（粱）、黍京、秋浪、稟、穀（穀）、稷、穆鐘

20. 穴部（8）

穴能／穴畬／空畬、空桑、空（穴）、突、窋、窈、窋、窕

21. 立部（6）

右（右）、妃（娭）、竒（竘）、竮、竨、端

六畫（凡243）

1. 竹部（⺮同）（38）

笫、筏、箬、箄（匣）、箬／箬（席）、筊、笄、箕（籠）、笶（笥）、笠（豆）、筠、筵、筲1、筲2、筭、箥（箑）、箴尹、管／箴、箭裏、篌、篙、篝、簣、簹、簩、簑、簦（簾）、簾（簾）、簟、簪、簦籠、簍、簿毒、簞、籑、篷、籮、籯竹

2. 米部（5）

米麴、粟客、粻程（餦餭）、精進、糱

3. 糸部（糹同）（36）

紀、紉、紩／紋（黼）、紛怡、紡月、紶（鞊）、紬（白）、絆（靽）、結詰、紘尹、絢、絖（纊）、絕（色）、綒完（冠）、綅（促）、緐、緐鼎（鼎）、綦、緤、緭（胄）、緅、緣（襚）、緗（紨）、緀（帶）、縣駱（貉）公、緣（幏）、綀／緰／纘（縢）、緔、纊（黃）、縋（褶）、繯（帬）、縷、繐（幢）、纀（纀）、繼無遂（後）者、綷

4. 缶部（3）

　　錡、缾銅（筩）、罅

5. 羊部（5）

　　羊（祥）坒（府）謻客、羌、羘（殺）、羲和、羳（膚）

6. 羽部（11）

　　羿（旗）、翆（旄）、翁、翣（旌）、翡（翡）、翥、翆、翟、翟禱、翚／翠（翠）、

　　翺

7. 老部（1）

　　老僮

8. 耒部（1）

　　耕

9. 耳部（5）

　　聑、聖（聲）王／聖（聲）逗王／聖（聲）逗、聳1、聳2、聯

10. 聿部（1）

　　聿

11. 肉部（月同）（14）

　　肓、脛、脈蝪、胏、脅閲、脩、脩門、脘、脽、脫、脰（厨）尹、腰、臚、

　　臞

12. 自部（4）

　　自……商……、自……以至……、自……以商……、自……以適……

13. 至部（1）

　　至于／至於

14. 臼部（3）

　　臾、臾轆（轄）／鑖（鐥）、舀

15. 舌部（1）

　　舒

16. 舟部（10）

　　舟斨公、舟贅公、服、舫（舸）、艇、艒舳、艖、艑、艩、艀

17. 色部（2）

頤、鯷（緹）

18. 艸部（⁺⁺同）（48）

芋尹、芰、苛、笤（席）、荊尸、荊楚、芎、苗、荃／蓀、茗彤、茭媞、莫敖／莫囂／莫酃、菌桂、莽、莠尹、荻芽、華、菣、萃、葉、菉蓐草、栽（葴）、菖、萊（蘭）、菹禰（襧）、萩、葆、藥、蒼鳥、蒿祭／蒿、蕃、萬（葛）、蔄、薹、薇、蔫、蔑、蔫、歊、薦冎、薦殿（簋）、蓬薄、薰燧、蘇1、蘇2、豐、蘺、釀茉

19. 虍部（3）

虎（敔）、虎班、虔

20. 蟲部（24）

虹孫、蚊、蚄（妨）、蜇、蚍山、蛇醫、蛞螻、蚩、蚳恭、蛉蛄、蜚廉、蜩、膣、蟋蟀、蟆蟒、蟪蛄、蟬、蠅、蠹粒、蟓螈、蟒、蠱、蠋、蠡

21. 血部（2）

衇、峻（朘）

22. 行部（3）

行、行录（祿）、衞／䕍（衒）

23. 衣部（衤同）（20）

袽（茵）、袗衻、裎、裋（促）、褚、裗、裨將軍、裪（綯）、袋（裞）、裸／襟、福、襄官、襘、襠裕、褸裂、襌襦、襜襦、襤、襤褸、斃

24. 襾部（2）

西方、覊。

七畫（凡161）

1. 見部（6）

見日、覘、覛（睰）、覜（牒）尹、覿祭之月／覿祭、覤

2. 角部（2）

觟冠、觵（壺）

3. 言部（28）

計官、訐、許（信）、訓至、訓蘁（靁）、訒、詀諜、訾、誌、詻、該、詹、

訊（證）、誒、諫、諯、謁者、諑、誣、謇／譧、斳、謷、譖（訑）、譆、

譄謾、譙、謰謱、讈、

4. 豆部（3）

豆筥、豈、豔

5. 豕部（11）

豭（豛）、狴（豬）、豚、豚尹、豢、豭（臘）、豨、豛、豰、豯、豠（膳）

6. 貝部（9）

貴鼎、賜施、賴、賈豕（家）、𧵒（臏）、償（𧷿）、賽、賽禱、貪惏（貪綝）

7. 赤部（1）

䞏

8. 走部（6）

越、趕、趙、趡、趲趲、趬

9. 足部（10）

趿、跰、跔、踦、跨、蹇產、蹟、蹠、蹶、蹸

10. 車部（17）

軍正、軍計、軋、軙、軒、軒惻、軨（輴）、軧、軯、軨鞞（楚綼）、轈（轄）、

鏊（輂）、輭、輼（藩）、𨍷（轂）、轔、𨌁

11. 辛部（2）

辟、辣子

12. 辵部（辶同）（35）

辻（上）、记（起）、迅尹、迅史、迅敕（令）／迅命（令）、迅缶、徙、迊

（過）、從……以至……、逑／濂（趀）、御士、御鼍／御霝、迚（路）公、

迚（路）尹、迹迹、徉／徎（逆）、逜（術）、連尹、連𧮨（敖）／連𤅊（敖）、

逞、透、遉、遷／遾（遝）、遠、遠栾之月／遠栾之月／遠栾、遙1、遙2、

遙3、遙4、潼（踵）、遭、邊候、選（趣）、選（趣）禱、遪（躋）

13. 邑部（右阝同）（16）

邑公、邔（郢）、佭、扈、那／秨（梁）、邨（越）、邨（越）異、郊尹、郎

中、郎尹、部公子春／部公子屯／鄁公子春、郢、郜尹、鄝尹、鄭舞、𨞥

14. 酉部（14）

奠（瓮）、酓忑、酓前、酓㤕、酓章、酓璋、酓繹、酷倌／酷官、酳尹、酳差（佐）、**醁**（醓）、**酓**（熊）、**酥**、**醨**

15. 里部（1）

　　釐孳

八畫（凡 70）

1. 金部（29）

　　鈥、鈶（砥）、鉗、鉤格、鎣（盌）、鉈、鋞（圣）、銍（桎）、銖、鋏、銳（覞）、鋗人、鉿、錡、鋋、鍵、錘、鏇、鏦、鑿、鏤、**鍋**（鐕）、鐈／鐈鼎、鐵菱角、鑄、鑄客／鑄冶客、鑄巽客、鐒（籩）、鑛

2. 長部（6）

　　長保、長刺、長則、長惻、長箽／長韋、長霝／長靁

3. 門部（11）

　　門、門尹、閉、間、閜、閔、闈（關）、闇、閶闔、闈、闢

4. 阜部（左阝同）（9）

　　阰（陞、隓）門又（有）敗、阰、陂、陓（阿）、除、陶陶、陵尹、隆屈、陸公

5. 隹部（7）

　　雁頭、集歲、罜、蔓、雊（鴝）、雞頭／雞毒、離騷

6. 雨部（8）

　　雲之君、雲中君、雲君、雷師、霜、霝／靈、靈子、霹

九畫（凡 40）

1. 革部（6）

　　革、革园（圓）、韐（鞅）、韖（褘）、鞠（縠）、鞤（鞔）

2. 韋部（4）

　　鞁（韄）、鞍（鞍）、鞾（褘）、韅

3. 音部（1）

　　誹（枳）

4. 頁部（12）

須捷、頓潛、頌、碩頒、頯、頜、頴（色）、顕尻之月／顕尻／顕屎、顕棽
之月／顕棽／顕棽、顑、顕、**顥**

5. 飛部（1）

飛廉

6. 食部（飠同）（15）

食閻、飤腥、飴、飵、饔、餕、餛餭、餧、鬠、餳、餚、饊、饎、饋祭／
饋、饋鼎

7. 首部（1）

馘（馘）

十畫（凡 25）

1. 馬部（14）

馬尹、馬韭、馮、馳（駺）、駐（駔）、駊（駃）、駈、駁霝、駑（騢－驚）、
騋（騧）、騒、騵（駥）、驕（騋）、駢（班）

2. 骨部（2）

骯、骹（腴）

3. 高部（6）

高丘、高梁、亭公、喬尹、喬差（佐）、喬貞（鼎）

4. 髟部（2）

髻、髶

5. 鬼部（1）

魗

十一畫（凡 21）

1. 魚部（2）

鮮、鯀

2. 鳥部（9）

鴥（雄）、鴟（鷁）、鵝、鵬鳥、鵲踿、鴒駒、**鶉**、鷗鴟、鶹鷉

3. 鹿部（8）

鹿觡、鹿蔥、鹿畾、麜／麜（鹿）、麚、麿（麑）、麜（麟）、麤（麤）

4. 麥部（2）

麰、麴

十二畫（凡3）

1. 黃部（1）

黃畾

2. 黑部（2）

黔臝、黨

十三畫（凡15）

1. 黿部（1）

黿蟺之衣

2. 鼎部（4）

鼒／鑊、鼏、磟鼉、鬻

3. 鼠部（10）

鼦（貂）、鼼（豻）、鼥（豹）、鼨（狐）、鼬（貉）、鼪（貍）、鼳鼮（狻猊）、鼶（鼶）、鼲、鼴（貘）

十五畫（凡1）

1. 齒部（1）

齘

十六畫（凡2）

1. 龍部（1）

龍門

2. 龜部（1）

龜山

正　文

一畫（凡21）

1. 一部（12）

丁子

【名】蛤蟆。例：

「～有尾。」（《莊子・雜篇・天下》）

案：成玄英疏云：「楚人呼蝦蟆爲丁子也。」（《南華眞經注疏》卷十）

七月

【術】楚月名，相當於秦曆四月。例：

「～、爨月、援夕，歲在北方……」（《睡・日書甲》六七正壹）

案：不知道是否擔心造成混亂，在楚地出土文獻中，「七月」往往別作「顕柰之月／顕柰／顕柰」。☞本章「顕柰之月／顕柰／顕柰」。

三閭大夫

【術】楚官稱，掌王族之官。例：

「漁父見而問之曰：『子非～與？』」（《楚辭・漁父》）／「漁父見而問之曰：『子非～與？』」（《史記・屈原賈生列傳》）

案：吳永章有考（1982）。

三旌

【術】楚官稱，相當於「三公（太師、太傅、太保）」。例：

「（楚）昭王反國，將賞從者，及屠羊說，……延之以～之位。」

（《莊子・讓王》）

案：郭象注云：「三旌，三公位也。」《韓詩外傳》所記同。

上柱國

【術】戰國時楚官稱，相當於春秋時的「司馬（大司馬）」。例：

「楚法，覆軍殺將可爲～。」（《戰國策・齊策二》）／「昭陽曰：『官爲～，爵爲上執圭。』」（《戰國策・齊策二》）／「～子良。」（《戰國策・楚策二》）／「昭陽曰：『其官爲～。』」（《史記・楚世家》）

案：「上柱國」并非楚國獨有之官稱，趙國也設有「上柱國」一職。吳永章有詳考（1982），但他認爲其地位略高於「（大）司馬」，職掌也不同。「上柱國」可略稱作「柱國」。☞本章「柱國」。

上將軍

【術】同「大將軍」、「將軍」。例：

「田忌去齊奔楚，答楚問曰：『齊使申繻將，則楚發五萬人，使～將之，至禽將首而反耳。』」（《說苑・尊賢》卷八）

案：除楚國外，秦、魏也設「上將軍」一職。吳永章有詳考（1982）。

下人

【專】人死後而欲陞天的鬼魂。例：

「魂兮歸來，君無上天些。虎豹九吳，啄害～些。」（《楚辭・招魂》）

案：王逸注：「言天門凡有九重，使神虎豹執其關閉，主啄嚙天下欲上之人而殺之也。」（《楚辭章句・招魂》）

下之人

【專】「下人」的派生詞。人死後而欲陞天的鬼魂，楚人的祭祀對象。例：

「思攻解於～、不壯死？」（《望》1・176）

案：《天・卜》：「牆（將）又亞（惡）於車馬下之人。」卻是指死於車馬之下的人，
　　與「下之人」無涉。

下丘

【專】指代丘神，楚人的祭祀對象。《說文》：「丘，土之高也，非人所爲
也。……一日四方高中央下爲丘。」（卷八丘部）其字形也反映了「丘」就是
山。文獻中，「下丘」與「高丘」相對，可能是指「丘」下之神。當然也可能
「高丘」指大丘之神，「下丘」指小丘之神。例：

「篙之高丘、～各一全豢。」（《包》237）／「篙之高丘、～各
一全豢。」（《包》241）

不壯死

【專】夭折者，楚人的祭祀對象。例：

「思攻解於下之人、～？」（《望》1・176）

案：此簡「下之人」後當點斷。他簡「攻解」之對象有云「兵死」者。此同例

不殆（辜）

【專】鬼神名。大概是指那些無罪而死去、化身爲厲鬼者。例：

「凶攻解於～。」（《包山》217）／「凶攻解日月與～。」（《包
山》248）／「……與～，與翠（明）禖（祖），與……」（《望》1・
78）／「……凶攻解於～……」（《天・卜》）

案：傳世典籍作「不辜」，本義指沒有罪過的人，例如：「有闗就則殺不辜而赦有
　　罪，殺不辜而赦有罪，則國不免於賊臣矣。」（《管子・權修第三》）睡虎地秦
　　簡《日書》有「不辜鬼」，可能就是「不殆（辜）」的沿用。

不斟

【形】稍有增加、隨之減少；疾病稍愈、隨即加劇。《方言》：「斟，益也。
南楚凡相益而又少謂之不斟。凡病少愈而加劇亦謂之不斟，……」（卷三）
例：

「孔子窮乎陳蔡之間，藜羹～，七日不嘗粒。」（《呂氏春秋・
審分覽・任數》）

案：高誘注云：「無藜羹可斟，無粒可食，故曰不斟，不嘗。」

2. 丨部（4）

ㄐ（收）牀

【名】「可以折叠收斂之牀。」（湖北省荊沙鐵路考古隊：1991a：62 頁）

例：

「一～」（《包》260）

中夕

【術】楚月名，即「冬柰之月／冬柰／冬蔡／冬夕」，相當於秦曆十月。

例：

「夏夷、九月、～，歲在南方……」（《睡・日書甲》六五正壹）

案：☞本章「冬柰之月／冬柰／冬蔡／冬夕」。

中射士／中謝

【術】楚官稱，侍從之官，可能相當於《周禮》中的「射人」。例：

「昔者楚靈王爲申之命宋太子，後至執而囚之，狎徐君，拘齊慶，封～。」（《韓非子・十過第十》，卷三）

「中射士」或作「中謝」例：

「威王好制，有～佐制者，……」（《呂氏春秋・先識覽・去宥》）

案：吳永章有考（1982）。「中謝」的「謝」可能爲通假。當然，「中謝」也可能不同於「中射之士（中射士）」。

中射之士

【術】楚官稱。當是「中射士」的派生詞形。例：

「～問曰……」「使人殺～。」「～使人說王曰……」（《韓非子・說林（上）》）／「～問曰……」／「使人殺～。」／「～使人說王曰……」（《戰國策・楚策二》）

案：☞本章「中射士／中謝」。

中廄尹

【術】楚官稱，同「宮廄尹」，就是「中廄」的行政長官。例：

「夫左尹與～莫知其罪。」（《左傳・昭二十七》）

案：吳永章有詳考（1982）。

3. 丶部（1）

主尹

　　【術】楚國官稱。或謂「地方官名」（石泉：1996：119 頁）。例：

　　　　「……～蘺爲劇陵貸邸異之金四益。」（《包》116）

案：「主」，或以原形出之（荊沙鐵路考古隊：1991a：22、25 頁）。或作「存疑字」
　　（張守中：1996：238 頁）。「主尹」或作「大主尹」。☞本章「大主尹」。

4. 乙部（3）

乚

　　【名】燕子。《說文》：「乚，玄鳥也。齊、魯謂之乚，取其鳴自呼。象形。
凡乚之屬皆从乚。鳦，乚或从鳥。」（卷十二乚部）楚地出土文獻有用例：

　　　　「～則至。」（《帛・丙》）

案：如果《說文》的說法無誤，那楚人所用的這個詞就是個外來詞。不過，《南
　　史・顧歡傳》載：「昔有鴻飛天首，越人以爲『鳧』，楚人以爲『乚』。」則
　　「乚」也可能本就是楚地詞語，而《說文》失察。順便一說，在《說文》中，
　　「乚」和「乙」區別明顯，但在楚地的出土文獻中，兩字却難以分辨，以致
　　某些古文字辭書也把「乚」附在「乙」字條下。同樣，也許有個別的「乙」
　　可能是「乚」。

九月

　　【術】楚月名，相當於秦曆六月。例：

　　　　「～」《包》20、23、36、39、40、41、42、45、46、52、90、
　　93、95、145 反、175、204／「～，建於楀（酉）……」（《九》56・
　　18 上）／「夏夷、～、中夕，歲在南方……」（《睡・日書甲》六五
　　正壹）

亃

　　【形】貪婪而吝嗇。《方言》：「亃、嗇，貪也。荊、汝、江、湘之郊凡貪而

不施謂之亃；或謂之嗇；或謂之悋。悋，恨也。」（卷十）例：

「簡其華質，則～費錦績。」（左思《吳都賦》）

案：清・梁章鉅說：「『亃費錦績』，五臣：亃作亃。濟注：亃費猶依稀也。林先

生曰：《通雅》：亃費，猶出納之吝也。《方言》：貪而不施曰亃。《漢書》『不

足以壹費』，訛爲亃。《方言》臆度而造，左思探獲之耳。」（《文選旁證》卷

七）

5. 亅部（1）

了

【形】羸弱；瘦高的樣子；懸挂東西的樣子。《說文》：「了，尦也。从子無

臂。象形。」（卷十四了部）《方言》：「佻、抗，縣也。趙、魏之閒曰佻。自山

之東西曰抗。燕、趙之郊縣物於臺之上謂之佻。」（卷七）

案：郭璞注：「了、佻，縣物貌。」（《方言箋疏》卷七）劉賾有考（1934：185頁）。

二畫（凡121）

1. 二部（6）

二天子

【專】鬼神名。例：

「迬（歸）冕（冠）繻（帶）於～。」（《包》219）／「賽禱……

～各一少環。」（《包》213～214）／「太、庆（后）土、司命、司

褐、大水、～、岫山既皆城。」（《包》215）／「壐（趣）禱大水

一膚，～各一牂」（《包》237）／「壐（趣）禱大水一膚，～各一

牂。」（《包》243）／「～。」（《天・卜》，凡二例）／「迬（歸）

備（服）玉於～，各二璧。」（《新蔡》甲一：4）／「壐（趣）禱

於～各兩痒（牂）。」（《新蔡》甲三：166＋162）

案：或以爲可能指「天帝之二女」，即「帝子」，也就是天帝之子，簡稱「天子」

（石泉：1996：2頁）。

亏

【嘆】呼叫聲。《說文》：「亏，於也。象氣之舒亏。从丂从一，一者，其氣

平之也。凡亏之屬皆从亏。」（卷五亏部）

案：劉賾所考（1930：158頁）。

五山

【專】山神名。據文義，可能是五座山的山神的合稱，但具體是哪五座山卻不詳。例：

> 「塦（趣）禱～各一羘。」（《包》240）

五兩

【名】船家用以測風的器物。例：

> 「～開船頭，長橋發新浦。懸知岸上人，遙振江中鼓。」（北
> 周・庾信《和江中賈客》，一作《賈客詞》）

按：倪璠注云：「《淮南子》曰：『譬若倪之見風也。』高誘曰：『倪，候風者也。
　　世謂之五兩。凡候風以雞羽重五兩繫五丈爲旗。」（《庾子山集注》卷四）杭
　　世駿引《淮南子・齊俗訓》許愼注云：「統，候風也。楚人謂之五兩。」（《續
　　方言》卷上葉廿）朱諫注李白《送崔氏昆季之金陵》詩云：「郭璞《江賦》
　　云：觇五兩之動靜。兵書云：凡候風法以雞羽重八兩建五丈旗，取羽繫其顛，
　　立軍營中。蓋常用五兩，而軍用八兩，稍有輕重之殊者，水陸風勢之異也。」
　　（《李詩選注》卷十）

五官

【術】楚官稱，同「伍官」。例：

> 「～之鉨」（《古璽》0136）

案：《分域》1031作「正官之璽」。誤。☞本章「伍官」。

些

【語】句末語氣詞，表感嘆。例：

> 「何爲四方～？」「東方不可以託～。」（宋玉《招魂》）

按：程先甲（宣統二年）、李翹（1925）均有考。沈括（存中）《夢溪筆談・辨證
　　一》云：「《楚詞・招魂》尾句皆曰『些』。今夔峽湖湘及南北獠人凡禁咒句
　　尾皆稱『些』，乃楚人舊俗。即梵語『薩嚩呵』也。三字合言之即『些』字
　　也。」（卷三，頁一）薩嚩呵，有的著述引作「薩縛呵」或「娑婆呵」。今天

多採後者。如果沈氏的說法可信，那「些」乃梵語的音譯。今天有學者考證，現代彝族巫師的咒詞和彝民的歌詞每兩句後都有「啊－梭－只」這三個墊襯的音節，其中的「啊」、「梭」和楚辭的「兮」、「些」很可能是同源的（周振鶴、游汝杰：1986：96 頁）。如此說可信，則「些」是少數民族語言的同源詞。岑仲勉以爲古突厥語詞（2004b：191～192 頁）。

亞牲（將）軍

【術】楚國官稱，掌軍事。或認爲「地位低於『大將軍』」，「戰國時楚之亞將軍，可能爲次將，或高於一般裨將」（石泉：1996：129 頁）。例：

「～鉩」（牛濟普：1992：88～89 頁）

案：較後的傳世文獻始見「亞將軍」官稱：「帝親授節度，每軍大將、亞將軍各一人。」（宋・馬端臨《文獻通考》卷一百五十一兵考三）

2. 亠部（4）

亯月

【名】楚月名，相當於秦曆三月。例：

「大司馬卲昜敗晉帀（師）於襄陵之歲，～」（《包》103）／「～己巳」（《包》163）／「～乙亥」（《包》171）／「～」（《秦》13・3）／「～」（《九》56・94）／「～己酉之日。」（《燕客銅量銘》）／「～」（《新蔡》甲三：30，又見甲三：240、《新蔡》零：51 等）／「～己巳之日」（《新蔡》乙一：16，又乙一：26＋2）／「……～宣禱大水」（《新蔡》乙四：43）

案：「亯月」或作「紡月」。☞本章「紡月」。

亯祭

【古】【術】祭祀術語。例：

「墨（趣）禱楚先老僮、祝融、媸酓各兩牂，～。」（《包》237）／「～」（《包》241）／「～惠公戠豢。」（《天・卜》）／「～惠公於鄩之位戠豢。」（《天・卜》）／「既～惠公。」（《天・卜》）

案：「亯祭」可能是古已有之的術語，而爲楚人沿用罷了。《周禮・春官宗伯下・大祝》：「凡大禋祀肆享祭示則執明水火而號祝。」（卷第二十五）《左傳・僖

三十一》：「衛成公夢康叔曰：『相奪予享。』」杜預注：「相，夏后啓之孫，居帝丘。享，祭也。」可見「言祭」是通過同義連用修辭法所構成的複合詞。

言祵

【術】祭祀術語。例：

「～大水一璊（服）環。」（《天・卜》）

案：「祵」字字書所無，待考。根據其構形，從示從桼，可能也是祭名。那麼，「言祵」的意義與「言祭」接近。

京

【古】【形】大。《方言》：「敦、豐、厖、夆、幠、般、嘏、奕、京、獎、將，大也。凡物之大貌曰豐。厖，深之大也。東齊海岱之閒曰夆。或曰幠。宋、魯、陳、衛之閒謂之嘏。或曰戎。秦、晉之閒凡物壯大謂之嘏。或曰夏。秦、晉之閒凡人之大謂之獎。或謂之壯。燕之北鄙、齊、楚之郊或曰京。或曰將。皆古今語也。初別國不相往來之言也。今或同而舊書《雅》記，故俗語不失其方，而後人不知故爲之作釋也。」（卷一）《說文》：「京，人所爲絕高丘也。從高省，｜象高形。」（卷五京部）由高而大，當爲意義的引申。例：

「九年春，紀季姜歸於～師。」（《春秋・桓九》）

案：孔穎達疏云：「《公羊》又曰：『京師者何？天子之居也。京者何？大也。師者何？眾也。』天子之居，必以眾大之辭言之。」（《春秋左傳正義》卷五）從相關的文字看，也可以瞭解「京」的「大」義：鯨，魚之大者；倞，人之彊大者。

3. 人部（亻同）（45）：

人兮

【形】憐惜；憐憫。《方言》：「嚘、無寫，憐也。沅、澧之原凡言相憐哀謂之嚘，或謂之無寫，江濱謂之思。皆相見驩喜有得亡之意也。九疑、湘潭之閒謂之人兮。」（卷十）

人愚

【專】鬼神名。例：

「思攻解於～？」（《包》198）

案：或謂「人愚」可能指「大禹」（湖北省荊沙鐵路考古隊：1991a：53 頁）。
☞本章「大塙（禹）」。

什物

【名】生活用品、雜物的總稱。例：

「功曹吏戴閏當從行縣從書佐假車馬～。」（漢・劉珍《東觀漢
記》卷十一列傳六「張禹」條）

案：徐乃昌引《華嚴經音義》云：「吳、楚閒謂資生雜具爲什物也。」（《續方言又
補》卷上）「舜耕歷山，漁雷澤，陶河濱，作什器於壽丘。」（《史記・五帝本
紀第一》）〔集解〕皇甫謐曰：「在魯東門之北。」〔索隱〕：「什器：什，數也。
葢人家常用之器非一，故以什爲數，猶今云什物也。」

以至

【連】用以連接家族世系，可能是「從……以至……」的省略形式。例：

「賽禱五世～新父母，肥豢。」（《秦》13・1）

按：☞本章「從……以至」。

以商

【連】用以連接區域。當是「自……以商……」的省略形式。例：

「王所舍新大厩～蔓之田：」（《包》154）

案：「商」可能是「適」的通假字（當然也有可能爲「適」的本字）。《說文》：「適，
之也。」（卷二辵部）與「至」爲同義詞。因此，「以商」同「以至」。☞本
章「從……以商」。

仟尹

【術】楚官稱。例：

「鄝右～李鈜受期。」（《包》44）

案：何琳儀釋爲「芋尹」（1993）。《左傳・昭七》：「芋尹無宇斷之曰：『一國兩君，
其誰堪之？』及即位，爲章華之宮納亡人以實之。」孔穎達云：「正義曰：
芋是草名。《哀十七年》陳有芋尹，蓋皆以草名官。不知其故。」（《春秋左

傳注疏》卷第四十四）如果何先生的考釋正確，那麼，典籍的「芋」很可能爲通假。

仉（凡）

【動】輕視。《方言》：「仉、僄，輕也。楚凡相輕薄謂之相仉，或謂之僄也。」（卷十）

案：錢繹以爲《孟子・盡心（上）》有具體的用例：「待文王而後興者，凡民也。」（《方言箋疏》卷十）從孟子嘲諷「南蠻鴃舌」的態度分析，孟子不大可能使用楚詞語。因此，「凡」是否通「仉」，值得研究。

（縣）令

【術】同「（縣）尹」。戰國時稱謂。例：

「子發爲上蔡～。」（《淮南子・人間訓》）／「荀卿乃適楚，而春申君以爲蘭陵～。」（《史記・孟子荀卿列傳》）

案：吳永章有考（1982）。在楚地的出土文獻中，「令」作「命」。☞本章「命」。

令尹

【術】楚國百官之長，地位僅次於「王」，相當於列國的「相」。例：

「楚～子元欲蠱文夫人。」（《左傳・莊二十八》）／「鬥穀於菟爲～。」（《左傳・莊三十》）／「～子玉。」（《左傳・莊二十七》）／「楚公子午爲～。」（《左傳・襄十五》）／「復使子馮爲～。」（《左傳・襄二十二》）／「～子文三仕爲～。」（《論語・公冶長》）／「荊～患之日……」（《韓非子・存韓》）／「昔～子元之難。」（《國語・楚語（上）》）／「昔～子文……」（《戰國策・楚策一》）

案：吳永章（1982）、宋公文（1988）所考最詳。「令尹」，楚地出土文獻作「命尹」。☞本章「命尹」。

伍官

【術】楚國官稱。例：

「～之鈢。」（《古璽》0135）

案：或謂「伍官當是一種軍職」（石泉：1996：144頁）。「伍官」或作「五官」。☞本章「五官」。

伃

【形】豐滿；肥大。《方言》：「朦、厖，豐也。自關而西秦晉之間凡大貌謂之朦，或謂之厖。豐其通語也。趙、魏之郊，燕之北鄙，凡大人謂之豐人。燕記曰：豐人杅首。杅首，長首也。楚謂之伃。燕謂之杅。燕、趙之閒言圍大謂之豐。」（卷二）

案：錢繹以爲或作「仔」，如《楚辭・九章・思美人》：「思美人兮，攬涕而仔。」（《方言箋疏》卷二）

何斟

【形】稍有增加、隨之減少：疾病稍愈、隨即加劇。《方言》：「斟，益也。南楚凡相益而又少謂之不斟。凡病少愈而加劇亦謂之不斟，或謂之何斟。」（卷三）

伶人／伶官

【術】「伶人」同「泠人」，樂官（杜預說）。例：

「二十四年鐘成，～告和。」（《國語・周語下》卷三）

「伶人」典籍或作「伶官」。例：

「《簡兮》刺不用賢也。衛之賢者，仕於～，皆可以承事王者也。」（《毛詩・簡兮》序）

案：☞本章「泠人」。

佗

【動】負荷。《說文》：「佗，負何也。」（卷八人部）《方言》：「攍、膂、賀、儋、儋也。齊、楚、陳、宋之間曰攍。燕之外郊、越之垂甌、吳之外鄙謂之膂。南楚或謂之攍。自關而西、隴冀以往謂之賀。凡以驢馬馲駝載物者謂之負佗，亦謂之賀。」（卷七）例：

「因以醮酒～髮求之，三宿而得。」（《史記・龜策列傳》）

案：集解徐廣曰：「佗一作被。」索隱：「佗音徒我反，謂被髮也。」劉賾所考（1930：143頁）。今粵語用同。

佁

【形】痴呆的樣子。《說文》：「佁，癡兒。从人台聲。讀若駭。」（卷八人

部）

案：劉賾所考（1930：167頁）

侗

　　【形】懵然無識的樣子。《說文》：「侗，大兒。从人同聲。《詩》曰：『神罔時侗。』」（卷八人部）例：

　　　　　「～乎其無識。」（《莊子・外篇・山木》）／「能～然乎？」

　　　　（《莊子・雜篇・庚桑楚》）

案：成玄英疏：「侗乎，無情之貌。任其淳樸而已。」（《南華眞經注疏》卷七）

　　郭象注：「（侗然，）無節礙也。」（《南華眞經注疏》卷八）劉賾所考（1930：

　　164頁）。

佝

　　【形】小的樣子。《說文》：「佝，小兒。从人囟聲。《詩》曰：『佝佝彼有屋。』」（卷八人部）所引爲《毛詩・小雅・正月》，作「佌佌彼有屋，蔌蔌方有穀」。毛亨傳云：「佌佌，小也。」孔穎達疏云：「佌音此，《說文》作佝，音徒。」（《毛詩注疏》卷第十二）

案：劉賾所考（1930：152頁）。

佻

　　【形】迅疾。《方言》：「佻，疾也。」（卷十二）例：

　　　　　「余猶惡其～巧。」（《楚辭・離騷》）

佗傺

　　【形】悵然若失地呆立的樣子。例：

　　　　　「心鬱邑余～兮，又莫察余之中情。」「申～之煩惑兮，中悶瞀

　　　　之忳忳。」（《楚辭・九章・惜誦》）

案：杭世駿引王逸《離騷經章句》云：「楚人名住曰傺。」（《續方言》）。李翹有

　　考（1925）。駱鴻凱云：「佗傺，《說文》無佗傺字，當爲躇跱之轉語，彳亍。」

　　（1931）岑仲勉認爲乃古突厥語詞（2004b：196～197頁）。

伂（豎）

　　【名】「伂」是「豎」的楚方言形體。小臣；僕役。例：

「九月戊戌之日不謝公孫黐之～之死，阰門又敗。」(《包》42)
／「……一紅緅之～……」(《望》2‧57)

案：《望》簡用例，可能指「㾐」俑。☞本文第六章八，㾐（豎）。

保

【術】養育官。例：

「其爲大子也，師、～奉之……。」(《左傳‧成九》)／「未及
習師、～之教訓，……」(《左傳‧襄十三》)／「～申諫曰：『先王
卜以臣爲～，吉。今王得如黃之狗，菌簬之矰，畋於雲夢，三月不
反，及得舟之姬，淫莽年不聽朝，王之罪當笞。』」(《說苑‧正諫》
卷九)

案：吳永章有詳考（1982）。「保」或作「葆」。☞本章「葆」。

保臺（室）

【術】卜具。例：

「瞿（歸）豹（豹）以～爲恩固貞：」(《望》1‧17)

案：或謂「臺」讀爲「著」（湖北省文物考古所、北京大學中文系：1995：91 頁）。
可能并不正確。☞本章「臺」。

保彖（家）

【術】卜具。例：

「鹽吉以～爲左尹㐌貞」(《包》197)／「讐吉以～爲左尹邵㐌
貞」(《包》218)／「觀義以～爲左尹邵㐌貞」(《包》249)／「～」
《天‧卜》（四例）／「以陵尹懌之大～爲君貞」(《新蔡》甲三：219)

案：「彖」是「家」的楚方言形體。「保彖」或作「琛彖」，或作「葆彖」，或作「窠
彖」，或作「賨彖」，不知道哪一個是正體，哪一個是異體。如果從數量上考
慮，當以「保彖（家）」爲正體。「保」通常讀爲「寶」（湖北省文物考古研
究所、北京大學中文系：1995：91 頁）。聊備一說。又有「大保彖」。☞本章
「琛彖」、「葆彖」、「窠彖」、「賨彖」、「大保彖」。

俈

1. 【動】「製造」的「造」的楚方言形體。例：

「新～一邑」（《包》149）／「悁（威）王～室塑牆、古迅湯㠯。」

（《包》173）／「悁（威）王～室楚劼、陳吉、楊亂人鄁倉。」（《包》

192）

2. 【專】用爲地名、姓名。例：

「～陵君之人登定。」（《包》165）／「登～」（《包》171）／

「～斫」（《包》269）

案：表「製造」義的「造」有更爲古老的形體，作「艁」（例如西周金文）。但楚

人并沒有繼承，而別造「佶」、「賠」，以區別於表「前去、前往」意義的「造」。

「佶」是典型的方言字，从人告聲，構形理據大概是「製造」離不開人。「賠」

也見於列國出土文獻。☞本章「賠」。

佶賥（府）

【術】楚國官方機構，主管器物製造事宜。例：

「～」（《古璽》2550）

侳山

【專】鬼神名。例：

「塱（趣）禱大水一膚，二天子各一牂，～一羝。」（《包》237）

案：「侳」或作「坐」，或作「嵯」。☞本章「坐山」、「嵯山」。

侹

【動】替代；更替。《方言》：「庸、恣、比、侹、更、佚，代也。齊曰佚。

江、淮、陳、楚之間曰侹。餘四方之通語也」（卷三）

倢

【形】狡黠。《方言》：「虔、儇，慧也。秦謂之謾。晉謂之㦖。宋、楚之間

謂之倢。楚或謂之譜。」（卷一）

案：錢繹以爲「倢」同「捷」（《方言箋疏》卷一）。今即「敏捷」的「捷」。

倒頓

【名】大褲。《方言》：「大袴謂之倒頓。小袴謂之校衹。楚通語也。」（卷

四）

俔靁

　　【術】占卜用具。例：

　　　　「～」（《天・卜》）

倦

　　【動】倨。例：

　　　　「盧敖就而視之，方～龜殼，而食蛤梨。」（《淮南子・道應
　　　　訓》）

案：杭世駿引《淮南子・道應訓》許慎注云：「楚人謂倨爲倦。」（《續方言》卷上
　　　葉九）

倌

　　【古】【名】《說文》：「倌，小臣也。从人从官。《詩》：『命彼倌人。』」（卷
　　八人部）楚地出土文獻用如此。例：

　　　　「盤䋎夸執僕之～登廩。」（《包》15）／「五帀（師）宵～之
　　　　司敗告胃（謂），邵行之夫＝（大夫）碎執其～人。」（《包》15 反）

候人

　　【術】楚官稱，同「邊候」。例：

　　　　「……曰：『寡君使群臣問諸鄭，豈敢辱～。』」（《左傳・宣十
　　　　二》）

案：吳永章有考（1982）。

偃蹇

　　【形】高的樣子。例：

　　　　「望瑤台之～兮，見有娀之佚女。」（《楚辭・離騷》）

案：岑仲勉以爲古突厥語詞（2004b：196 頁）。

傅（太傅、少傅）

　　【術】太子輔導之官。又用爲動詞，就任（太子輔導之官）。例：

　　　　「王子燮爲～。」「莊萬使士亹～太子箴。」「王卒使～之。」

　　　　（《國語・楚語（上）》）／「太子曰：『臣有～，請追而問～。』」

（《戰國策・楚策（二）》）／「（楚王）因命太子建守城父，命伍子
奢～之。」（《淮南子・人間訓》）

按：吳永章有詳考（1982）。「傅」又分為「太傅」及「少傅」。☞本章「太傅」及
「少傅」。

僄

【動】輕視。《方言》：「仇、僄，輕也。楚凡相輕薄謂之相仇，或謂之僄
也。」（卷十）例：

「怠慢～棄，則照之以禍災。」（《荀子・修身篇》）／「輕利～
趠，卒如飄風。」（《荀子・議兵篇第十五》卷十）

案：或以為壯、布依等少數民族語詞（嚴學宭：1997：401 頁）。嚴著「僄」誤作
「僳」。

俚（憑）几

【名】可以倚靠的几子。《書・顧命》：「憑玉几」例：

「一～」（《包》260）

案：「俚」可能是楚人獨創的方言字。今粵語謂「依靠」曰「憑」。

傺

【動】逗留。《方言》：「傺、眙，逗也。南楚謂之傺。西秦謂之眙。逗其通
語也。」（卷七）例：

「忳鬱邑余～兮。」（《楚辭・離騷》）／「欲僤個以干～兮，恐
重患而離尤。」（《楚辭・九章・惜誦》）／「糧食不繼，～食飲之時。」
（《墨子・非攻（下）》）

案：《墨子》有「傺」用例，說明該詞本屬共同語，後孑遺在楚語中。也有可能曾
到過楚地的墨子偶而也使用楚語詞。李翹有考（1929）。

僕

【代】第一人稱謙稱，我。例：

「～，五市（師）宵佗之司敗若敢告見曰：邵行之夫＝（大夫）
盤阿夸執～之佗登麕、登期、登僕、登㿻而無故。～以告君王，君
王誣～於子左尹，子左尹誣之新佶迅尹丹，命為～至典。既皆至典，

～又（有）典，卲行無典。新佶迅尹不爲～劃（劌）。～裻（褺）
佀夏事將瀘（廢）……」（《包》15～16）／「陰人苛冒、趄卯以宋
客盛公鑠（聘）之歲臖昜之月癸巳之日，并殺～之覞（兄）明。～
以詰告子䣄公。子䣄公命郥右司馬彭懌爲～笶簿，以畬畬之戠客、
畬郷之慶李、百宜君命爲～雗（捕）之，……」（《包》132～133）
／「吟（今）畬之戠客不爲其劃（劌），而倚執～之覞（兄）絰，
畬之正國執～之父遥。」（《包》134～135）／「陰之戠客或執～之
覞（兄）挳，而舊不爲劃（劌）。」（《包》135 反）／「～，軍造言
之：見日以陰人舒慶之告詎～」「～徛之以致命。」（《包》137 反）
／「陵公邵羞、襄陵之行～窅於郍」「～命佢爰足若，足命郍少司
城韓頡爲故爰足於～」「不以告～。」（《包》155）

案：從上引諸例，可以確知「僕」可分別用爲主格、賓格和領格，但領格一般須
　　使用助詞「之」（《包》15、155 是例外）。「僕」一稱，陳師煒湛有詳說（1994：
　　四）。可資參考。

䇈

【形】貪婪而吝嗇。《方言》：「亃、䇈，貪也。荊、汝、江、湘之郊凡貪而
不施謂之亃。或謂之䇈。或謂之悋。悋，恨也。」（卷十）

僷

【形】美好的樣子。《方言》：「奕、僷，容也。自關而西凡美容謂之奕，
或謂之僷。宋、衛曰僷。陳、楚、汝、潁之閒謂之奕。」（卷二）《說文》：「僷，
宋、衛之閒謂華僷僷。从人葉聲。」（卷八人部）例：

「衣攝～以儲與兮，左袪挂於榑桑。」（漢・莊忌《哀時命》）

儋

【量】《說文》：「儋，何也。」（卷八人部）本義是「負荷」，後作「擔」。
在楚語中引申爲量詞，意義爲「一挑（東西）」。例：

「爰屯二～之飤金鋅二鋅。」（《包》147）

案：楚地文獻，「儋」或作「檐」。☞本章「檐」。

儓

　　【古】【形】孤獨；孤單。《方言》：「絓、挈、介，特也。楚曰傡。晉曰絓。秦曰挈。物無耦曰特。獸無耦曰介。」（卷六）「傡」，經典多作「縈」。例：

　　　　　　「哿矣富人，哀此～獨。」（《毛詩・小雅・正月》）

案：李翹有考（1925）。

儓

　　【名】農夫之貶稱。《方言》：「儓、儜，農夫之醜稱也。南楚凡罵庸賤謂之田儓。或謂之儜。或謂之辟。辟，商人醜稱也。」（卷三）

儽

　　【形】失落的樣子。《說文》：「儽，垂皃。从人纍聲。一曰：『嬾解。』」（卷八人部）例：

　　　　　　「～～兮其若不足，似無所歸。」（《老子》二十章）

案：「儽儽」，河上公本作「乘乘」。《史記・孔子世家第十七》：「孔子適鄭，與弟子相失，孔子獨立郭東門。鄭人或謂子貢曰：『……纍纍若喪家之狗。』」「纍纍」，徐鍇引《孔子家語》、《白虎通》作「儽儽」（《說文解字繫傳》通釋卷十五）。孫星衍《孔子集語》引亦同。劉賾所考（1930：153～154頁）

4. 儿部（4）

兀

　　【名】《說文》：「兀，高而上平也。从一在人上，讀若夐。茂陵有兀桑里。」（卷八兒部）楚地文獻所用與《說文》不同。「兀」指刖者；斷足之人。例：

　　　　　　「魯有～者王駘，從之遊者與仲尼相若。」「申徒嘉，～者也。」

　　　　　　（《莊子・內篇・德充符》）

案：郭象注：「兀，五忽反，又音界。李云：『刖是曰兀。』」（《南華眞經》卷第二）
　　劉賾有考（1934：181頁），引申爲遠的樣子。

元右

　　【術】楚官稱。春秋時期列國稱爲「車右」或「戎右」，或簡稱「右」（石泉：1996：33頁）。元，元首；右，指車廂方位。「元右」殆楚方言詞。例：

　　　　　　「楚王之～。」（《屈叔沱戈銘》）

傳世文獻或作「戎右」。例：

> 「戰于速杞，隨師敗績。隨侯逸。鬥丹獲其戎車與其～少師。
> 秋，隨及楚平，楚子將不許。鬥伯比曰：『天去其疾矣。隨未可克
> 也。』乃盟而還。」（《左傳‧桓八》）

先

【量】可能是「漸木」的專有量詞。例：

> 「登人所漸木四百～於鄡君之埅（地）蘘溪之中；其百又八十
> ＝～於罩埅（地）卷中。」（《包》140～140 反）

案：或以爲「失之誤」（湖北省荊沙鐵路考古隊：1991a：50 頁）。不確。李家浩
釋爲「埜（徵）」〔註 1〕。於文意仍未能暢曉無礙。「登」已有徵集的意思，
甲骨文已見。楚地出土文獻又借「政」爲「徵」。例如「政五連之邑於甕（葬）
王士，不以告僕。」（《包》155 反）因此，從字形，從文意考慮，釋爲「埜（徵）」
仍然不無疑問。「漸木」即典籍之「槧板」。☞本章「漸木」。

覒（兄）俤（弟）無後者

【專】鬼神名。例：

> 「嬰（趣）禱～邵良、邵乘、縣貉公各狂（豬）、豕、酉（酒）
> 飤（食），蒿之。」（《包》227）

按：「覒」是「兄」的楚方言形體，大概是從兄往聲。

5. 入部（2）

內齋

【術】《說文》：「齋，戒潔也。从示齊省聲。」（卷一示部）所謂「內齋」
當是宮室內的齋戒處所，與「野齋」相對。例：

> 「己巳～。」（《望》1‧106）／「庚申～」（《望》1‧132）／
> 「己巳～。」（《望》1‧137）／「甲子之日～」（《望》1‧155）

案：或「疑野指城外，內指所居宮室」（湖北省文物考古所、北京大學中文系：
1995：99 頁）。很有道理。或謂「即致齋」（石泉：1996：60 頁）。可商。☞

〔註 1〕 參氏著《歸「鄡人之金」一案及其相關問題》，載《出土文獻與古文字研究》
（第一輯）16～32 頁，復旦大學出版社，2006 年 12 月第 1 版。

「野齋」。

兩東門

　　【專】楚地名，在郢都東關。例：

　　　　「孰～之可蕪？」（《楚辭・哀郢》）

案：朱熹說：「兩東門，郢都東關有二門也。」（《楚辭集注》卷四）宋・陳仁子也
　　說：「郢都東關有二門也。」（《文選補遺》卷二十八，《哀郢》「兩東門」下注
　　釋）李翹有考（1925）。

6. 八部（10）

八月

　　【術】楚月名，相當於秦曆五月。例：

　　　　「～」（《包》21、26、33、35、36、37、39、40、41、87、145
　　反、167、187）／「～」（《帛乙》）／「～，見於申……」（《九》56・
　　17上）／「刑夷、～、獻馬，歲在東方。」（《睡・日書甲》六四正壹）

兮

　　【古】【嘆】表感嘆。《說文》：「兮，語所稽也。从丂八，象氣越亏也。」
　　（卷五兮部）例：

　　　　「淵～，似萬物之宗。」（《老子》四章）

案：陳士林以爲彝語同源詞（1984：7～9頁）

公

　　【古】古五爵之一。在楚方言中，「公」有兩個用法。

　　1.【術】官稱，同「（縣）尹」。春秋時稱謂。例：

　　　　「……曰：『諸侯縣～皆慶寡人。』」（《左傳・宣十一》）

案：吳永章有考（1982）。

　　2.【綴】表尊敬，通常繫於封邑、轄區地名或官稱之後。例：

　　　　「遬昜（陽）～」（《包》4）／「䣙（原隸定作「梆」）～丁」
　　（《包》12）／「郬邑～遠忻」（《包》28）／「叢洛～。」（《包》41）
　　／「䜴（胡）～」（《包》47）／「朝昜（陽）～」（《包》47）／「登
　　～鶱」（《包》58）／「長屈（尾）～」（《包》61）／「筌敔～」（《包》

70）／「上臨邑～臨旎」（《包》79）／「衰昜（陽）～合」（《包》
83）／「銙吉～德」（《包》85）／「邾洺～壽」（《包》94）／「佀～
番申」（《包》98）／「大胆尹～嬰必」（《包》139）／「舟□～豕、
舟斦～券、司舟～李」（《包》168）

案：出土文獻及傳世文獻亦恒見作尊稱的「公」，例如《論語・述而》19 章：「葉
　　公問孔子於子路，子路不對。」葉，楚地。可見春秋時楚人就用「公」作尊
　　稱。因此，前賢認爲「公」是僭稱〔註2〕。今天看來恐怕是不準確的。胡雅
　　麗云：「公」源於「爵稱」（1996：511～518 頁）。可信。認識「公」祇是表
　　尊敬的詞綴很重要，如「子」字條所述，「公」「子」二字并列時多應分讀。
　　☞本章「子」。

公宝

　　【專】恩固之祖先，祭祀的對象，地位次於「東邸公」。例：

　　　　「濑（趑）祭～豕＝酉（酒）飤（食）。」（《望》1・110）／「～
　　既城。」（《望》1・129）

按：筆者曾論述「宝（主）」爲曾祖稱謂〔註3〕。《望》1・112 云：「罷禱先君東邸
　　公戠牛。」如果「先君」如後世般指故去的父親的話，那「公宝」恐怕是指
　　「曾祖父」。

共命

　　【專】卜具。例：

　　　　「墜乙以～爲左尹旎貞」（《包》228、239）

案：卜辭中附有卦爻。

兵死

　　【專】鬼神名，指死於戰爭的人的鬼魂。例：

　　　　「囟攻解於禣（祖）與～？」（《包》241）

〔註2〕　例如《論語注疏》孔安國的注便說：「葉公名諸梁，楚大夫，食采於葉，僭稱
　　　　公。」（卷七）

〔註3〕　參看譚步雲《盉氏諸器▼字考釋：兼説「曾祖」原委》，載《容庚先生百年誕
　　　　辰紀念文集》，廣東人民出版社，1998 年 4 月。

案：或謂「兵死」即「死於戰事」（湖北省荊沙鐵路考古隊：1991a：58頁）。

兵死者

【專】爲「兵死」的派生詞。例：

「帝胃（謂）尔無事，命尔司～。」（《九》56·43）

其

【語】用於句首，表初始語氣。例：

「高祖乃起舞，慷慨傷懷，泣數行下，謂沛父兄曰：『游子悲故鄉，吾雖都關中，萬歲後吾魂魄猶樂思沛。且朕自沛公以誅暴逆，遂有天下，～以沛爲朕湯沐邑……」（《史記·高祖本紀第八》卷八）

案：〔集解〕裴駰案：「《風俗通義》曰：《漢書》註：『沛人語初發聲，皆言其。其者，楚言也。』」

其余（餘）

【代】指代臏餘的人；另外的人。例：

「㢟迖徇（拘），～執，酒（將）至岀而劅（剸）之。」（《包》137反）

案：傳世文獻也見「其餘」。例如：「曹畏宋，邾畏魯，魯、衛偪於齊而親於晉，唯是不來，其餘君之所及也。誰敢不至？」（《左傳·昭四》）又如：「三者藏於官，則爲法施於國，則成俗，其餘不彊而治矣。」（《管子·法禁第十四·外言五》）但用以指代「人」，則甚罕見。

典令

【術】楚官稱。當爲楚之顯官，但具體職守不詳（石泉：1996：238頁）。例：

「史疾謂楚王曰：『今王之國有柱國、令尹、司馬、～，……』」（《戰國策·韓策二》）

按：吳永章有考（1982）。

7. 一部（2）

冗

1. 【名】「冠」的楚方言形體。《說文》：「絭也。所以絭髮弁首之總名也。從冂從元，元亦聲。冠有法制，從寸。」（卷七冂部）在楚地的出土文獻中，「冠」形體不從寸，有個別形體也不從元，而從兀。所以許慎說「冠」從元得聲未必準確。最不可思議的是，迄今為止，「冠」字祇見於楚地的出土文獻。因此很可能是個方言字。按照《說文》的解釋，「冠」應是動詞，但在目前所能見到的楚地文獻中，「冠」多用為名詞。例：

> 「一大～」（《望》2·49）／「一少紡～」（《望》2·61）「歸～、繻於二天子。」（《包》219）／「囟攻祝歸祓，取～、繻於南方。」（《包》231）

2. 【動】戴冠。例：

> 「左尹～，以其不得執之居，弗能詣。」（《包》156）

冗籣

【名】盛放帽子的器皿。例：

> 「一～」（《包》264）

案：「籣」從竹從贛省，或謂「讀如『箬』。冗箬，盛冠之竹器皿。」（湖北省荊沙鐵路考古隊：1991a：63頁）

8. 冫部（3）

冬柰之月／冬柰／冬祭／冬夕

【名】楚月名，相當於秦曆十月。例：

> 「～」（《包》2，亦見 80、81、205、206、《秦》1·1、《天·卜》、《新蔡》甲三：107）

「冬柰之月」或略作「冬柰」。例：

> 「～」《天·卜》

「冬柰」或作「冬祭」。例：

> 「自顕（夏）～之月以至冬～之月」（《新蔡》乙一：31、25）／「冬～之月」（《新蔡》零：294、482、乙四：129）／「冬～……」（《新蔡》零：496）

「多栾」或作「多夕」。例：

　　　「十月楚～」（《睡・日書甲》六四正貳）

冶帀（師）

　　【術】楚國官稱，「官府鑄造機構中負責金屬製器的技術官員」（石泉：
1996：205 頁）。例：

　　　「～專秦、差（佐）苛滕爲之。」（《楚王酓忑鼎銘》）／「～釫夅、
　　　差（佐）陳共爲之。」（《楚王酓忑盤銘》）

　　「冶帀（師）」有時省稱爲「冶」。例：

　　　「～盤野、秦忑爲之。」（《冶盤野匕銘》）／「～釫夅（各）、
　　　陳共爲之。」（《冶釫夅（各）匕銘》）／「～專秦、苛滕爲之。」（《冶
　　　專秦勺銘》）

冶差（佐）

　　【術】楚國官稱，冶師的副佐（石泉：1996：206 頁）。

　　「冶佐」或省稱爲「差（佐）」。例：

　　　「冶帀（師）專秦、～苛滕爲之。」「冶盤野、～秦忑爲之。」
　　　（《楚王酓忑鼎銘》）／「冶帀（師）釫夅（各）、～陳共爲之。」（《楚
　　　王酓忑盤銘》）

9. 刀部（刂同）（13）

刑夷／刑屎／刑尸

　　【名】楚月名，相當於秦正月。例：

　　　「～、八月、獻馬，歲在東方。」（《睡・日書甲》六四正壹）

　　「刑夷」或作「刑屎」。例：

　　　「屈夕、援〔夕〕、～毀棄北〔方〕。」（《睡・日書甲》一一一
　　　正壹）

　　或作「刑尸」。例：

　　　「援夕、～作事南方。」（《睡・日書甲》一一二正壹）

　　按：「刑夷／刑屎／刑尸」可能對應於「晵屎之月」的簡稱「晵屎」，傳世典籍裏
　　又作「荆尸」。☞本章「晵屎之月／晵屎」、「荆尸」。

刞

 【數】《說文》：「刞，絕也」（卷四刀部）楚簡用爲數詞，義爲「截半」。
例：

    「……貸邡（越）異之金三益（鎰）～益（鎰）。」（《包》116）
 ／「……之金一益（鎰）～益（鎰）。」（《包》146）／「八十臣（簞）
又（有）三臣（簞）又（有）一～」（《新蔡》甲三：90）／「馭戾
受九臣（簞）又（有）～」（《新蔡》甲三：292）

按：如「圣」字條所述，楚國之版金上有若干方格及印記以便於截取，因此，「刞
 （絕，截也）」便很好地體現版金的使用特點。據《包》111：「……貸邡異之
 黃金十益一益四兩。」，可知「刞」作爲重量單位，小於益（鎰）而大於兩。
 可能某些版金的重量單位爲一益（鎰），截取一半即爲「刞」，以方便交換。
 貨幣中又有所謂折（截）刀，其理一也。從《新蔡》簡，又可知道「刞」大
 概又用爲容量單位，小於「簞」。黃錫全釋爲「間」，義爲「半」（2000）。何
 琳儀釋爲「剡」（1993）。或釋爲「辨」，讀爲「半」〔註4〕。所釋不但與原形
 不合，而且解說過於輾轉。

剁（份）

 「剁」可能爲「份」的楚方言形體。《說文》：「份，文質僣也。从人分聲。
《論語》：『文質份份。』彬，古文份从彡、林。林者，从焚省聲。」（卷八人部）
在楚地文獻中，「剁」有三種用法：

 1.【專】人名。例：

    「所又責於～帰戠。」（《包》146）／「～寑遺喜。」《包》（165）
  ／「～寑敏之州苛斆。」（《包》166）／「～戠某敚。」（《包山》168）
  ／「～寑尹之人忶。」（《包》171）／「剁之玉府之典～戠之少僮。」
  （《包》3）

 2.【專】地名。例如：

    「～敏豆圍命之於王大子而以陞～人。」（《包》2）／「侟大敏愆

〔註4〕 參李學勤《楚簡所見黃金貨幣及其計量》，載中國錢幣學會編《中國錢幣論文
   集》第4輯61～64頁，中國金融出版社，2002年9月第1版。

以爲～敏宜隨～人，其學（沒）典。」（《包》5）

3.【動】用如「頒」。例：

「～之玉府之典**剞**戳之少僮。」（《包》3）

按：原篆作「」，未見於列國，爲楚語所獨有殆無疑義。滕壬生以爲「份」字：

「从八从大右从刀，古从大與从人每不別，如光、幾等字，故當釋份。象刀
解人形。」（滕壬生：1995：657頁）〔註5〕何琳儀釋爲「鍐」（1993）。

判

【動】分別。《說文》：「分也，从刀半聲。」（卷五刀部）例：

「薋菉葹以盈室兮，～獨離而不服。」（《楚辭‧離騷》）

刲

【動】以刀或針（等利器）刺人等致死。《說文》：「刲，刺也。从刀圭聲。
《易》曰：『士刲羊。』」（卷四刀部）例：

諸侯宗廟之事，必自射牛～羊擊豕。（《國語‧楚語下》卷十八）

按：劉賾所考（1930：156頁）。

剸（劅）

【動】「」的楚方言形體。《說文》：「，截也。从首从斷。剸，或从刀
專聲。」（卷九首部）很明顯，「劅」从刀吏聲，與「剸」當爲一字之異。所以
今天有的文字編便把「劅」作「」觀〔註6〕。不過，在楚地文獻中，「劅」大
都用爲「裁決」的「斷」。例：

「新告迅尹不爲僕～。僕**袋**（裳）佁夏事將瀍（廢）……」（《包》
16）／「邲倅未至～」（《包》123）／「囟～之。」（《包》134）／
「而舊不爲～。」（《包》135反）／「狃至嘗而～之。」（《包》137
反）

「劅」又通作「摶」。例：

「～外罡（直）中。」（《上博八‧李頌》1正）〔註7〕

〔註5〕 後來滕先生似乎已放棄此說（滕壬生：2008：431頁）。

〔註6〕 例如湯餘惠（2001：612頁）。

〔註7〕 原釋爲「劅（剸）罡（直）中」，「剸」讀爲「團」。參馬承源（2011：232～233

剔（傷）

「傷」的楚方言形體。在楚地出土文獻中，「剔（傷）」有兩種用法。

1. 【動】傷害；殺傷。例：

「言胃（謂）～其弟石耴馳。」（《包》80）／「胃（謂）殺衰易公合，～之妾占嬰（趣）。」（《包》83）／「夫自～。」（《包》142）／「往言～人，迸（來）言～㠯（己）。」（《郭・語叢四》2）／「古（故）杠（功）成而身不～。」（《郭・太一生水》12）

2. 【名】受傷；傷害。例：

「辛未之日不諲（謝）墜（陳）宝雦之～之古（故），以告，阰門又（有）敗。」（《包》22）／「癸酉之日不諲（謝）墜（陳）雦之～，阰門又（有）敗。」（《包》24）／「辛巳之日不諲（謝）墜（陳）雦之～，阰門又（有）敗。」（《包》30）／

案：原篆或隸定爲「傷」（湖北省荊沙鐵路考古隊：1991a：18 頁）。大概是因爲「刀」與「人」的形體實在太接近了。不過，郭店竹簡所見「剔」（《郭・語叢四》）字有從「刃」的，而且《包》簡還有「戈」的「戮」，都可以證明字應從刀而不從人，所以後來的文字編著作大都作「剔」〔註8〕。☞本章「戮」。

剛

【動】（兩人或以上）面對面把重物舉起來。

案：程先甲引《匡謬正俗》六云：「吳、楚之俗謂相對舉物爲剛。」（《廣續方言》卷一）。不知道是否即「扛」？

割肄（姑洗）

【術】樂律名，周樂律「姑洗」的楚方言形體，見於曾侯乙墓所出編鐘鐘銘。例：

「～之渣（衍）宮」（《集成》286）／「～之羽曾」（《集成》

頁）。王寧改釋爲「剷（摶）罿（疏）中」。參氏著《〈上博八・李頌〉通讀》，簡帛研究網站，http://www.bamboosilk.org/showarticle.asp?articleid=1929，2011 年 10 月 18 日。

〔註8〕 例如《包山楚簡文字編》（張守中：1996）、《郭店楚簡文字編》（張守中：2000）以及《戰國文字編》（湯餘惠：2001）等都如此。

287）／「～之徵角」「～之徵曾」（《集成》288）／「～
之徵角」（《集成》289）／「～之商角」「～之商曾」（《集成》290）
／「～之中鎛」「～之商曾」（《集成》291）／「～之羽曾」（《集成》
292）／「～之宮」「～之在楚也爲呂鐘」「～之徵曾」（《集成》293）
／「～之羽」「～之羽角」（《集成》294）／「～之徵」「～之徵角」
（《集成》295）／「～之歸」「～之宮曾」（《集成》296）／「～之
渚（衍）商」「～之羽曾」（《集成》297）／「～之少商」（《集成》
300）／「～之壴（鼓）」「～之巽」（《集成》301）／「～之下角」
「～之冬（終）」（《集成》302）／「～之商」（《集成》303）／「～
之徵角」（《集成》306）／「～之巽」（《集成》309）／「～之鳩」
「～之冬（終）反」（《集成》310）／「～之少商」（《集成》311）
／「～之巽」（《集成》312）／「～之商」（《集成》314）／「～之
宮」（《集成》315）／「～之渚（衍）商」「～之羽曾」（《集成》320）
／「～之羽」「～之少宮」「～之在楚爲呂鐘」（《集成》321）／「～
之角」「～之徵反」（《集成》323）／「～之少商」「～之音龠（龢）」
（《集成》324）／「～之羽」「～之宮佑」「～之在楚也爲呂鐘」（《集
成》325）／「～之宮角」「～之冬（終）」（《集成》326）／「～之
商」「～之羽曾」（《集成》327）／「～之宮」「～之在楚也爲呂鐘」
「～之徵曾」（《集成》328）／「～之羽」「～之羽角」（《集成》329）
／「～之徵」「～之徵角」（《集成》330）／「～之宮」（《集成》341）

案：楚人也使用「姑洗」，例如雨臺山所出律管銘有「姑洗」、「平皇」、「角」、「商」、
「宮」、「㺇（羽）」等樂律名。

勣尹／勣

【術】楚國官稱。例：

「福易～之州里公婁毛受期。」（《包》37）／「～右焑一白……」
（《天・策》）

「勣尹」或簡略爲「勣」。例：

「八月酉（丙）戌之日，～䩱受期。」（《包》36）

案：或以爲「剴尹」即「宰尹」，「楚宰尹的設置、職掌待考。包山楚簡 37 簡所
載，應是地方官員。」（石泉：1996：351 頁）「剴尹」可能又作「啐尹」。
☞本章「啐尹」。

剴官

【術】楚國官稱。「當是治膳食之官。」（石泉：1996：351 頁）例：
「～之鉨」（《古璽》0142）

案：亦見《分域》1029。

剞

【動】對魚進行處理。《說文》：「剞，楚人謂治魚也。从刀从魚，讀若
鍥。」（卷四刀部）

按：杭世駿有考，引同（《續方言》卷上葉五）。

剽

【形】狡黠。《方言》：「剽、蹶，獪也。秦、晉之間曰獪。楚謂之剽，或曰
蹶。楚、鄭曰蔦。或曰姡。」（卷二）

10. 力部（3）

勥

《說文》：「迫也。从力強聲。」（卷十三力部）楚地出土文獻有三個用法。

1. 【副】強迫；勉強。例：
「虗（吾）～爲之名曰大。」（《郭・老子甲》22）／「民可道
也，而不可～也。」（《郭・尊德義》22）

2. 【形】【名】通作「彊」。例：
「心吏（使）燹（炁）曰～」（《郭・老子甲》35）／「伐於～」
「其下高以～」（《郭・太一生水》9）

3. 【形】通作「剛」。例：
「『不偄不悆，不～不矛（柔）。』此之胃（謂）也。」（《郭・
五行》41）

案：所引《毛詩・商頌・長發》，本作：「不競不絿，不剛不柔。」

剩（勝）

「勝」的楚方言形體。《說文》：「勝，任也。从力朕聲。」（卷十三力部）楚地文獻有以下用法。

1. 【專】人名。例：

「新者（都）莫囂～」（《包》113）／「恒思少司馬郢～或以足金六匀（鈞）舍枼＝」（《包》130）／「敓（撫）之州加公瞨～」（《包》164）／「郲邑人吳～」（《包》169）／「鄅君新州里公墮～」（《包》180）

2. 【動】壓倒；壓制。例：

「青（清）～然（熱）」（《郭·老子乙》15）／「殺不足以～民」（《郭·尊德義》36）

3. 【動】佔優勢；擊敗。例：

「戰～則以喪豊居之」（《郭·老子丙》10）

4. 【動】承受得起；能承受。例：

「一宮之人不～其敬」「一宮之人不～其……」「一軍之人不～其戙（勇）」（《郭·成之聞之》7～9）

5. 【名】獲勝；勝果。例：

「其～也不若其已也」（《郭·成之聞之》36）／「改愼～」（《郭·尊德義》1）

案：在楚地的出土文獻中，从「朕」得聲者，往往从「乘」得聲。如「朕」，或作「縺」。因此，「勝」作「剩」是容易理解的。目前為止，「剩」祇見於楚地的文獻。

勞商

【專】楚樂曲名。例：

「伏戲駕辯，楚～只。」（《楚辭·大招》）

案：王逸注：「伏戲，古王者也，始作瑟。駕辯、勞商，皆曲名也。言伏戲氏作瑟，造駕辯之曲，楚人因之作勞商之歌。皆要妙之音可樂聽也。」（《楚辭章句·大招》）李翹有考（1925）。

11. 勺部（2）

雩（盅）

【名】原篆作「🅰」，或隸定爲「雩」（滕壬生：1995：1006；滕壬生：2008：1168頁）。從漢字的表意性質考察，勺、皿的意義相關，因此，它也許是「盅」的楚方言形體。《說文》：「盅，器也。从皿弔聲。」（卷五皿部）就楚地所出文獻看，「雩」似乎也是用爲器名。例：

「紛～」（《天·策》）／「紛～」（《天·策》）

案：迄今爲止，先秦的出土文獻中祇有秦雍十碣見「盅」，作「🅱」（霝雨石銘）。

可能地，「雩」是楚方言形體。

鍋

【名】一種深腹帶蓋楚式鼎。或作箍口鼎（劉彬徽：1995：114～115頁）。見於春秋以往。例：

「楚子迣之飤～」（《楚子迣鼎銘》）／「義子曰：自乍飤～。」
（《義子鼎銘》）

按：「鍋」，字書不載，或作「鎓」，或作「鎓鼎」，或作「🅲」。按照名從主人的原則，這類鼎應稱作「🅲」或「鎓鼎」，「鍋」和「鎓」可能都是「🅲」的通假字。黃錫全有說（1990：102頁）。☞本章「鎓」、「鎓鼎」、「🅲」。

12. 匕部（3）

北子

【術】鬼神名。例：

「……於東石公、社、～、禜……」（《望》1·115）／「遬（趣）禱～肥豢、酉（酒）食。」（《望》1·116）／「……王之～各豢=、酉（酒）食」（《望》1·117）／「……～，豢=、酉（酒）食。」
（《望》1·118）

北方

【術】鬼神名。例：

「……～又（有）敓（祟）……」（《望》1·76）／「解於～」
（《新蔡》甲三：239、乙：30）

北宗

【術】神鬼名。例：

「鬐（趣）禱～一環。」（《望》1・125）

13. 匚部（匸同）（4）

匠（簠）

【古】「簠」的古文。金文作「匡」。楚地文獻有三個用法。

1. 【名】用為器名，即「簠」。例：

「楚子暖鑄飤～」（《楚子暖簠銘》）／「佣之～」（《佣簠銘》）／「楚子棄疾擇其吉金自乍（作）飤～」（《楚子棄疾簠銘》）／「二合～」（《包》265）／「八十～又三～」（《新蔡》甲三：90）／「吳憙受一～」（《新蔡》甲三：203）／「孫達受一～」（《新蔡》甲三：206）／「宋良志受三～」（《新蔡》甲三：220）／「受十～……或受三～」（《新蔡》甲三224）／「馭昃受九～」（《新蔡》甲三292）／「受二～」（《新蔡》甲三：311）／「……～一……」（《新蔡》乙三：4）／「宋木受一～」（《新蔡》零：343）／「～」（《新蔡》零：373）／「六～」（《新蔡》零：375）

2. 【專】用為人名。例如：

「九月甲晨（辰）之日，繁丘少司敗遠□、信笻，言胃（謂）繁丘之南里信又（有）韓西＝以甘～之歲為偏於鄅」（《包》90）／「□客監～逅楚之歲。」（《包》120）／「司豊之塞邑人桯甲受、淲易之酷倌黃＝齊＝、黃＝龜＝皆以甘～之歲臱（爨）月死於郯戜東敔卲戊之笑邑。」（《包》124）／「邵易之酷倌黃齊、黃龜皆以甘～之臱（爨）月死於小人之敔卲戊之笑邑。」（《包》125）／「甘～之歲」（《包》129）

案：疑「甘匠」同「監匠」，則「甘匠之歲」是「□客監～逅楚之歲」的省略形式。

3. 【名】通作「浦」。例：

「（舜）匋（陶）笘（埏）於河～。」（《郭・窮達以時》2～3）

匜戜

【名】三鋒戟（三刃枝）。《方言》：「三刃枝，南楚、宛、郢謂之匽戟。……」（卷九）

案：在傳世文獻中，除了《方言》外，似乎再也沒有「匽戟」的文例。不過，倒是在楚地的墓葬中發現爲數不少的實物。曾侯乙墓出有三戈帶刺之戟、三戈無刺之戟等〔註9〕。新蔡楚墓也見這種兵器〔註10〕。應該就都是「匽戟」。考古學界一般稱之爲「多戈戟」〔註11〕。所謂「多戈戟」，也許可以稱爲「我」，是古已有之的兵器〔註12〕。1975、1976 年陝西扶風縣莊白村曾出土兩件這樣的西周青銅器，其中之一現藏扶風博物館〔註13〕。又《周禮‧冬官考工記》「冶氏」條云：「戟廣寸有半，寸內三之，胡四之，援五之，倨句中矩與刺，重三鋝。」鄭玄注：「戟，今三鋒戟也。」（《周禮注疏》卷四十）「三」是虛數，即「多」之意。因此，這類兵器不妨沿用古名，作「匽戟」、「三鋒戟」或「我」都是可以的。

匽匽

【形】不見於傳世典籍。從上下文義推敲，意思大概是隱藏，隱瞞，忽略。文章先談到「不簡，不行。不匽，不察於道。有大罪而大誅之，簡也。有小罪而赦之，匽也」，接著就是解釋「匽」的含義。爲了理解這段話，不妨拿另一段話作比較：「葉公語孔子曰：『吾黨有直躬者，其父攘羊而子證之。』孔子曰：『吾黨之直者異於是。父爲子隱，子爲父隱，直在其中矣。」（《論語‧子路》）可見，「匽」和「隱」的意義相近。《說文》：「匽，亡也。」（卷十二匸部）「亡」大致相當於「亡而藏之以致消失」。簡文疊用，表意義的加強。

〔註9〕　參湖北省博物館《曾侯乙墓》264～283 頁，圖版九〇、九一、九二、九三，文物出版社，1989 年 7 月第 1 版。

〔註10〕　參河南省文物考古研究所《新蔡葛陵楚墓》58、59 頁，圖三五、圖三六，大象出版社，2003 年 10 月第 1 版。

〔註11〕　參馬承源主編《中國青銅器》56～59 頁，上海古籍出版社，1988 年 7 月第 1版。

〔註12〕　參陳師煒湛《古文字趣談》189～193 頁，上海古籍出版社，2005 年 12 月第 1版。

〔註13〕　考古工作者稱爲「三援兵器」。參曹瑋主編《周原出土青銅器》第 7 卷 1402 頁，總 0189，巴蜀書社，2005 年 1 月第 1 版。

例：

「匿之爲言也，猶～也。」（《郭・五行》40）

匲璇

【名】博棋；博塞（一種古棋戲）。《方言》：「簿謂之蔽。或謂之箘。秦、晉之間謂之簿。吳、楚之間或謂之蔽；或謂之箭裏；或謂之簿毒；或謂之夗專；或謂之匲璇；或謂之棊。所以投簿謂之枰。或謂之廣平。所以行棋謂之局。或謂之曲道。」（卷五）

14. 十部（4）

十月

【術】楚月名，相當於秦曆七月。例：

「～戊辰」（《包》169）／「～，建於戌……」（《九》56・19上）

卉

【古】【名】植物的總名。例：

「島夷～服。」（《尚書・夏書・禹貢》）／「春日遲遲，～木萋萋。」（《毛詩・小雅・出車》）／「從者（諸）～茅之中。」（《上博二・子羔 5》）

案：程先甲引《文選・吳都賦》注云：「卉，百草總名。楚人語也。」（《廣續方言》卷三）據上引例子，即便「卉」是楚人語，恐怕也源自古雅語。《方言》云：「卉、莽，草也。東越揚州之閒曰卉。南楚曰莽。」（卷十）

南方

【專】鬼神名。例：

「囟攻祝逯繡（服）珥、完（冠）縌（帶）於～？」（《包》231）／「……～又（有）敓（祟）與蒂＝見」（《望》1・77）

畢

【名】車紑。《方言》：「車下鐵，陳、宋、淮、楚之間謂之畢。」（卷九）

1. 卜部（2）

卜尹（開卜大夫）

【術】掌占卜事之官。例：

「乃使爲～。」（《左傳・昭十三》）／「欲爲～。」（《史記・楚世家》）

案：杜預注：「觀瞻，楚開卜大夫觀從之後。」「開卜大夫觀從」即《左傳・昭十三》所載之「卜尹觀從」，可知「開卜大夫」即「卜尹」。「卜尹」一職，吳永章有詳考（1982）。

占

【動】偷看；窺視。《方言》：「瞁、矘、闚、貼、占、伺，視也。凡相竊視，南楚謂之闚；或謂之矘；或謂之貼；或謂之占；或謂之矘。矘中夏語也。闚其通語也。自江而北謂之貼；或謂之覗。凡相候謂之占。占猶瞻也。」（卷十）

案：「貼」、「占」當作「覘」。《說文》：「覘，窺也。从見占聲。《春秋傳》：『公使覘之信。』」（卷八見部）今粵語說「覘天望地」，還保留「視也」的用法。

16. 卩部（7）

厄

【名】圓形飲酒器。《說文》：「厄，圜器也。一名觛。所以節飲食。」（卷九卮部）例：

「～言日出。」（《莊子・寓言》）

案：陳士林以爲彝語同源詞（1984：16頁）。

卵缶

【名】盥洗用的缶。《說文》：「厄，圜器也。一名角旦。所以節飲食。」（卷九卮部）例：

「二～」（《包》265）／「二～」（《望》2・46）／「二～」（《望》2・53）

按：或謂「卵，借作盥。卵缶即盥缶。」（湖北省荊沙鐵路考古隊：1991a：63頁）

卵盞

【名】一種器皿。例：

「二鉈（匜）、～。」（《望》2‧46）

案：或謂：「『卯盞』疑當讀爲『盟盞』。又疑『二鉈（匜）～。』當連讀爲『二鉈（匜）卯盞』，即匜之別名。」（湖北省文物考古研究所、北京大學中文系：1995：125頁）

邵

【名】癡獃的人；不聰慧的人。《說文》：「邵，高也。从卪召聲。」（卷九卪部）

案：劉賾所考（1934：185頁）。

邵王／𨟻王／𨟻親王

【專】楚人先祖，祭祀的對象。「邵王」可能就是傳世文獻的楚昭王熊珍（或作「軫」）。例：

「～之諻（媓）之饋鼎。」（《邵王鼎銘》）／「～之諻（媓）之盧（薦）𣪘（簋）。」（《邵王簋銘》）／「罷禱於～戠牛，饋之。」（《包》200）／「罷禱於～戠牛，饋之。」（《包》203）／「罷禱～戠牛、大𤉲，饋之。」（《包》205）／「賽禱～戠牛，饋之。」（《包》214）／「𨟻（趣）禱～戠牛，饋之。」（《包》240）／「𨟻（趣）禱～戠牛，饋之。」（《包》240）

「邵王」或作「𨟻王」。例：

「聖王、～既賽禱。」（《望》1‧88）／「……聖逗王、～各備（佩）玉一環。」（《望》1‧109）／「……聖王、～、東邱公各戠牛，饋祭之。」（《望》1‧110）／「……聖王、～既……」（《望》1‧111）

或作「𨟻親王」。例：

「……之赴與～之悷（威）。」（《常》2）

郗（膝）

【名】膝頭，膝蓋。《說文》：「膝，脛頭卪也。从卪桼聲。」（卷九卪部）迄今爲止，「郗」祇見於楚地出土文獻，屬於楚語詞無疑，除非將來有新的發現。

「郗」有以下幾種用法：

1. 【名】用如本字。例：

「～紳」（《曾》64）

案：「桼紳」，可能是護膝的大帶，類似於「蔽膝」。

2. 【動】通作「漆」，上漆；髹。例：

「～青黃之緣。」（《信》2·03）

3. 【名】通作「漆」。例：

「二犩膚（壺），皆彤中～外。」（《包》253）／「～輪」（《曾》12、37）／「兩馬之～甲。」（《曾》43）

4. 【術】卜具。☞本章「桼箸」。

桼（膝）箸

【術】占卜用具。例：

「～」（《天·卜》）

17. 厂部（1）

厲

【形】熟。《方言》：「羞、厲，熟也。」（卷十二）例：

「露雞臛蠵，～而不爽些。」（《楚辭·招魂》）

18. 厽部（1）

厽（絫）

【形】物體重疊的樣子。《說文》：「厽，絫坺土為墻壁。象形。」（卷十四厽部）又：「絫，增也。从厽从糸。絫，十黍之重也。」（卷十四厽部）

案：劉賾所考（1930：144頁）。

19. 又部（4）

叕

【形】（物體）相綴連。《說文》：「叕，綴聯也。象形。」（卷十四叕部）

案：劉賾所考（1930：147頁）

叡

【動】占卜。《說文》云：「叡，楚人謂卜問吉凶曰叡。从又持祟，祟亦

聲。讀若贅」（卷三又部）

案：杭世駿（《續方言》卷下葉二）、劉賾（1930：154頁）均有考。在楚地出土文獻中，「叝」可能作「縶（祝）」。☞第六章十四，縶／祝／敊（叝）。

叜

　　【動】拿；手持。《說文》：「叜，又卑也。」（卷三又部）在楚地出土文獻中，「叜」有以下用法：

1. 【專】人名。例：

　　　　「霄～」（《包》69）／「連～」（《包》138）／「畬相～」（《包》196）

2. 【連】通作「且」，表遞進關係，相當於「況且」、「而且」。例：

　　　　「～雀（爵）立（位）遲遂（踐）」（《包》202）／「～叙於宮室。」（《包》211）／「～又（有）憂於窮身。」（《包》213）／「～外又不訓（順）。」（《包》217）／「～又（有）外惡。」（《天・卜》）／「～又（有）惡於東方。」（《天・卜》）／「虗（吾）大夫共（恭）～簕（儉）」（《郭・緇衣》26）／「德者，～莫大唬（乎）豊（禮）樂。」（《郭・尊德義》29）

3. 【副】通作「且」，表將來時態，相當于「將」。例：

　　　　「智昮～見王」（《包》208）／「亙（恒）於其～成也敗之。」（《郭・老子丙》12）

4. 【名】通作「俎」。例：

　　　　「～桓」（《包》244）

5. 【名】通作「且」，楚月名。《爾雅・釋天・月陽》：「六月爲且。」例：

　　　　「日～……～司頝（夏）。」（《帛・丙》）

案：錢繹注云：「宋本作又卑。段氏注云：又卑者，自高取下也。此云取物溝泥中，是又卑之義也。今俗語讀如渣。叜與擂亦同。《釋名》：『擂，又也。』五指俱往又取也」（《方言箋疏》卷十）劉賾有考（1930：159頁）。今粵語作「揸」。☞本章「擂」。

尃（搏）

【動】「**轉**」是「搏」的楚方言形體，从隻（古獲字），專聲。《說文》：「搏，索持也。一曰：『至也。』从手專聲」（卷十二手部）又：「捕，取也。从手甫聲。」（卷十二手部）可見表「拘捕」意義的是「搏」而不是「捕」。「**轉**」用如此。例：

> 「百宜君命爲僕～之，得苛冒，趄卯自殺。」（《包》133～134）
> ／「陰之戠客～得冒，卯自殺。」（《包》135 反）／「小人**牆**～之，夫自傷……」（《包》142）／「州人將～小人……」（《包》144）

案：或以爲「獲」（湖北省荊沙鐵路考古隊：1991a：49 頁）。不確。從文義推之，亦可知不得讀爲「獲」。釋「搏」較爲接近實際。☞本章「**敷**」。

三畫（凡 297）

1. 口部（52）

右尹

【術】令尹之副手。中央政府官員。例：

> 「公子罷戎爲～。」（《左傳·襄十五》）／「～子辛將右。」（《左傳·成十六》）／「～曰……」「～度王不用其計。」（《史記·楚世家》）／「～之駟爲右驂。」（《曾》144）／「～之騏爲左驌（服）」（《曾》154）

案：《曾》簡「右」作「**太**」，爲楚方言形體。吳永章有詳考（1982）。

右司馬

【術】與「左司馬」相當（參「左司馬」條）。例：

> 「公子橐師爲～。」（《左傳·襄十五》）／「鄭君之～（軍）臧受期。」（《包》43）／「～之駟爲右驌（服）。」（《曾》150）

案：吳永章有詳考（1982）。

右司寇

【術】楚國官稱。「似爲地方刑獄之官。這當是中原官稱在楚的偶爾沿用」（石泉：1996：100 頁）。例：

> 「～正」（《包》102）

右仟尹

　　【術】楚國地方官名。「具體職掌不明」（石泉：1996：100 頁）。例：

　　　　「鄳～李鈜受期」（《包》44）

右斯（厮）政

　　【術】楚國官稱。「斯政大概是負責管理厮役的官吏。……右斯（厮）政應為斯政的副手，右斯（厮）政作為斯政副職，官秩當不高。」（石泉：1996：100 頁）例：

　　　　「～鉌」（《古璽》0280）

案：《分域》1046「斯」作「巽」。

右迌徒

　　【術】楚國官稱。楚人以「左」為尚，那「右迌徒」應是「左迌徒」的副手。例：

　　　　「～之騏為左驂。」（《曾》150）／「～一馬。」（《曾》211）

案：「迌」或從止從升，為簡省寫法。「迌」可能是「陞」的楚方言形體。或謂即「登」（湯炳正：1981；湖北省博物館：1989：526 頁）。有一定的道理。包山楚簡屢見「諜」字，從言從升從屮，諸家讀為「證」。或可證「升」作聲符，與「登」同。不過，楚地出土文獻別見「登」字。因此，「迌」「登」殆為二字，從詞彙學上分析，為同義詞的關係。「登徒」官名，典籍中見於《戰國策‧齊策三》。

右領

　　【術】領兵之官。例：

　　　　「鄢將師為～。」（《左傳‧昭二十七》）

案：吳永章說（1982）。

可以

　　【助】適宜；能。例：

　　　　「不～達（動）思墅（趣）身。」（《望》1‧13）／「日女，～出市（師）籲（築）邑，不～豪（嫁）女取臣妾。」（《帛‧丙》）／「日余，不～乍（作）大事。」（《帛‧丙》）／「不～言」（《帛‧

丙》）／「曰臧，不～籂（築）室，不～乍（作）。」（《帛・丙》）
／「～攻城，～聚眾。」（《帛・丙》）／「不～攻〔城〕。」（《帛・
丙》）／「君子不～不弖（強），不弖（強）則不立。」（《上博五・
季康子問於孔子》8）

案：古漢語中，「可以」一般是兩個詞，當「可」和「以」連用時，「以」的後面
可視爲省略了代詞「之」。試比較：「小，固不可以敵大，寡，固不可以敵眾，
弱，固不可以敵強。」（《孟子・梁惠王（上）》）這個句子，「以」後面完全
可插入「之」以複指前面叙述過的「小」、「寡」、「弱」。祇是哆嗦點罷了。
楚語則不同，「以」的後面是不能插入「之」之類的介詞賓語的，因此，「可
以」祇能是一個詞兒。

句（后）土

【專】即雅言的「后土」。例：

「～、司命各一殽」（《望》1・55）／「壨（趣）禱於秋一環，
～、司命……」（《望》1・56）／「～」（《天・卜24》）

案：「句土」或作「厗土」。☞本章「厗（后）土」。

句亶

【專】熊渠之子熊摯。例：

「熊渠有子三人，其孟之名爲無康，爲～王；其中之名爲紅，
爲鄂王；其季之名爲疵，爲戚章王。」（戴德《大戴禮記・帝繫》）
／「所謂～、鄂、章，人號糵侯、冀侯、魏侯也。」（趙曄《吳越春
秋・勾踐陰謀外傳》）

案：清・雷學淇云：「句、毋皆發語詞也。厲王時渠與三子皆去其王號，故楚人呼
熊摯爲句亶，爲毋庸，不復爲庸王也。」（《介庵經說》卷七）

司衣

【術】楚國官稱。「職掌當與司服相類」（石泉：1996：124頁）。例：

「遠乙訟～之州人苟鏬，」（《包》89）

案：《周禮・天官冢宰》有「司服」「司裘」等職。「司衣」也許與之相近。

司舟公

【術】楚國官稱。「其職掌可能與管理舟船有關」（石泉：1996：124 頁）

例：

「～孛」（《包》168）

司馬

【術】「大司馬」或略作「司馬」。例：

「冬，楚令尹子玉、～子西帥師伐宋，圍緡。」（《左傳·僖二十六》）／「復使蓬子馮爲令尹，公子齮爲～。」（《左傳·襄二十二》）／「～將中軍，令尹將左，右尹子辛將右。」（《左傳·成十六》）

案：「司馬」又見於《包》24、60、114，《曾》174、177、210，《古璽》0023、0024等器。「司馬」或作「大司馬」。☞本章「大司馬」。

司馬子音

【專】左尹㐌之先祖，祭祀的對象。例：

「罷禱文坪夜君、郚公子春、～、鄝公子豪（家）各戠豢、酉（酒）飤（食）。」（《包》200）／「罷禱文坪夜君、郚公子春、～、鄝公子豪（家）各戠豢、酉（酒）飤（食）。」（《包》203～204）／「罷禱於文坪夜君、郚公子春、～、鄝公子豪（家）各戠豢，饋之。」（《包》206）／「賽禱文坪夜君、郚公子春、～、鄝公子豪（家）各戠豢，饋之。」（《包》214）／「……爲子左尹㐌墨（趣）禱於新王父、～戠牛，饋之。」（《包》224）／「墨（趣）禱文坪虽君子良、郚公子春、～、鄝公子豪（家）各戠豢，饋之。」（《包》240～241）／「墨（趣）禱吾（郚）公子春、～、鄝公子豪（家）各戠豢，饋之。」（《包》248）

司徒

【古】【術】掌役之官（杜預說）。春秋時，周、宋也有「司徒」一職。

例：

「（令尹蒍艾）使封人慮事，以授～。」（《左傳·宣十一》）／「鈺～帀」（《古璽》0019）

案：西周金文恒見「司土」，即「司徒」所由來。又有所謂「左司徒」和「右司徒」。吳永章有考（1982）。

司救

【術】楚官稱。例：

「……～返左……」（《新蔡》零：6）

司敗

【術】掌刑獄之官。陳、楚名司寇爲司敗（《左傳・文十》杜預注）。例：

「懼而辭曰：『臣免于死，又有讒言，謂臣將逃，臣歸，死於～也。』」（《左傳・文十》）／「君若不鑒而長之，君實有國而不愛，臣何有於死，死在～矣！」（《國語・楚語（下）》）／「鄗～」（《包》20）／「司豊～」（《包》21）／「■尹之～郚旮褱受期。」（《包》28）／「郈～鄝酉受期」（《包》31）／「五币（師）俈腏～周國受期。」（《包》45）／「喜君之～史善受期。」（《包》54）／「郕異之～番追受。」（《包》55）／「喜君之～遠紃受期。」（《包》56）／「郕異之～番覘受期」（《包》64）／「宙昜～黃甬（勇）受期。」（《包》71）／「楚斨～」（《包》88）／「王丁～逿」「羕陵大夫～諬羕陵之州里人……」（《包》128）／「墬□～陽」（《包》183）

按：又有所謂「大司敗」（《包》23）、「少（小）司敗」（《包》23、90）。前者爲中央政府官員；後者與「司敗」同爲地方政府官員。《包》另有「司寇」一稱，可證杜預未盡正確。吳永章有考（1982）。

司悳（德）

【古】【術】楚國地方官稱。《逸周書》見此：「天生民而成大命，命司德正之以禍福。」「司德司義，而賜之福祿。」（《命訓解第二》）楚地文獻也許祇是沿用舊稱。例：

「鄦郢～鄴鄒受期。」（《包》62）／「鄦郢～秀鄒」（《包》169）

案：漢初置「司直」，協助丞相彈劾不法，位在司隸校尉之上。東漢後改爲「司徒」。何琳儀（1993）據楚簡內容，以爲「司悳」當讀爲「司直」。不過，「悳」在《郭》和《帛》中都用作「德」，而《說文》云：「悳，外得於人，內得於己也。从直从心。」（卷十心部）那「司悳」釋爲「司德」可能較勝。

司禍

【專】鬼神名。典籍所無。例：

「～」（《天・卜》，凡二例）

案：據清・馮浩注李商隱《桂林》詩引曹學佺《名勝志》云：「白石潭水甚深。相傳靈川縣南二里有蛟精塘，昔藏妖蠚，傷堤害物。南齊永明四年始安。內史裴昭明夢神女七人雲冠玉珮，各執小旗圭印，自言爲荊楚以南司禍福之神，此方被妖蠚所害，今當禁之於白石湫。」（《玉谿生詩詳注》卷二）可見「司禍」大概就是「司禍福之神」的簡稱，而向來爲楚人所信仰。銀雀山漢簡作「司過」，「過」殆借爲「禍」〔註14〕。儘管如此，就目前所能見到的材料看，《天・卜》的例子也可能當作「司䧺」。☞本章「司䧺」。

司䧺

【專】鬼神名，可能就是「司禍」。例：

「賽禱太（佩）玉一環，矦（后）土、司命、～各一少（小）環」（《包》213）／「太、矦（后）土、司命、～、大水、二天子、峚山既皆城。」（《包》215）／「～」（《秦》99・11）／「～」（《天・卜》）／「司命、～各一麚（鹿）」（《新蔡》乙一：15）／「忻（祈）福於～、司䄰、司䠈各一痒（牂）。」（《新蔡》乙三：5）／「公北、司命、～……」（《新蔡》零：266）

案：作爲形聲字，「䧺」當從「骨」得聲，「禍」從「咼」得聲。音韵學界給「骨」「禍」二字所定的讀音相去甚遠，但從古文字構形上考慮，「骨」「咼」可能是「冎」的分化字，則二字同音是可能的。當然「䧺」也可能就是「禍」的本字（李零：1993：425～448 頁）。吳郁芳也有同樣的看法（1996：75～78頁）。換言之，「䧺」是楚方言正體〔註15〕，「禍」則是雅言固有形體在楚方言中的沿用。☞本章「司禍」、「䧺（禍）」。

呂鐘

〔註14〕　參譚步雲《銀雀山漢簡本〈晏子春秋〉補釋》，載《古文字研究》24 輯，中華書局，2002 年 7 月第 1 版。

〔註15〕　今天，李、吳二氏的意見已逐漸爲學界所接受，例如張新俊、張勝波就徑作「禍」（2008：15 頁）。

【術】楚樂律，即通語的「姑洗」。例：

> 「割肆（姑洗）之在楚也爲～」（《集成》293）／「割肆（姑洗）之在楚爲～」（《集成》321）／「割肆（姑洗）之在楚也爲～」（《集成》328）

吃

【形】不順暢的樣子。《方言》「譴、極，吃也，楚語也。或謂之軋；或謂之澀。」（卷十）

案：☞今粵語仍有此用法：「吃口吃舌（口齒不伶俐）」。

㫃

【嘆】用以表示不肯；不願意。《方言》：「誺，不知也。沅、澧之間，凡相問而不知，答曰誺；使之而不肯，答曰㫃。」（卷十）

吾公子春

【專】同「邵公子春」，左尹施的祖先。例：

> 「壆（趣）禱～、司馬子音、鄯（蔡）公子豪（家）各戠豢，饋之。」（《包》248）

案：☞本章「邵公子春」。

含可（兮）

【嘆】句末語氣詞，用於辭賦。例：

> 「又（有）皇牘（將）记（起）～，叀余孜（教）保子～，囟游於忐～，能與余相叀（惠）～，可（何）哀城（成）夫～，能爲余拜楮柧～。」「……誨（誨）～，又（有）忢（過）而能改～。亡郙（奉）又（有）風～，同郙（奉）異心～，又（有）郙（逢）……」「……大洺（路）～，敢（戟）萩（栽）與楮～，慮（慮）余子亓遴（趚）悢（長）……」「……～，鹿（獨）尻而同欲～。迵（周）流天下～，牘（將）莫皇（惶）～。又不善心耳～，莫不吏（使）攸（修）～。女＝（如）子牘（將）之睞～……」「……余子力～。族（奏）綰（緩緩）必鬑（慎）毋塋（勞？）～，明卲（昭）明～。視毋以三詿（誑）……」「……也～。諞（命）三夫之旁（謗）也

～，膠膌秀（誘）～。蜀（囑）諭（命）三夫～。膠膌之腈也～。

諭（命）夫三夫之**精**也～。」（《上博八・有皇將起》1～6）「子遺

余變（鷗）栗（鶇）～。變（鷗）栗（鶇）之止～。欲衣而亞（惡）

糜（枲）～。變（鷗）栗（鶇）之羽～。」「……～。不戠（織）

而欲衣～。」（《上博八・鷗鶇》1～2）

案：曹錦炎說：「含可，讀爲含兮。語氣詞，相當於現代詩歌的『哎啊』。本篇使
用雙音節語氣詞『含兮』，在楚辭中屬首見。」（馬承源：2011：273 頁）可
備一說。不過，「含可（兮）」作句末語氣詞不但不見於傳世文獻，而且句句
出現，尤其是在已有句末語氣詞「也」的情況下，恐怕不宜視之爲語氣詞。
筆者以爲，「含可（兮）」疑是和唱辭。例如皇甫松所作《竹枝》：「芙蓉並蒂
（竹枝）一心連（女兒）。花侵隔子（竹枝）眼望穿（女兒）。」「竹枝」和
「女兒」就都是和唱詞。《欽定詞譜》云：「按古樂府《江南弄》等曲皆有和
聲。如《江南曲》，和云：『陽春路，時使佳人度。』《龍笛曲》，和云：『江
南弄，眞龍下翔鳳。』《採蓮曲》，和云：『採蓮歸，淥水好沾衣。』亦各協
韻。此其遺意耳。」上引《江南曲》、《龍笛曲》、《採蓮曲》三曲，載《玉臺
新咏》，署名昭明太子所作。雖然作品大大後於楚簡作品，但淵源有自卻是
可以肯定的。劉禹錫《竹枝詞并引九首》云：「四方之歌異音而同樂，葳正
月余來建平里中，見聯歌竹枝吹短笛擊鼓以赴節歌者，揚袂睢舞，以曲多爲
賢。聆其音，中黃鐘之羽，其卒章激訐如吳聲，雖傖儜不可分，而含思宛轉，
有湛濮之豔。昔屈原居沅、湘閒，其民迎神詞多鄙陋，乃爲作《九歌》，到
於今荊楚鼓舞之故。余亦作《竹枝詞》九篇，俾善歌者颺之，附於末後之聆
巴歈知變風之自焉。」（《劉夢得文集》卷九）元・郭茂倩也說：「竹枝本出
於巴渝，唐貞元中，劉禹錫在沅、湘，以里歌鄙陋，乃依騷人九歌，作竹枝
新調九章，教里中兒歌之。由是盛於貞元元和之間。按《劉禹錫集》，與白
居易唱和《竹枝》甚多，其自叙云：竹枝，巴歈也。巴兒聯歌，吹短笛擊鼓
以赴節，歌者揚袂睢舞……」（《樂府詩集》卷八十一）可見，和唱作品起源
於楚地并一直傳至後世。「含可」，疑當讀爲「今兮」。「含」在楚地出土文獻
中往往用爲「今」，更重要的是，「今兮」也許源自《詩經》。例：「求我庶士，
迨其今兮。」（《召南・摽有梅》）如筆者此說可信，那麼，上博簡的這兩個

作品的每一句都得在「今兮」前後點斷。

昏

【動】塞口；嗼聲。《說文》：「昏，塞口也。」（卷二口部）

案：劉賾所考（1930：145 頁）。

呷蛇龜

【名】攝龜。

按：李時珍云：「（攝龜，）楚人呼為呷蛇龜。」（《本草綱目》卷四十五）程先甲
引蘇恭唐本草云：「鴦龜，腹折，見蛇則呷而食之，故楚人呼呷蛇龜。」（《廣
續方言拾遺》）

知

【形】痊愈。《方言》：「間、知，愈也。南楚病愈者謂之差；或謂之間；
或謂之知。知，通語也。或謂之慧；或謂之憭；或謂之瘳；或謂之蠲；或謂
之除。」（卷三）

命

「令」的楚方言形體。有以下用法：

1.【名】令長。

案：☞「命尹」。

2.【動】命令；下令。例：

「子左尹～漾陵邑大夫。」（《包》12）／「～為僕至（致）典。」
（《包》16）

3.【名】命令。例：

「左尹以王～告湯公。」（《包》135 反）／「左尹以王～告子郙
公。」（《包》139 反）

案：學界一般認為，「命」、「令」同源。因此，上引例子，「命」似乎也可以用如
本字。不過，簡單地視「命」、「令」為一字不無問題，且看例子：「左司馬逜
命左敏黔定之。」（《包》152）顯然，「命」是「命令」，動詞；「敏」是「令
長」，名詞。可能地，楚人正企圖運用改變字形的方法把「命」、「令」區分
開來。

命尹

　　【術】「令尹」的楚方言形體。楚官稱，王的輔佐，相當於列國的「相」。
例：

　　　　「～子士」（《包》115）／「～」（《曾》63、202）

案：傳世文獻通作「令尹」。又有「尹敞」（《包》149），不知道是倒文還是訛誤。
　　☞本章「令尹」。

呼哼鷹

　　【名】鵂；鴟鵂。猫頭鷹一類的動物。張自烈云：「鵂，虛攸切，音休。鴟
鵂，怪鳥，大如鷹，黃黑斑色，頭目如猫，有毛角兩耳，晝伏夜出，鳴則雌雄
相喚，聲如老人，初若呼，後若笑，所至多不祥。一名鉤鵅。蜀人呼轂轆鳥。
楚人名爲呼哼鷹。皆因其聲似也。或又謂鉤鵅爲鬼各哥。《莊子》：鴟鵂，夜撮
蚤虱，察毫末，晝出瞑目，而不見丘山。」（《正字通》卷十二）李時珍說：「鴟
鵂（拾遺），《釋名》：角鴟（《說文》）。怪鴟（《爾雅》）。蘿（音丸）老兔（《爾
雅》）。鉤鵅（音格）、鵋䳢（音忌欺）、轂轆鷹，蜀人所呼。呼哼鷹，楚人所呼。
夜食鷹，吳人所呼。時珍曰：其狀似鴟而有毛角，故曰鴟，曰角，曰蘿。蘿字
象鳥頭目有角形也。老兔象頭目形。鵂怪皆不祥也。鉤鵅、轂轆、呼哼皆其聲
似也。蜀人又訛鉤格爲鬼各哥。」（《本草綱目》卷四十九）

案：今本《莊子·外篇·秋水》作：「鴟鵂，夜撮蚤，察毫末，晝出瞑目，而不見
　　丘山。」

哈

　　【動】嘲笑；笑。例：

　　　　「行不群以巓越兮，又眾兆之所～。」（《楚辭·九章·惜誦》）
　　　／「東吳王孫纚然而～。」（左思《吳都賦》）

案：王逸注：「楚人謂相嘲笑曰哈。」（《楚辭章句·九章·惜誦》）杭世駿引《吳
　　都賦》注云：「楚東謂相笑爲哈。」（《續方言》卷上頁八）程先甲引玄應《音
　　義》十六云：「哈，蚩笑也。楚人謂相調笑爲哈。」（《廣續方言》卷一）李翹
　　亦有考（1925）。

晢

　　【形】短小；矮小。《方言》：「晢、䂓，短也。江、湘之會謂之晢。凡物生

而不長大亦謂之偘。又曰瘠。桂林之中謂短羅。羅，通語也。東陽之間謂之府。」
（卷十）例：

「故～窳婾生而亡積聚。」（《漢書・地理志第八下》）

案：顏師古注：「諸家之說非也。偘，短也。窳，弱也。言短力弱材不能勤作。故
朝夕取給而無儲偫也。」

呫

【專】鬼神名。例：

「壂（趣）禱～豬。」（《天・卜》）／「八月逯（歸）佩玉於～。」
（《天・卜》）

案：張自烈云：「呫，鐘鼎文靈字。見《古音獵要》。舊本闕。」（《正字通》卷二
口部）《康熙字典》「呫」字條下云：「按：《集韻》靈古作靐，不云作呫。
《篇海》、《類編》有**呫**字，丑栗切。義闕。今無考。」就上引文例看，「呫」
作「靈」作「巫」都可以讀得通。不過，綜合考察其他出土文獻，筆者還是
傾向於「呫」是「巫」的功能轉移形體。《天・卜》「呫」、「靐（靈）」并見：
「壂（趣）禱呫豬。靐酉（酒）、鏅樂之。」可知「呫」、「靈」是不同的神
祇。以前的字書，大概把「呫」、「誣」混而爲一了。《楚辭》、《詛楚文》有
「巫咸」，殆與「呫」同。「呫」或作「晉」。☞本章「巫咸」、「**晉**」。

唊

【動】多言妄語。《說文》：「唊，妄語也。从口夾聲。讀若莢。」（卷二口
部）

案：劉賾所考（1930：171 頁）。

唏

【形】唏噓；傷痛。《方言》：「㥊、唏、忉、怛，痛也。凡哀泣而不止曰
㥊。哀而不泣曰唏。於方則楚言哀曰唏。燕之外鄙，朝鮮、洌水之間少兒泣而
不止曰㥊。自關而西，秦、晉之間凡大人少兒泣而不止謂之唴。哭極音絕亦謂
之唴。平原謂啼極無聲謂之唴哴。今關西語亦然。楚謂之嗷咷。齊、宋之間謂
之唵。或謂之怒。」（卷一）

唉

【嘆】同「欸」，表示肯定，是。《說文》：「唉，應也。」（卷二口部）例：

　　　　「狂屈曰：『～。予知之，將語若。』」（《莊子・知北遊》）

案：☞本章「欸」。

䲷

【名】吐。引申義寫作「屙」。《說文》：「䲷，鷙鳥食已，吐其皮毛，如丸。從丸咼聲，讀若骫。」（卷九丸部）

案：劉賾所考（1930：141～142頁）。

哾

【形】可能是「爽」的楚方言形體。腐敗；創傷。例：

　　　　「五味使人之口～。」（《馬王堆・老子甲・道經》一一二）

案：馬王堆帛書《老子》乙本、傳世本作「爽」。☞本章「爽」。

喝

【動】聲音嘶啞。《說文》：「喝，㵣也。」（卷二口部）例：

　　　　「榜人歌聲流～。」（司馬相如《子虛賦》）

案：又：「終日嗥而嗌不嗄。」（《莊子・庚桑楚》）「嗄」或本作「喝」。劉賾所考
　　（1930：145頁）。

㗊

【動】喧鬧。《說文》：「㗊，眾口也。從四口。凡㗊之屬皆從㗊。讀若戢。又讀若呶。」（卷三㗊部）

按：劉賾所考（1934：1187頁）。

䶃

【嘆】呼喚雞的叫聲。《說文》：「䶃，呼雞，重言之。從吅州聲。讀若祝。」（卷二吅部）傳世典籍通作「祝」。例：

　　　　「猶舉杖而呼狗，張弓而～雞矣。」（劉向《說苑・尊賢》卷八）

「䶃」典籍或作「祝」。例：

　　　　「～雞公善養雞，得遠飛雞之卵伏之，名曰䰙。」（郭憲《漢武
　　洞冥記》）

案：徐鍇說：「重言之，故從二口。《列僊傳》有祝雞翁。後人或作䶃。隻逐反。」

（《說文解字繫傳》通釋卷三）岳元聲（《方言據》卷下）、劉賾（1930：162頁）均有考。

嗟

【語】句首語氣詞。例：

「斯實神妙之響象，～難得而觀縷。」（左思《吳都賦》）

案：程先甲引《文選‧吳都賦》注引《爾雅》云：「嗟，楚人發語端也。」（《廣續方言》卷一，宣統二年程氏刻千一齋全書本）今粵語音「車」，寫作「啤」。

嗄

【形】（因號哭等以致）嘶啞。例：

「兒子終日嗥而嗌不～，和之至也。」（《莊子‧庚桑楚》）

案：陸德明云：「楚人謂啼極無聲為～。崔撰本作『喝』，云：啞也。」（《經典釋文》引司馬彪說）杭世駿引《莊子‧庚桑楚》注云：「楚人謂啼極無聲為嗄。」（《續方言》卷上葉八）。

嗶尹

【形】楚官稱。可能同「剸尹」。例：

「～臣之騏為右驌(服)。」（《曾》154）／「～臣之黃為右驌(服)。」（《曾》155）

案：☞本章「剸尹」。

喊咨

【形】羞慚的樣子。《方言》：「忸怩，慙澀也。楚郢、江、湘之間謂之忸怩；或謂之喊咨。」（卷十）典籍作「戚嗟」。例：

「六五，出涕沱，若～，若吉。」（《周易》卷三）

案：徐鼏云：「（戚嗟，）《子夏傳》作『喊咨』，慙也（《釋文》）。」（《周易舊注》卷四）

噴

【形】憐惜；憐憫。《方言》：「噴、無寫，憐也。沅、澧之原凡言相憐哀謂之噴；或謂之無寫；江濱謂之思。皆相見驩喜有得亡之意也。九嶷、湘、

潭之間謂之人兮。」（卷十）《說文》：「喟，大息也。从口胃聲。嘳，喟或从貴。」（卷二口部）例：

> 「晏子爲莊公臣，言大用，每朝賜爵益邑，俄而不用，每朝致邑與爵，爵邑盡退，朝而乘，～然而歎，終而笑。」（《晏子春秋·內篇雜上》）

嘽咺

【形】畏懼。《方言》：「譠台、脅閾，懼也。燕、代之間曰譠台。齊、楚之間曰脅閾。宋、衛之間凡怒而噎噫謂之脅閾。南楚、江、湘之間謂之嘽咺。」（卷一）。例：

> 「墨尿、單至、～、憋懯，四人相與游於世。」（《列子·力命》）

𥰫

「𥰫」用爲「誌」，或作動詞，或作名詞。

1. 【動】誌；記述。例：

> 「爲下可述而～也。」（《郭·緇衣》）／「子郙公命郳右司馬彭懌爲僕笑（券）～。」（《包》133）

2. 【名】誌；記錄。例：

> 「氏（致）～」（《包》9、13、127）／「㚢少宰尹妝詏以此～至（致）命。」（《包》157反）／「廷～」（《包》440～1）

案：傳世本《緇衣》作「爲下可述而志也」，可證「𥰫」同「誌」。因此，《包》簡中的「𥰫」，解釋爲「誌（記錄；案卷）」比解釋爲「筭」（《說文》所謂「齊簡也」）更合理。而在「□尹𥰫駬從郢以此筭李（理）」中的「筭」，恐怕也通爲「誌」。「廷𥰫」指「聆訊或對質的紀錄簡文」。其餘的則泛指竹簡文書。或以爲「券𥰫」指「文書」（湖北省荊沙鐵路考古隊：1991a：49頁）。其實這裏的「券」爲名詞用如副詞，此句大意是：「子郙公命郳地的右司馬彭懌爲我用「券」的形式記錄下來。」「𥰫」，湯餘惠讀爲「冊」〔註16〕；陳偉武讀爲「證」（1997：640～641頁）。均可商。《包山楚簡文字編》（張守中：1996：

〔註16〕 氏著《包山楚簡讀後記》，載《考古與文物》1993年2期。

67 頁）、《戰國文字編》（湯餘惠等：2001：287 頁）都把「等」列在「等」字條下。恐怕是不妥當的。

噭咷

【形】哭泣狀；（小孩）哭泣不止。《方言》：「少兒泣而不止曰咺。自關而西，秦、晉之間凡大人、少兒泣而不止謂之唴。哭極音絕亦謂之唴。平原謂啼極無聲謂之唴喑。楚謂之噭咷。」（卷一）《說文》：「咷，楚謂兒泣不止曰噭咷。」（卷二口部）例：

「聲噭誂兮清和，音晏衍兮要～。」（《楚辭·九思·悼亂》）

案：「誂」同「咷」。杭世駿有考（《續方言》卷上葉八）。或以爲「咷」是壯、德宏傣等少數民族語詞（嚴學宭：1997：401 頁）。

嗇沱

【名】通作「礑鼉」，一種球形深腹、細足外撇的楚式鼎。例：

「樊季氏孫仲嬭擇其吉金自作～」（《樊季氏仲嬭鼎銘》）

案：「嗇沱」或作「碩頎」、「沰盍」。☞本章「礑鼉」、「碩頎」、「沰盍」。

囂尹

【術】楚國中央政府官稱。「春秋時置，其職掌不詳」（石泉：1996：502 頁）。例：

「楚子狩於州來，次於潁尾，使蕩侯、潘子、司馬督～午、陵尹喜帥師圍徐以懼吳」（《左傳·昭十二》）

嚜尿

【形】（小孩）狡詐。《方言》：「央亡、嚜尿、姡，獪也。江、湘之間或謂之無賴；或謂之㺿；凡小兒多詐而獪謂之央亡；或謂之嚜尿；或謂之姡。姡，娗也。或謂之猾。皆通語也。」（卷十）典籍或作「墨尿」。例：

「～、單至、嘽咺、憋懯，四人相與游於世。」（《列子·力命》）

案：戴震云：「墨、嚜通。」（《方言疏證》卷十）

2. 口部（4）

四月子

【名】胡頹子。

案：李時珍云：「(胡頹子)，吳、楚人呼爲四月子。」(《本草綱目》卷三十六)

囟

　　【古】見於周原甲骨文及西周金文。從形體、意義到用法，楚方言都是沿用古語。《說文》：「囟，頭會腦蓋也。」(卷十囟部) 在楚地出土文獻中，「囟」有以下用法：

1. 【語】通作「斯」，用於句首，表不確定或疑問語氣。相當於「其」。例：

　　　　「～一獸（識）獄之主以至（致）命？不至（致）命，隆門有敗。」(《包》128) ／「～㹇之戡（來）叙於㹇之所諆（證）？」(《包》138 反) ／「～攻解於㮚禃（祖），叡（且）叙於宮室？五生占之曰：吉。」(《包》211) ／「～攻解於不殆（辜）？苛嘉占之曰：吉。」(《包》217) ／「～攻叙於宮室？五生占之曰：吉。」(《包》229) ／「～攻祝、逯（歸）繮（服）珥、冠繮（冠帶）於南方？觀繃占曰：吉。」(《包》231) ／「～左尹拕淺（踐）返（復）凥？～攻解於歲？鹽吉占之曰：吉。」(《包》238) ／「～攻解於水上與㒸（沒）人？五生占之曰：吉。」(《包》246) ／「～攻解日月與不殆（辜）？瞀吉占之曰：吉。」(《包》248) ／「～紫之疾潒（趄）瘇（瘥）？」(《秦》1・3) ／「～虹解於㮚瘇（祖）與弖（強）死？」(《天・卜》) ／「～攻解於不殆（辜）、弖（強）死者？」(《天・卜》) ／「～攻解於㮚禃（祖）？」(《天・卜》) ／「～某遬逯（歸）飤故？」(《九》56・44) ／「(恒)～亥敓於五殜（世）？」(《新蔡》乙四：27)

2. 【連】通作「斯」，連接分句，表轉折，相當於「則」。例：

　　　　「九月癸丑之日不逆邻大司敗以（盟）邻之椒里之敔無又（有）李㤆，～阩門又（有）敗。」(《包》23) [註17] ／「子郘公䛃之於

陰之數客，～斷之。」（《包》134）／「僕不敢不告於見日，～聽之。」（《包》135～136）

案：☞本文第六章二十八，囟。

圉

【名】**茻**，原篆从四草，象苑圉之形，與「圞」形近，僅省去「囗」而已。楚語殆用為畜馬之所，例：

「某～之黃為右驂（服）。」（《曾》143）／「某～之少乘為左驂。」（《曾》146）／「某～之大乘為右服。」（《曾》146）／「某～之驈（驂）為左驂（服）。」（《曾》151）／「某～之駟為右驂。」（《曾》175）

案：☞本文第六章七，圉。

國老

【術】德高望重的卿大夫致仕者。例：

「～皆賀子文。」（《左傳・僖二十七》）／「賜虞丘子埰地三百，號曰～。」（《說苑・至公》）

案：吳永章有詳考（1982）。

3. 土部（29）

土伯

【專】后土之伯。例：

「～九約。」（《楚辭・招魂》）

案：《包》、《望》等均見「后土」。

圮

【名】橋。《說文》：「圮，東楚謂橋為圮。」（卷十三土部）例：

「嘗從容步游下邳～上。」（《史記・留侯世家》）

案：服虔注：「圮音頤，楚人謂橋曰圮。」宋・婁機《班馬字類》云：「圮，橋也。楚人謂之圮。」

坏

【名】毛坯；未成器者。《說文》：「坏，丘再成者也。一曰：『瓦未燒。』
從土不聲。」（卷十三土部）典籍通作「坯」。例：

> 「墳墓不～，同于丘陵，除之曰鼓素琴。」（《大戴禮記注》卷
> 十三）／「夫造化者既以我爲～矣。」（《淮南子‧精神訓》）

案：劉賾所考（1934：186 頁）。

坓霝

【術】占卜用具。例：

> 「苛慶以～蘆連囂……（《秦》13‧8）

坺

【名】耕作時翻起的土。《說文》：「坺，治也。一曰臿土謂之坺。《詩》
曰：『武王載坺。』一曰：『塵皃。』」（卷十三土部）

案：劉賾所考（1930：141～172 頁）。今廣州話用以名稀泥。

地錢草

【名】積雪草。

案：程先甲引蘇恭唐本草云：「積雪草，荊楚人謂爲地錢草。」（《廣續方言拾遺》）

坐山

【專】鬼神名。例：

> 「嬰（趣）禱大水一膚，二天子各一牂，～一䍮。」（《包》243）

案：「坐」或作「峷」，或作「伴」。☞「峷山」、「伴山」。

块（缺）

【形】「块」是「缺」的楚方言形體。《說文》：「缺，器破也。從缶決省聲。」
（卷五缶部）例：

> 「罷～罷涅（盈）。」（《郭‧太一生水》7）

按：在楚方言中，表示「殘缺」意義的「缺」可能從土夬聲，當然也可能如《說
　　文》所說那樣，「決省聲」。

坪皇／坪諻

【術】楚樂律名，相當於周樂律的「蕤賓」，見於曾侯乙墓所出編鐘鐘銘。
「皇」偶有作「諻」者。例：

「妥（蕤）賓之在楚也爲～」（《集成》287）／「～之翠（羽）」
「爲～誅（變）商」（《集成》288）／「～之翠（羽）」（《集成》289）
／「～之誅（變）徵」（《集成》291）／「妥（蕤）賓之在楚也爲～」
（《集成》292）／「爲～誅（變）商」（《集成》293）／「爲～徵角」
（《集成》294）／「～之翠（羽）」（《集成》295）／「～之商」（《集
成》296）／「～之宮」（《集成》297）／「～之巽反」（《集成》300）
／「～之冬（終）反」（《集成》301）／「～之少商」（《集成》302）
／「～之巽」（《集成》303）／「～之冬（終）」（《集成》305）／「～
之喜（鼓）」（《集成》306）／「～之商」（《集成》307）／「～之宮」
（《集成》308）／「～之巽反」（《集成》311）／「～之冬（終）反」
（《集成》312）／「～之少商」（《集成》313）／「～之巽」（《集成》
314）／「～之冬（終）」（《集成》316）／「～之喜（鼓）」（《集成》
317）／「～之商」（《集成》318）／「～之宮」（《集成》320）／「～
之終」（《集成》321）／「～之徵曾」（《集成》324）／「爲～之翠（羽）
顧下角」（《集成》326）／「妥（蕤）賓之在楚也爲～」（《集成》327）
／「爲～誅（變）商」（《集成》328）／「爲～徵角」（《集成》329）
／「～之翠（羽）」（《集成》330）

坨（地）

「坨」是「地」的楚方言形體。在楚地出土文獻中，「坨」有兩個用法：

1.【名】地；地區。例：

「霝～一邑。」（《包》149）

2.【形】通作「阤」，坍塌。《說文》：「阤，小崩也。从𨸏也聲。」（卷十
四𨸏部）例：

「山亡陂則～；成（城）無蓑則～，士亡友不可。」（《郭·語
叢四》22）

案：古文字从也从它多無別，如「蛇」和「虵」，「佗」和「他」，「駝」和「馳」，
等等。因此，把「坨」釋作「地」應可信 [註18]。楚地出土文獻「地」多作「墬」，

〔註18〕例如《包山楚簡文字編》即把「坨」附於「地」字條下。參張守中（1996：

· 244 ·

那「坨」也可能是「堚」的簡體。☞本章「堚」。

封

【名】隆起的蟻穴。《方言》：「垤、封，塲也。楚郢以南蟻土謂之封。垤，中齊語也。」（卷十）例：

> 「其繇曰：『蟻～穴戶，大雨將集。』」（漢・劉珍《東觀漢記》
> 卷七列傳二）

案：《孟子・公孫丑上》：「泰山之於丘垤，河海之於行潦，類也。」趙岐注云：「垤，
蟻封也。」

封人

【術】負責疆域管理的小吏，春秋時楚國也置。例：

> 「令尹蔿艾獵城沂，使～慮事，以授司徒。」（《左傳・宣十一》）

垊（缶）

「垊」是「缶」的楚方言形體。在楚地出土文獻中有兩個用法：

1.【名】陶器的總稱。《說文》：「缶，瓦器，所以盛酒漿。秦人皷之以節
謌。象形。凡缶之屬皆从缶。」（卷五缶部）例：

> 「窨（蜜）某（梅）一～」（《包》255）

2.【名】通作「寶」。例：

> 「無箸蕫，愈（逾）～（寶）山，石不爲〔開〕。」（《郭・窮達
> 以時》13）

垊人

【術】楚國官稱。或以爲負責管理（王室）陵墓的人員（石泉：1996：167
頁）。例：

> 「悹（威）王之～臧嘼」（《包》172）／「悹（威）王～臧」（《包》
> 183）

案：傳世文獻有「宅人」：「則使宅人反之。」（《左傳・昭三》）又：「乃下令大夫
曰：『明日且攻亭，有能先登者仕之國大夫，賜之上田。』宅人爭趨之。」（《韓

201頁）。

非子‧內儲說上》卷九）似乎是指宅居之人。如果「坨人」與「宅人」有一定的源流關係的話，其職掌可能并非管理王室陵墓。

垪（缾）

1.【名】「垪」是「瓶（瓶）」的楚方言形體，器名。《說文》：「缾，罃也。从缶并聲。瓶，瓶或从瓦。」（卷五缶部）例：

「一渫～」（《信》2‧014）

2.【量】一瓶的量。例：

「一～某（梅）醬」（《信》2‧021）／「一～食醬」（《信》2‧021）

墬（地）

【名】「墬」是「地」的楚方言形體。《說文》：「地，元氣初分，輕清陽爲天，重濁陰爲地。萬物所陳列也。从土也聲。墬，籀文地从隊。」例：

「天～乍（作）羕（祥）。」（《帛‧甲》）

案：楚地的出土文獻，也有「墜」（見《郭‧忠信之道》、《郭‧語叢四》等），與列國同（參湯餘惠：2001：878頁），但多作「墬」，偶作「坨」。☞本章「坨」。

墬（地）宝

【專】鬼神名，土地之神。例：

「歔（且）爲害繷璠之厭一豻（貀）於～。」（《包》219）／「～。」（《秦》99‧11）

埶

【古】【動】種植。《說文》：「埶，種也。从坴。丮，持。亟種之。《書》曰：『我埶黍稷。』」（卷三丮部）

案：劉賾所考（1930：146頁）。

堵敖

【名】或以爲賢人名，或以爲未成君而死者。例：

「楚子如息，以食入享，遂滅息，以息嬀歸，生～及成王焉，未言。」（《左傳‧莊十四》）／「吾告～以不長。」（《楚辭‧天問》）

案：王逸注：「堵敖，楚賢人也。屈原放時語堵敖曰：『楚國將衰，不復能久長也。』

一本以下有楚子。」洪興祖補注：「《左傳》：楚子滅息，以息嬀歸，生堵敖及成王焉。楚子，文王也。《莊公十九年》杜敖上、《二十三年》成王立杜敖，即堵敖也。《天對》注云：楚人謂未成君而死曰堵敖。堵敖，楚文王兄也。今哀懷王將如堵敖不長而死，以此告之。逸注以堵敖爲楚賢人。大謬。然宗元以堵敖爲文王兄，亦誤矣。」（《楚辭・天問章句》）李翹有考（1925）。「堵敖」或作「杜敖」。☞本章「杜敖」。

埜（野）墬（地）宔

【專】鬼神名，宮室外的土地之神。例：

「孖（薦）於～一豨（貑）。」（《包》207）

埜（野）齋

【專】野外的祭祀祈禱儀式，與「內齋」相對。例：

「辛未之日～」（《望》1・156）

案：或「疑野指城外，內指所居宮室。」（湖北省文物考古研究所、北京大學中文系：1995：99 頁）。

埃

【名】塵土。例：

「蚯蚓無筋骨之強，爪牙之利，上食晞～，下飲黃泉，用心一也。」（《文子》上）／「蕉灕而不得清明者，物或～之也。」（《淮南子・齊俗訓》）／「堀～揚塵。」（宋玉《風賦》）

案：杭世駿引《淮南鴻烈解・說林訓》許慎注云：「埃，土塵。楚人謂之埃。」（《續方言》卷下葉四）岑仲勉以「堀埃」爲古突厥語詞（2004b：200～201 頁）。

執

【古】《說文》：「執，捕罪人也。从丮从㚔，㚔亦聲。」（卷十㚔部）執字的古文字形體正像人戴桎梏的樣子。楚地出土文獻用如此，當是古語詞之孑遺。在楚地出土文獻中，大致有以下用法：

1. 【動】拘捕；拘留。例：

「邵行之夫＝（大夫）盤阿夸～僕之佁登虜（虢）、登期、登僕、登蠿而無古（故）。」（《包》15）／「邵行夫＝（大夫）夸～

其偩人。」（《包》15 反）／「～勿遊（失）。」（《包》80）／「孔
～場貯。」「孔～雇女返。」「孔～競不割。」（《包》122）／「而
倚～僕之覭（兄）緙。佥之正國～僕之父逾。」（《包》134～135）
／「陰之戠客或～僕之覭（兄）偟，而舊不爲劃（劇）。」（《包》
135 反）／「舒偟～，未有劃（斷）。」（《包》137）／「偟迲苟（拘），
其余（餘）～，牁（將）至當而劃（斷）之。」（《包》137 反）／
「鄙迿尹驕～小人于君夫人之故愴。」（《包》143）

2.【動】連接。例：

「南與郯君～疆。東與菻君～疆。北與鄝昜～疆。西與鄙君～
疆。」（《包》154）

案：「連接」的義項不見於出土文獻和傳世典籍，爲楚簡所僅見。或釋爲距，爲「至
疆」的意思〔註 19〕。可商。

3.【動】執行。例：

「……～命爲王轂取郲，不涅轂而逃命，誣之政」（《包》156）
／「左尹完（冠）以不得～之尻，弗能詣。」（《包》156）

4.【動】負責（……事務）的人；主持（……事務）的人。☞本章「執事
人」。

執圭

【術】楚爵位名。《說文》：「圭，瑞玉也。上圜下方。公執桓圭，九寸。
侯執信圭；伯執躬圭；皆七寸。子執穀璧；男執蒲璧；皆五寸。以封諸侯，
从重土。楚爵有執圭。」（卷十三土部）例：

「丈人不肯受，曰：『荊國之法，得五員者爵～，祿萬檐，金
千鎰……。』」（《呂氏春秋·孟冬紀·異寶》）／「荊王聞之，仕之
～。」（《呂氏春秋·恃君覽·知分》）／「子發攻蔡，踰之。宣王
郊迎，列田百頃，而封之～。」（《淮南子·道應訓》）

案：許愼注云：「楚爵，功臣賜以圭，謂之執圭，比附庸之君也。」（《淮南鴻烈

〔註 19〕 劉樂賢《楚文字雜識（七則）》，《第三屆國際中國古文字研討會論文集》613
～617 頁，香港中文大學－中國文化研究所、中國語言及文學系，1997 年 10
月。

解・道應訓》）不過，《子華子》云：「請祿從者，以爵執圭。」（卷上）似乎三晉也有「執圭」之爵。

執事人

【術】負責具體事務的主持人，即通語的「執事」：「齊侯未入竟。展喜從之曰：『寡君聞君親舉玉趾，將辱於敝邑，使下臣犒執事。』」（《左傳・僖二十六》）。例：

「周賜訟郯之兵麐～圄司馬競丁，以其政（徵）其田。」（《包》81）／「下鄰（蔡）菽里人舍（余）覤（狷）告下鄰（蔡）咎～易城公羕罜。」（《包》120）／「命一～以至（致）命於郢。」（《包》135 反）／「見日命一～至（致）命。」（《包》137 反）／「妡～鄙奠。」（《包》188）／「礻（攻）尹之礻（攻）～瞑甦（趣）……。」（《包》225）／「蟗趄～書入車」（《曾》1 正）／「～柰」（《天・卜》）

案：在古漢語中，通常使用「者」字結構以表示「……的人」。楚語中雖然也有「者」字結構，但使用「……人」以表示「……的人」卻更接近於現代漢語。即據此例，也可知道「人」在楚語中可用爲後綴。「執事人」一稱，遲至唐代文獻（例如唐・釋智周《成唯識論演秘》）始見。可知「執事人」殆楚語所特有。

堨

【名】墻壁的間隙。《說文》：「堨，壁間隙也。从土曷聲。讀若謁。」（卷十三土部）例：

「曳梢肆柴，揚塵起～。所以營其目者。」（《淮南子・兵略訓》）

案：許慎注云：「梢，小柴也。堨，埃。」（《淮南鴻烈解・兵略訓》）和《說文》的解釋又不同。劉蹟所考（1930：146 頁）。

塔

【名】《說文》：「塔，西域浮圖也。」（卷十三土部新附）例：

「阿育王起浮屠于佛泥涅處。雙樹及～今無復有也。」（《水經注・河水一》）

案：程先甲據《倭名類聚抄》引孫愐《切韻》云：「齊、楚曰塔。揚、越曰龕。」
（《廣續方言》卷二）

墫（坳）

【專】「坳」的異體。用如土地神祇名：

「……～城一豢。」（《新蔡》甲三：392）

案：☞第六章六，墫（坳）。

壇

【名】中庭。例：

「蓀壁兮紫～，播芳椒兮成堂。」（《楚辭・九歌・湘夫人》）／
「……～場之所……」（《國語・楚語（上）》）

案：杭世駿引《淮南鴻烈解・說林訓》許慎注云：「楚人謂中庭為壇。」（《續方言》
卷上葉十二）又戴震引高誘注云：「楚人謂中庭曰～。」（《屈原賦戴氏注・湘
君》「荃壁兮紫壇」章，清乾隆刻本）

壤

【名】掘地挖出的土或老鼠打洞挖出的土。例：

「吐者外～，食者內～。闕然不見其～有食之者也。」（《穀梁
傳・隱三》）

案：程際盛所考（《續方言補正》卷上葉二）。《穀梁傳・隱三》楊士勛疏引糜信
云：「齊、魯之間謂鑿地出土，鼠作穴出土皆曰壤。」

4. 士部（1）

士尹

【術】楚國官稱。「似為基層司法官員」（石泉：1996：10頁）。例：

「～結訴返」（《包》122）／「五帀～宜咎」（《包》185）／「～
之璽」（《分域》1036）

5. 夊部（夂同）（6）

夊

1.【形】跨越。《說文》：「夊，行遲曳夊。夊象人兩脛有所躧也。」（卷五

夊部）

2.【名】兩股之間，寫作「胯」。

案：劉賾所考（1930：142 頁）。

夅（各）

「各」的楚方言形體。有三個義項：

1.【動】至；來。相當於典籍的「格」。例：

「訟羅之廡窢（域）之～者邑人郖女。」（《包》83）

2.【名】用作「格」，指起間隔作用的框。☞本章「夅（格）仉（几）」

3.【專】用爲人名。例：

「車轄～斤。」（《包》157）／「石～刃。」（《石～刃鼎》／「冶
帀（師）櫺～、差（佐）陳共爲之。」（《楚王酓忑盤銘》）「冶櫺～、
陳共爲之。」（《冶櫺夅匕銘》）

4.【量】楚國重量單位及貨幣單位。☞「夅（格）朱（銖)」。

案：「夅」的考釋☞本文第六章十七，夅（附論郤、桼）。

夅（格）仉（几）

【名】可能爲分成若干間隔的几子。「夅」用爲「格」。例：

「二□～」（《包》261）

案：☞本文第六章十七，夅（附論郤、桼）。

夅（格）朱（銖）

【量】楚國重量單位。可能相當於列國的「分」，即 1／12 銖。「夅」是
「各」的楚方言形體，讀爲「格」。「夅（各）朱（銖)」在楚地出土文獻中有
兩個義項：

1. 重量單位，相當於「分」。例：

「郢姬府所造，重十奠（瓷）四奠（瓷）～。」（《鄱陵君王子
申攸豆銘》）

2. 貨幣單位，1／12 銖。例：

「～」（貝幣文）

案：《說文》：「銖，權十分黍之重也。」（卷十四金部）又：「稱……其以爲重：
十二粟爲一分，十二分爲一銖。（卷七禾部）據上引文例可知，「夅（格）朱

（銖）」的度量小於銖，無疑就是「分」。可能地，一銖分成十或十二等分，反映在衡器上即有十或十二刻度。這刻度，列國稱爲「分」，而楚人則稱爲「仝（格）朱（銖）」。今天的廣州話仍稱刻度爲「格」，可謂淵源有自。迄今所見先秦衡器，祇有十等分刻度的，未見有十二等分刻度的。當然，因爲現存的這兩件衡器都是楚物，讓我們有理由相信，楚人使用十進制。那麼，「仝（格）朱（銖）」可能爲 1／10 銖，而不是 1／12 銖〔註20〕。☞本文第六章十七，仝（附論郤、桼）。

夓

【形】聳身躍起。《說文》：「夓，斂足也。鵲鵙醜其飛也。夓从夊兒聲。」（卷五夊部）

案：劉賾所考（1930：164 頁）。

峻

【形】強項不屈；乖刺不馴。《說文》：「峻，直項莽兒。」（卷十六部）

案：劉賾所考（1930：160 頁）。

6. 夕部（4）

夗專

【名】博棋；博塞（一種古棋戲）。《方言》：「簙謂之蔽。或謂之箘。秦、晉之間謂之簙。吳、楚之間或謂之蔽；或謂之箭裏；或謂之簙毒；或謂之夗專；或謂之匴璇；或謂之棊。所以投簙謂之枰。或謂之廣平。所以行棋謂之局。或謂之曲道。」（卷五）

夥

【形】多；盛大。《方言》：「碩、沈、巨、濯、訏、敦、夏、于，大也。齊、宋之間曰巨，曰碩。凡物盛多謂之寇。齊宋之郊、楚、魏之際曰夥。」（卷一）／《說文》：「𣤶，楚兒驚詞也。从宄咼聲。讀若楚人名多夥。」（卷八宄部）例：

「陳王聞之，乃召見，載與俱歸。入宮見殿屋帷帳。客曰：『～

〔註20〕 參馬承源主編《中國青銅器》317 頁，上海古籍出版社，1988 年 7 月第 1 版。又參劉彬徽（1995：372 頁）。

頤，涉之爲王沈沈者。』楚人謂多爲～，故天下傳之～。」(《史記・陳涉世家》)

案：杭世駿云：「楚人謂多爲夥（《史記・陳涉世家》。《說文》云：『齊謂多爲夥。』)。」(《續方言》卷上葉二）

夢

【名】沼澤或草澤。例：

「與王趨～兮課後先。」(《楚辭・招魂》)

案：王逸注：「楚人名澤中爲夢中。《左氏傳》曰：楚大夫鬬伯比與邧公之女淫而生子，棄諸夢中。……一注云：夢，草中也。」洪興祖補注：「楚謂草澤曰夢。」杭世駿（《續方言》卷下葉三)、徐乃昌（《續方言又補》）均有考。駱鴻凱謂「『湄』之轉」(1931：17～20 頁)。岑仲勉以爲古突厥語詞（2004b：202 頁)。

夥／䆷

【形】大而多。《方言》:「夥、䆷、晠，多也。南楚凡大而多謂之夥；或謂之䆷。凡人語言過度及妄施行亦謂之䆷。」(卷十)

案：「䆷」或作「穠」。戴震云：「案《後漢書・崔駰傳》『若夫紛穠塞路』，注引《方言》『穠盛多也』。音奴董反。穠、䆷古通用，盛、晠古通用。《廣雅》：夥、穠、盛，饒多也。」(《方言疏證》卷十）或以爲侗、仫佬等少數民族語詞（嚴學宭：1997：400 頁)。

7. 大部（53）

大

【名】同「釱」，刑具。例：

「白金～，……紡組鏞（囹）之～。」(《包》牘１)

案：☞本章「釱」。

大攻（工）尹

【術】楚國官稱。「大工尹在諸工尹之上，是楚國中央主管百工的最高官職。」(石泉：1996：11 頁）例：

「～雎以王命＝棄（集）尹怨糈、箴尹逆、箴令阢爲鄂君啓之
府瞞鑄金節。」（《鄂君啓舟、車節銘》）／「～之駟爲右驌（服）」
（《曾》145）

案：「攻」是「工」的楚方言形體，从攵，表明用手製作。因此，「攻」用如「工」
并非通假。

大巾

【術】蔽厀。《方言》：「蔽厀，江淮之閒謂之禕；或謂之祓。魏、宋、南楚
之閒謂之大巾。自關東西謂之蔽厀。齊、魯之郊謂之袡。」（卷四）《說文》：「衾，
楚謂大巾曰衾。」（卷七巾部）例：

「～謂之幕。」（《孔叢子·廣服第六》）

大夫

【古】【術】掌中央要職、或顧問類官事。例：

「楚余其～公子追舒。」（《春秋·襄二十二》）／「恭王有疾，
召～曰……」（《國語·楚語（上）》）／「今子常，先～之後也。」
（《國語·楚語（下）》）

案：《古璽》0097～0107，《包》12、15、15反、41、47、65、94、126、128、130、
141、157、188、《信》1·32、《望》1·22、《曾》210均見「大夫」。據之可
知「大夫」亦地方政府官員。

大尹

【術】楚國官稱。「具體職掌未詳。」（石泉：1996：12頁）例：

「～之人黃訢」（《包》187）／「～兩馬」（《曾》210）

大水

【專】鬼神名。例：

「賽禱……～備（服）玉一環。」（《包》213）／「太、後（后）
土、司命、司禍、～、二天子、峚山既皆城。」（《包》215）／「𡊏
（趣）禱～一膚，二天子各一牂」（《包》237）／「𡊏（趣）禱～
一膚，二天子各一牂。」（《包》243）／「𡊏（趣）禱～一犧馬。」
（《包》248）／「享祀～一璹（服）＝環。」（《天·卜》）／「～

一犅（牲）。」（《天・卜》）／「～一靜（牲）。」（《天・卜》）／「壐
（趣）襘……～備（服）玉一環。」（《望》1・54）／「～一環。」
（《望》1・55）

大正

【術】楚國地方官稱。「其職掌待考。」（石泉：1996：12 頁）例：

「鄟昜～登生鈜受期。」（《包》26）

大右

【古】【術】官稱。原爲王祭祀時負責右列禮儀的官員，楚國之職掌不知道
有無發生改變。例：

「～秦」（《東陵鼎銘》）

案：或以爲：「大右秦，也許就是此機構（主管製作祭祀用荣肴的機構——引者案）
　　之主管官名。」（劉彬徽：1995：356 頁）。《周禮・夏官司馬下》有「大右」
　　官稱：「南面東上大僕、大右，大僕、從者在路門之左南面西上。」（卷八）鄭
　　玄注云：「大右，司右也。」

大右人

【古】【術】官稱。「大右」的派生詞。例：

「～」（《大右人鑒銘》）

案：或以爲「人」是名字（劉彬徽：1995：366 頁）。

大司命

【專】星名。三臺中的上臺二星，主壽。例：

「《～》」（《楚辭・九歌》篇名）

大司馬

【術】「楚國中央政權的最高軍事長官。……其地位僅次於『令尹』。」
（石泉：1996：13 頁）。但某些重地也設「大司馬」。例：

「楚公子午爲令尹，代子囊。公子罷戎爲右尹，蒍子馮爲～。
子馮，叔敖從子。」（《左傳・襄十五》）／「楚公子圍殺～蒍
掩而取其室。」（《左傳・襄三十》）

案：「大司馬」又見於《包》115、228、234、239、267，《鄂君啓舟節銘》、《鄂
君啓車節銘》等器。吳永章有詳考（1982）。「大司馬」或略作「司馬」。
☞本章「司馬」。

大司城

【術】楚國官稱。「其職守是否如春秋時之司城（司空）主管工程，待考。」
（石泉：1996：13 頁）例：

「方郪左司馬競慶爲～故客敔。」（《包》155）

大弁

【術】楚國官稱。「其職掌不詳。」（石泉：1996：13 頁）例：

「～連中」（《包》138）

大主尹

【術】楚國地方官員官稱。例：

「鄟易大～歙宋訟軋（範）慶……」（《包》87）

案：「楚國地方上的大主尹與主尹可能是同類職官。」（石泉：1996：13 頁）「大主
尹」或作「主尹」。☞本章「主尹」。

大伓尹

【術】楚國官稱。「其職掌未詳。」（石泉：1996：13 頁）例：

「郊郘大宮（邑）屈肔、～顕（夏）句浩受期」（《包》67）

大門

【專】門戶鬼神。例：

「閟於～一白犬」（《包》233）

案：《風俗通義校注》引太史公記：「秦德公始殺狗磔邑四門，以禦蠱災。」「閟」，
或讀爲「伐」（湖北省荊沙鐵路考古隊：1991a：57 頁）。近是。或作從「鬥」
從戈（滕壬生：1995：232 頁）。非。「大門」或作「門」。☞本章「門」。

大波

【專】神鬼名。例：

「祭～一牂。」（《天・卜》）

大彤簝

【術】卜具。例：

「以弉之～爲君貞（貞）」（《新蔡》甲三：72）

案：「簝」當「簭」字。《周禮・春官宗伯下》：「簭人，中士二人，府一人，史二人，徒四人。」「占人掌占龜，以八簭占八頌，以八卦占簭之八，故以視吉凶。」《字彙補》云：「簭與筮同」。

大保豪（家）

【術】卜具。例：

「～」（《新蔡》甲三：216、219、乙二：25＋零：205＋乙三：48、27、零：117）

大（太）師

【術】古文字「大」「太」通作，出土文獻作「大師」，傳世文獻作「太師」。「大（太）師」相當於「令尹」，但較「令尹」更榮耀。此官非常設。除楚國外，晉也曾設大（太）師。例：

「使爲～。」（《左傳・文元》）／「使爲～，掌國事。」（《史記・楚世家》）

案：「大師」見於《包》115、56、52、55、64。《包》又見「少（小）師」例。吳永章有詳考（1982）。

大邑（邑）

【術】可能是楚國的地方官員官稱。例：

「漾陵～疕」（《包》12）／「鄒邟～屈旎、大佲尹顕（夏）句浩受期。」（《包》67）

大宰／大啐

【古】《周禮・天官冢宰第一》：「治官之屬，大宰卿一人。」（卷一）楚語中，「大宰」有如下用法：

1. 【術】相當於「相」。例：

「晉使如楚，報～子商之使也。」（《左傳・成十》）／「子重使～伯州犂侍於王后。」（《左傳・成十六》）／「蒍啓疆爲～。」（《左

傳・昭元》）／「～啟疆」（《國語・楚語上》）／「～犯」（《左傳・
昭二十一》）

2. 【術】膳夫。例：

「～子朱侍飯於令尹子國。令尹子國啜羹而熱，投卮漿而沃
之。明日，～子朱辭而歸。」（《淮南子・人間訓》）／「新都南陵
～戀瘠」（《包》102）

在楚地出土文獻中，「大宰」或作「大帝」。例：

「～之駟爲左驂。」（《曾》175）／「所𦌕～馬匹（合文）。」
（《曾》210）

案：「大宰」一職，吳永章有詳考（1982）。☞本章「太宰」。

大迅尹

【術】楚國地方官稱。「具體職掌待考。」（石泉：1996：13 頁）例：

「～宋㹠」（《包》51）／「～足」（《包》112）／「～之黃爲左
驌（服）」（《曾》145）

案：又有「迅尹」。☞本章「迅尹」。

大禍

【專】神鬼名。例：

「塁（趣）禱～戠牛。」（《天・卜》，凡三例）

大脰（厨）尹

【術】楚國官稱。例：

「～公㜇必與戠卌＝」（《包》139）

案：或謂「可能是負責王室膳食的職官。」（石泉：1996：17 頁）☞本章「脰（厨）
尹」、「集脰（厨）尹」。

大將軍

【術】諸將之首。例：

「十七年春，與秦戰丹陽，秦大敗我軍，斬甲士八萬，虜我～
屈丐……」（《史記・楚世家》）

案：吳永章有詳考（1982）。

大英／大央

　　【術】卜具。例：

　　　　　　「～」（《天・卜》）

　　「大英」或作「大央」，例：

　　　　　　「～」（《天・卜》）

大堣（禹）

　　【專】傳世文獻中常見的先賢。楚地出土文獻中，「堣」字字形與傳世文
獻異。例：

　　　　　　「～曰『余在宅天心』害（曷）？」（《郭・成之聞之》33）

　　「大堣（禹）」有時簡稱為「堣（禹）」，例：

　　　　　　「～治水。」（《郭・唐虞之道》10）／「子曰：『～立三年……』」

　　　　（《郭・緇衣》12）／「～以人道訂（治）其民，桀以人道亂其民。

　　　　桀不易～民而句（後）亂之，湯不易桀民而句（後）訂（治）之。」

　　　　「～之行水，水之道也。」（《郭・尊德義》5～7）

案：「大堣（禹）」可能也作「人愚（禹）」（湖北省荊沙鐵路考古隊：1991a：53
　　頁）如果從字形上分析，「禹」字一從土，一從心，可能是兩個不同的字。
　　換言之，「人愚（禹）」是否即「大禹」還需要更多的證據支持。☞本章「人
　　愚（禹）」。

大廄

　　【術】負責管理馬匹的機構（湖北省荊沙鐵路考古隊：1991a：43頁）。
例：

　　　　　　「新～隓漸受期。」（《包》61）

大廄馭

　　【術】楚國官稱。「大廄為當時楚王宮管理馬匹的機構，大廄馭即為其御
者。」（石泉：1996：17頁）例：

　　　　　　「～、司敗雩歔（且）受期。」（《包》69）

大敏（令）

　　【術】楚國地方官稱。「具體職掌未詳。」（石泉：1996：13頁）例：

「仳～……」（《包》5）／「迅～珊之州加公周還、里公周齀受
期。」（《包》74）

案：《國語・晉語八・平公》：「公日：『國有大令，何故犯之？』」（卷十四）也許，
出現在《包》簡中的這個「大敀（令）」爲司法官員。

大牒（牒）尹

【術】楚國官稱。「其具體職掌未詳。」（石泉：1996：17頁）例：

「～連叔」（《包》138）

案：「牒」大概可以讀爲「牒」。「牒」指「牒狀」、「牒訴」之類，也就是說，「大牒
尹」可能是負責管理訟狀的官員，其輔佐爲「牒尹」。☞本章「牒尹」。

大臧（藏）

【術】楚國官稱。「即大藏」「其職掌不明，從文義分析，可能爲財政物資
儲藏管理之官」（石泉：1996：17頁）例：

「～之州人窋聃受期。」（《包》72）

大莫敖（囂、㻜）

【術】楚國官稱。「大莫敖是楚國各地眾多莫敖官職中地位最高者，應爲
中央官名，……大莫敖的職掌當與一般莫敖相類，主要是負責軍事，但亦可
兼管司法民政。」（石泉：1996：16頁）例：

「參功：凡下二國、縣一百二十二，得王二人，相三人，將軍
六人，～、郡守、司馬、候、御史各一人。」（《史記・曹相國世家》）

大莫敖，楚地出土文獻或作「大莫囂」，例：

「女命～屈昜爲命，」（《包》7）／「～鈴」（《分域》1078）／
「～旗爲戰於長城之歲」（《新蔡》甲三：36）

或作「大莫㻜」，例：

「～旗喿適豧之春」（《曾》1）

案：☞本章「莫敖／莫囂／莫㻜」。

大敔（漁）尹

【術】楚國官稱。「曾參與司法事務。」（石泉：1996：17頁）例：

「～屈遰」（《包》121）

案：原篆从魚从攴，當同「漁」。

大廥

　　【古】【術】楚官機構。《周禮・天官冢宰下》：「大府掌九貢九賦九功之貳以受其貨賄之入頒其貨於受藏之府頒其賄於受用之府。」（卷二）楚語所用也許相去不遠。例：

　　　　「～」（《古璽》0127、《分域》1017）

案：或以爲「廥」當隸定作「貨」，謂即「賑」或「贊」，「大贊」爲楚國主管散匹帛與三軍的職官〔註21〕。原篆作 ，仔細比較《古璽》0129 以及《鄂君啓舟、車節銘》之「」，原篆不過呈倒文狀，隸定作「廥」應無問題，尤其關鍵的是，文獻中有「大府」一稱可供參證，較之「大贊」略勝。

大閽

　　【術】相當於後世之城門校尉官（杜預注）。例：

　　　　「楚人以（鬻拳）爲～，謂之大伯，使其後掌之。」（《左傳・莊九》）

案：吳永章有考（1982）。

大埅（地）宔

　　【專】可能同「埅（地）宔」，尊之爲「大」而已。例：

　　　　「覮（趣）禱～一祏。」（《秦》99・14）

大駐尹

　　【術】楚國官稱。負責管理駔的官員。例：

　　　　「～帀」（《包》12）／「～帀」（《包》127）

案：原隸定爲「駐」，無釋（湖北省荊沙鐵路考古隊：1991a：41 頁）。或以爲所謂古文杜應是「坖」字，因此釋「駐」爲「駔」，并謂「大駐尹帀」是管理駔的職官（李家浩：1998：666～667 頁）。

天鵝

〔註21〕　參李家浩《戰國官印考釋三篇》，載《出土文獻研究》第六輯，上海古籍出版社，2004 年 12 月第 1 版。

【名】鵠。例：

「撥絃驚火鳳，交扇拂～。」（李商隱《鏡檻》詩）

案：陸游云：「有水禽雙浮江中，色白類鵝而大。楚人謂之天鵝。」（《入蜀記》卷
　　五）

夫人

【專】鬼神名。例：

「罷禱文坪夜君、郚公子春、司馬子音、鄴公子家各戠豬、酉
（酒）飤（食）；罷禱於～戠猎（臘）。」（《包》200）／「罷禱文
坪柰君、郚公子春、司馬子音、鄴公子家各戠豨（豬）、酉（酒）
飤（食），～戠猎（臘）、酉（酒）飤（食）。」（《包》203～204）

案：「夫人」可能是鄴公子家的配偶，因爲《包》202、203 云「新父鄴公子家」
　　及「新母」。

太

【專】鬼神名。原篆作「𡗜」，可能是「太一」的專有形體。例：

「蘁（趣）禱餝（蝕）、～一全豨。」（《包》227）／「蘁（趣）
禱～一犕。」（《包》237）／「……於父～與新父與不殀（辜）與
累（明）禔（祖）……」（《望》1·78）／「蘁（趣）禱～……。」
（《秦》99·14）

案：原篆從大從丿，甲骨文見此字形，通常釋作「扶」，則字作「扶」也可以。
　　不過，楚地的文獻有鬼神名「太一」，那這個字可能是「太一」的專有形體，
　　也有可能後世把從大從丿的這個字一分爲二而成爲「太一」。或「疑釋作太，
　　似爲太陽神的專字」（滕壬生：1995：〈序言〉45 頁）。很有啓發性。字作「太」
　　似無疑問，當是後世「太陽」之濫觴。但楚簡中別有祭「日」之例（參看「日」
　　條）。李零也釋之爲「太」，卻以爲是「太一」〔註22〕。《楚辭》中的「東皇
　　太一」神極尊榮，「太」之地位與之相當，李說似可接受，然於「蝕太」、「太
　　見琥」則未得確解。「東皇太一」，後世作「太一」，例如《漢書·元鼎四年》、

_____

〔註22〕 參氏著《古文字雜識（五則）》，載《國學研究》第三卷 267～274 頁，北京大
　　　　學出版社，1995 年 12 月第 1 版。

《漢書・太初四年》、《漢書・禮樂志》、《漢書・李廣利傳》均見「太一」：「太

一況，天馬下。」（《古詩源》有引）。「太」或从示作「**祂**」。☞本章「**祂**」。

太一／大一

【專】「楚人所祀至上神。又作『泰一』。」（石泉：1996：52 頁）楚地傳

世文獻、出土文獻均見。例：

> 「東皇～」（《楚辭》篇名）／「進純犧，禱旋室，醮諸神，禮
>
> ～。」（《高唐賦》）／「秉～者，牢籠天地，彈壓山川。」（《淮南子・
>
> 本經訓》）

出土文獻或作「大一」。例：

> 「～生水＝反輔～。是以成天＝反輔～是以成地。」（《郭・太
>
> 一生水》1）／「天地者，～之所生也，是故～藏於水，行於時……」
>
> （《郭・太一生水》5～6）

案：許慎注「帝者體太一」云：「體，法也；太一，天之刑神也。」（《淮南鴻烈

解・本經訓》）不過，文獻屢見「天一生水」（例如鄭玄注《易》等），那《郭》

簡所謂「太一生水」恐怕祇是一解而已。我以為，後世的「太」和「天」，

都來源於「**大**」。漢人不識「**大**」字，所以或作「太」，或作「天」。今天看

來，「**大**」也許還有重新檢討的必要。

太卜

【術】（戰國時）掌卜事之官。蓋與春秋時之「卜尹」同（吳永章說）。例：

> 「乃往見～鄭詹尹曰：『余有所疑，願因先生決之。』」（《楚辭・
>
> 卜居》）

案：吳永章有考（1982）。

太官

【術】主理膳食的官員，與漢代的～同（吳永章說：1982）。例：

> 「於是（楚莊）王乃使以馬屬～，無令天下久聞也。」（《史記・
>
> 滑稽列傳・優孟傳》）

太宰

【術】楚國官稱。「主要職掌祇是負責管理國君家內事務及其他政務。」

「在戰國時楚國的太宰之官似不僅限於中央機關，地方也設置。」（石泉：1996：54 頁）例：

  「楚～子商」（《左傳・成十》）／「令尹命～伯州犁對曰：」

 （《左傳・昭元》）

案：「太宰」可能同於「大宰」。☞本章「大宰」。

太傅

【術】同「傅」，太子輔導之官。例：

  「是時伍奢爲太子～。」（《史記・楚世家》）

案：吳永章有詳考（1982）。又分爲「太傅」及「少傅」。☞本章「傅」及「少傅」。

央亡

【形】（小孩）狡詐。《方言》：「央亡、嚜杘、姡，獪也。江、湘之間或謂之無賴，或謂之獠。凡小兒多詐而獪，謂之央亡；或謂之嚜杘；或謂之姡。姡，娗也。或謂之獪。皆通語也。」（卷十）

央菅

【術】占卜用具。例：

  「鄦會以～爲子左尹舵貞」（《包》201）。

案：「菅」原隸定爲「莔」（湖北省荊沙鐵路考古隊：1991a：32 頁）。或改作「菅」（滕壬生：1995：65 頁）。後者的隸定是正確的。「央菅」可能與「大英／大央」同。☞本章「大英／大央」。

夰

【形】放縱無檢束。《說文》：「夰，大也。从大介聲。讀若蓋。」（卷十大部）

案：劉賾所考（1930：165 頁）。

奃

【形】物隆起張大的樣子。《說文》：「奃，大也。」（卷十大部）

案：劉賾所考（1930：163 頁）

奕

【古】【名】容貌；外貌。《方言》：「奕、僷，容也。自關而西，凡美容謂之奕；或謂之僷。宋、衛曰僷。陳、楚、汝、潁之閒謂之奕。」（卷二）例：

「庸鼓有斁，萬舞有～。」（《毛詩・商頌・那》）

爽

【形】（羹）腐敗；創傷。例：

「露雞臛蠵，厲而不～些。」（《楚辭・招魂》）／「五色令人目盲，五音令人耳聾，五味令人口～。」（《老子》十二章）

案：馬王堆帛書《老子》甲本作「𠀤」（112），字書不載，可能正是「爽」的本字。王逸注：「爽，敗也。楚人名羹敗曰爽。」（《楚辭章句・招魂》）杭世駿（《續方言》卷上葉廿二）、李翹（1925）均有考。駱鴻凱謂同「𠬝」（1931：17～20頁）。岑仲勉以爲古突厥語詞（2004b：201頁）。☞本章「𠀤」。

8. 女部（27）

女阿

【名】傅姆（石泉：1996：22頁）。例：

「～謂蘇子曰：『秦栖楚王，危太子者，公也。』」（《戰國策・楚策二》）

女歧（岐）

【名】年輕女子；處女。例：

「～無合，夫焉取九子？」「～縫裳。二餙同爰止。」（《楚辭・天問》）

案：陳士林以爲彝語同源詞（1984：15頁）。

妯娌

【名】兄弟的妻子們的合稱。《方言》：「築娌，匹也。」（卷十二）

案：戴震注：築，「度六反，《廣雅》作妯。」（《方言疏證》卷十二）杭世駿引顏師古注《漢書・郊祀志》云：「古謂之娣姒，今關中俗呼爲先後。吳、楚俗呼爲妯娌，音軸里。」（《續方言》卷上葉十一）

姅

【形】婦人月事。引申爲厭見之事。《說文》：「姅，婦人污也。从女半聲。

《漢律》:『見姅不得侍祠。』」(卷十二女部)

案:劉賾所考(1930:152頁)。

娃

【形】美麗。《方言》:「娃、嫷、窕、艷,美也。吳、楚、衡、淮之間曰娃。南楚之外曰嫷。宋、衛、晉、鄭之間曰艷。陳楚周南之間曰窕。自關而西,秦晉之間凡美色或謂之好;或謂之窕。故吳有館娃之宮,秦有榛娥之臺。秦、晉之間美貌謂之娥,美狀爲窕,美色爲艷,美心爲窈。」(卷二)《說文》:「娃,圜深目皃。或曰:『吳、楚之間謂好曰娃。』」(卷十二女部)例:

「妬～冶之芬芳兮。」(《楚辭・九章・惜往日》)

案:「娃」,《楚辭》別本作「佳」。杭世駿(《續方言》卷上葉七)、李翹(1925)、劉賾(1934:182頁)均有考。

婚

【形】狡詐。《方言》:「劋、蹶,獪也。秦、晉之間曰獪。楚謂之劋;或曰蹶。楚、鄭曰蔿;或曰婚。」(卷二)又:「央亡、嚜杘、婚,獪也。江湘之間或謂之無賴;或謂之𧮙。凡小兒多詐而獪,謂之央亡;或謂之嚜杘;或謂之婚。婚,娗也;或謂之猾。皆通語也。」(卷十二)

案:成語「恬不知耻」,「恬」當作「婚」。

媣

【動】估量。《說文》:「媣,量也。从女朶聲。」(卷十二女部)即《廣韵》所載「揣」、「𢿱」、「捶」。

案:劉賾所考(1930:143頁)。

媺

【古】【形】「媺」,可能是「嬍」的簡省,也就是「媄」的楚文字形體。《說文》:「媄,色好也,从女从美,美亦聲。」(卷十二女部)例:

「天下皆知敚之爲～也,惡已。」(《郭・老子甲》15)/「弗～也。～之,是樂殺人。」(《郭・老子丙》7)/「好～女(如)好《茲(緇)衣》」。(《郭・緇衣》1)/「未言而信,又(有)～青(情)者也。」(《郭・性自命出》51)

案:在楚地的出土文獻中,表示「美麗」、「美好」意義的字作「媺」、「敚」、「顓」

和「屶」。「姚」和「屶」可以看作「嫩」的簡省,「頵」可以看作「嫩」的異
體,「歔」則可能與「媄」存在同義關係。「嫩」,《汗簡》和《古文四聲韵》
均有收錄,以爲「美」字。字亦見《周禮・地官司徒第二・大司徒》。但《說
文》未收「嫩」字,「歔」則解釋爲「妙也」,而用以表示「美麗」、「美好」
意義的字卻是「媄」。至於「美」,與「美麗」、「美好」意義并無關係。《說
文》:「美,甘也。从羊从大。羊在六畜,主給膳也。美與善同意。」(卷四
羊部)後世用「美」爲「媄」,其實是通假現象。所以朱駿聲《說文通訓定
聲》上說:「(媄),經傳皆以美爲之。」實在是很有道理的。☞本文第六章
二十五,姚/歔/頵/屶。

姓

【形】下才不肖。《說文》:「姓,不肖也。从女否聲。讀若竹皮箮。」(卷
十二女部)

案:劉賾所考(1930:168頁)。

婞

【副】表程度高。《說文》:「婞,很也。从女幸聲。《楚詞》:『曰鯀婞直。』」
(卷十二女部)例:

　　　「曰鯀〜直以亡身兮。」(《楚辭・離騷》)/「〜直之風於斯行
　　矣。」(《後漢書・黨錮列傳》)

婷

【形】好。《方言》:「婷、嫮、鮮,好也。南楚之外通語也。」(卷十)例:
　　　「巧佞、愚直、〜斫、便辟,四人相與游於世。」(《列子・力
　　命篇》)

案:晉・張湛注:「婷斫,不解悟之貌。」(《沖虛至德眞經》卷六)

姻

【形】嫉妒;吝惜。《說文》:「姻,嫪也。从女固聲。」(卷十二女部)例:
　　　「不以事類犯人之所〜。」(三國・劉邵《人物志・材理第四》
　　卷上)

案:劉賾所考(1934:183頁)。

婁

【形】中空貌。《說文》：「婁，空也。从毌中女，空之意也。一曰婁務也。」（卷十二女部）

案：劉賾所考（1930：161頁）。

娟

【名】妹妹；妹夫。《說文》：「楚人謂女弟曰娟。」（卷十二女部）例：

「若楚王之妻～，無時焉可也。」（《公羊傳·桓二》）

案：徐乃昌引《玉篇》、《廣韵》云：「娟，楚人呼妹公。」（《續方言又補》卷上）

媓

【名】母親。《方言》：「南楚瀑、洭之間母謂之媓。」（卷六）楚地出土文獻以「諻」通作。例：

「邵王之～之饋鼎。」（《邵王鼎銘》）／「邵王之～之盧（薦）殷（簋）。」（《邵王簋銘》）

嫋

【古】【動】漫遊；徜徉。《方言》：「嫋、惕，遊也。江、沅之間謂戲為嫋；或謂之惕；或謂之嬉。」（卷十）例：

「聲嗷誂兮清和，音晏衍兮要～。」（《楚辭·九思·悼亂》）

案：李翹（1925）、劉賾（1930：162頁）均有考。「嫋」，文獻多通作「遙」。

☞本章「遙 4」。

嫁

【動】《方言》：「嫁、逝、徂、適，往也。自家而出謂之嫁。由女而出為嫁也。逝，秦、晉語也。徂，齊語也。適，宋、魯語也。往，凡語也。」（卷一）例：

「子列子居鄭圃四十年，人無識者，國君卿大夫眂之，猶眾庶也，國不足，將～於衛。」（《列子·天瑞篇》）

案：戴震云：「案《列子·天瑞篇》：『子列子居鄭圃，將嫁於衛。』張湛注云：『自家而出謂之嫁。』」（《方言疏證》卷一）嚴學宭所考，以為湘西苗語詞

（1997：401頁）。

嫺

【形】嫺靜。例：

　　　「澹清靜其愔～兮，性沈詳而不煩。」（宋玉《神女賦》）

案：李善注：「嫺，淑善也。言志度靜而和淑也，不煩不躁也。《聲類》曰：愔，
　　見《魏都賦》。嫺，已見《洞簫賦》，和靜貌。《韓詩》曰：嫺，悅也。《說文》
　　曰：嫺，靜也。《蒼頡篇》曰：嫺，密也。」「嫺」，文獻通作「嫺」或「瘱」。
　　《方言》：「瘱、譜，審也。齊、楚曰瘱；秦、晉曰譜。」（卷六）《說文》：「瘱，
　　靜也。」（卷十心部）《漢書・外戚傳》：「爲人婉瘱有節操。」顏師古注云：
　　「瘱，靜也，通作嫺、嫺。」李翹所考（1925）。

嬂

【形】好。《方言》：「婵、嬂、鮮，好也。南楚之外通語也。」（卷十）典
籍以「積」通作。例：

　　　「簡～頳砥。」（馬融《長笛賦》）

嫪

【名】淫戀他人之婦女者。《說文》：「嫪，姻也。从女翏聲。」又：「姻，
嫪也。从女固聲。」（卷十三女部）這類互訓，說了等於沒說。還是看看別的
字書的解釋吧。《廣雅》云：「姻，妬也。」《聲類》云：「姻、嫪，戀惜也。」
案：劉賾所考（1930：162頁）

嬉

【動】漫遊；徜徉。《方言》：「媱、愓，遊也。江、沅之間謂戲爲媱；或
謂之愓；或謂之嬉。」（卷十）例：

　　　「人莫不知學之有益於己也，然而不能者，～戲害人也。」（《淮
　　南子・泰族訓》）／「故君子成人必冠帶以行事，棄幼少～戲惰慢
　　之心，而衎衎於進德修業之志。」（《說苑・脩文》）

案：李翹所考（1925）。

嫭禽

【專】楚人祖先，祭祀的對象。例：

「舉（趣）禱楚先老僮、祝融、～各兩牂（羖）。」（《包》237）
／「舉（趣）禱楚先老僮、祝融、～各一牂。」（《包》217）／「……
～各一牂」（《望》1‧121）

按：或以為即典籍之「鬻熊」〔註23〕。《史記‧楚世家》：「<u>高陽</u>生<u>稱</u>，<u>稱</u>生<u>卷章</u>
（<u>老僮</u>），<u>卷章</u>生<u>重黎</u>（<u>祝融</u>），<u>重黎</u>為<u>帝嚳高辛</u>火正，甚有功，能光融天下。
<u>帝嚳</u>命曰<u>祝融</u>。<u>共工氏</u>作亂。<u>帝嚳</u>使<u>重黎</u>誅之而不盡。帝乃以庚寅日誅<u>重黎</u>，
而以其弟<u>吳回</u>為<u>重黎</u>後，復居火正，為<u>祝融</u>。<u>吳回</u>生<u>陸終</u>，<u>陸終</u>生子六人。……
六曰<u>季連</u>，芈姓，<u>楚</u>其後也。……<u>季連</u>之苗裔曰<u>鬻熊</u>。」然而，《新蔡》簡
又有「空（穴）酓」，辭云：「老僮、祝蟲（融）、空酓」（乙一：22）次序與
《包》簡同。那「僮」「空（穴）」二字關係如何，而「鬻酓」與「空（穴）
酓」是否同一人，都是值得進一步探討的問題。☞本章穴能／穴酓／空酓。

嬃

【名】姐姐；女子名字。《說文》：「嬃，女字也。楚詞曰：『女嬃之嬋媛。』
賈侍中說：『楚人謂姊為嬃。』从女須聲。」（卷十二女部）例：

「女～之嬋媛兮，申申其詈予。」（《楚辭‧離騷》）

案：王逸注：「女嬃，屈原姊也。嬋媛，猶牽引也，一作『撣援』。」（《楚辭章句‧
離騷》）杭世駿（《續方言》卷上葉九）有考。李翹以為女子之名（1925）。岑
仲勉以為「嬃與嬋媛實屈原的妹子」，乃古突厥語詞（2004b：193～195頁）。

嫷

【形】美麗。《方言》：「娃、嫷、窕、艷，美也。吳、楚、衡、淮之間曰
娃。南楚之外曰嫷。」（卷二）《說文》：「嫷，南楚之外，謂好曰嫷。从女隋
聲。」（卷十二女部）例：

「～被服。」（宋玉《神女賦》）／「公孫穆好色，皆擇稚齒婑
～者以盈之。」（《列子‧揚朱篇》）

案：杭世駿（《續方言》卷上葉七）、李翹（1925）均有考。或以為水、毛南等少
數民族語詞（嚴學宭：2008：401頁）。

〔註23〕 李學勤《論包山簡中一楚先祖名》，載《文物》1988年第8期。

嬛

　　【形】連續不斷。《方言》：「嬛、蟬、繝、撋、末，續也。楚曰嬛。蟬，
出也。楚曰蟬；或曰未及也。」（卷一）

嬭

　　【名】母親。《廣雅·釋親》：「楚人呼母為嬭。」《廣韻》所釋同。例：

　　　　「王子申乍（作）嘉～盞盂。」（《王子申盞盂銘》）／「上鄀
　　公擇其吉金，鑄叔～番妃滕簠。」（《叔～番妃簠銘》）／「楚季苟
　　乍（作）～尊滕盥般（盤）。」（《楚季苟盤銘》）／「樊君乍（作）
　　叔嬴～滕器寶鬲。」（《樊君鬲銘》）／「樊季氏孫仲～擇其吉金……。」
　　（《樊季氏鼎銘》）／「楚王媵邛仲～南龢鐘。」（《楚王媵邛仲～南
　　鐘銘》）／「曾孟～諫乍（作）饗盆。」（《曾孟嬭諫盆銘》）／「楚
　　屈子赤角滕仲～璊飤（食）簠。」（《楚屈子赤角簠銘》）

案：方濬益、郭沫若等讀嬭為芈〔註24〕。楊樹達讀為「乃」。嚴學宭讀熊為芈，
　　謂即金文「嬭」（1997：379頁）。均有可商。金文所見楚王室器，楚人都自
　　氏為「酓」，即典籍的「熊」。可見熊當與酓同音。再說，倘嬭為姓氏，則《樊
　　君鬲》、《楚屈子赤角簠》諸銘中的「樊君」「屈子赤角」均為外姓女子作滕
　　器，於禮不合。再說，古人的稱謂習慣似乎是先姓氏後排行的。《論語·述
　　而》31章：「陳司敗問：『昭公知禮乎？』孔子曰：『知禮。』孔子退，揖巫
　　馬期而進之，曰：『吾聞君子不黨，君子亦黨乎？君取於吳，為同姓，謂之
　　吳孟子。君而知禮，孰不知禮？』巫馬期以告。子曰：『丘也幸。苟有過，
　　人必知之。』」因此，唯有如阮元、高田忠周以及李裕民（1986）等讀為「母」
　　始得解。「嘉嬭」相當於「皇母」；「叔嬭番妃」即「三姨母番妃」；「叔嬴嬭」
　　即「叔嬴之母」；「仲嬭」即「二姨母」；「孟嬭」即「大姨母」。至於《楚王
　　媵邛仲嬭南龢鐘銘》中的「邛仲嬭南」，「仲嬭」仍是「二姨母」，因嫁往邛
　　（江）姓諸侯國，故冠以「邛（江）」，「南」則是「仲嬭」之名。試比較：「鑄
　　公乍（作）孟壬車母朕（滕）簠。」（《鑄公簠銘》）滕器是鑄公為其名叫壬
　　車的大母所作。又：「復公子……乍（作）我姑鄧孟愧滕簋。」（《復公子白

〔註24〕　方、郭及以下諸說，除特別注明者外，均請參周法高主編《金文詁林》6860
　　　　～6862頁，香港中文大學，1975年版。

舍簋銘》）媵器是復公子爲其姑母所作。又例：「曹公朕（媵）孟奻悆母匡。」（《曹公朕孟奻悆母盤銘》）媵器是曹公爲其名叫奻悆的大母所作。可見，古時確有爲「母」作媵器的禮俗，而「媵器」應祇是泛指陪嫁品而已，並非特指「女」之陪嫁器。因此，把嬭釋爲母，相信較能爲人接受。

嫠

【名】寡婦；守寡。例：

「鄰人京城氏之～妻，有遺男，始齔，跳往助之。」（《列子‧湯問》）／「童子不孤，婦人不～。」（《淮南子‧原道訓》）

案：程先甲據慧琳《音義》六十一引《考聲》云：「楚人謂寡爲嫠居。」又據該書九十八引《古今正字》云：「楚人謂寡婦曰嫠。」（《廣續方言》卷二）☞本章「霜」。

9. 子部（8）

子

【古】【前】名詞前綴，用以確定術語或專有名詞。例：

「～左尹」（《包》12）／「命（令）尹～士」（《包》115）／「大師～繻」（《包》115）／「～鄝公」（《包》139反）／「～司馬」（《包》145）／「～陵尹」（《包》156）／「鄝公～豢」（《包》200）／「鄝公～春」（《包》200）／「殤東陵連囂（敖）～發」（《包》225）／「文坪夜君～良」（《包》240）／「司馬～音」（《包》248）

案：典籍中亦見，但一般繫於姓名之後，例如「孔子」、「曾子」等。也有置於姓名之前的，例如「子墨子」，用了兩個子，較特殊。可以認爲前一「子」爲詞綴。認識子是前綴很重要，如「鄝公子家」、「鄝公子春」便祇能讀作「鄝公、子豢」、「鄝公、子春」，而不能讀作「鄝公子、豢」、「鄝公子、春」或「鄝、公子豢」、「鄝、公子春」。或謂「子」當解爲「嗣子」（嫡子）（胡雅麗：1996：511～518頁）。可商。如同英語中「-son」一樣，例如 Garrison、Johnson、Nelson，分別相當於 Gary's son、John's son 和 Nell's son，可能原指某人之子

子₁

【名】戟。《方言》：「戟，楚謂之子。」（卷九）例：

「授師～焉。」（《左傳・莊四》）

子₂

　　【古】【形】殘餘；殘留。《方言》「子、薹，餘也。周鄭之間曰薹；或曰子。青、徐、楚之間曰子。自關而西秦、晉之間炊薪不盡曰薹。子，俊也。遵，俊也。」（卷二）例：

　　　　「《雲漢》之詩曰：『周餘黎民，靡有～遺。』信斯言也。」（《孟子・萬章上》）／「盪滅前聖之苗裔，靡有～遺者矣。」（《漢書・地理志第八上》）

李

　　【形】《說文》：「李，孛也，从朮；人色也，从子。《論語》曰：『色李如也。』」（卷六朮部）楚地出土文獻用「李」爲「悖」。例：

　　　　「山陵其發（廢），又（有）困（淵）厥汨，是胃（謂）～＝歲……」（《帛・甲》）／「隹（惟）～德匿（慝），出自黃困（淵）」（《帛・甲》）

按：☞本章「愁」。

肝（好）

　　【動】「肝」可能是動詞「好」的楚方言形體。喜歡，愛好。例：

　　　　「多～者，亡～者也。」（《郭・語叢一》89）／「～生於敓（悅）。從生於～。」（《郭・語叢二》21）／「君～則民含（欲）之。」（《上博一・緇衣》5）

案：在楚地出土文獻中，「肝」、「好」并見。以《郭》簡爲例，前者都用爲動詞，而後者既可作動詞，又可作形容詞。

孯

　　【形】通作「絮」，入；納。例：

　　　　「其～典。」（《包》5）

案：原篆作「孯」，一般隸定爲「孯」，从仔勿聲，大概沒什麼問題。但是字止此一見，且字書不載，其眞實的意義指向還不是太清楚。☞第六章二十三，伙／絮／絲／孯。

㙞（幼）

「幼」的異體。在楚地出土文獻中有兩個用法。

1. 【形】同「幼」。例：

「是古（故）君子簚（衽）筈（席）之上，壤（讓）而受～。」
（《郭・成之聞之》34）／「青（情）薦而慇（戀）～。」（《上博八・
顏淵問於孔子》11）

2. 【形】通作「幽」。例：

「～明不再。」（《郭・窮達以時》15）

案：「受㝈」，劉樂賢疑讀爲「受幼」〔註25〕。無疑是正確的。原篆作㝈、㝈，從
子幽聲甚分明。字也見於《中山王嚳鼎銘》，作㝈，用法同「幼」。楚地出土
文獻本有「幼」（見《包》3）。如果「幼」爲通語用字，那麼，「㙞」當爲方
言形體，流行於中山、荊楚兩地。☞第六章六，㙞（坳）。

縠

1. 【動】養育；哺育。《說文》：「縠，乳也。從子殼聲。一曰：『縠，瞀
也。』」（卷十四子部）例：

「乙亥生子，～而富」（《睡・日書甲》一四一正壹）／「壬午
生子，～而武」（《睡・日書甲》一四八正壹）／「乙酉生子，～好
樂」（《睡・日書甲》一四一正貳）／「辛卯生子，吉及～」（《睡・
日書甲》一四七正貳）／「癸巳生子，～」（《睡・日書甲》一四九
正貳）／「己亥生子，～」（《睡・日書甲》一四五正三）／「甲辰
生子，～，且武而利弟」（《睡・日書甲》一四○正肆）／「己酉生
子，～有商」（《睡・日書甲》一四五正肆）／「丁巳生子，～而美，
有啟」（《睡・日書甲》一四三正伍）

2. 【介】可能通作「由」。例：

「聖，智（知）豊藥（樂）之所～生也。」「悳（仁），義豊所
～生也。」（《郭・五行》28、31）

〔註25〕 參氏著《讀郭店楚簡札記三則》，載《中國哲學》第 20 輯，遼寧教育出版社，
1999 年 1 月第 1 版。

案：《郭・五行》的用例，我以爲「穀」不一定非得讀爲「由」，「穀生」爲同義
　　連用，「所穀生」相當於「所生」。在傳世文獻中，或以「穀」通作，或以「鞠」
　　通作。因此，《睡》簡在後括注「穀」實在沒有必要。☞本章「穀（穀）」、「鞠
　　（穀）」。

10. 宀部（40）

（郡）守

　　【術】郡的長官，或尊稱太守（石泉：1996：318 頁）。《說文》：「守，守
官也。从宀从寸。寺府之事者从寸。寸，法度也。」（卷七宀部）因此，郡守通
常簡爲「守」，或在簡稱前加上地名。例：

　　　　「吳起爲苑～。」（《說苑・指武》）

宙（中）

　　【名】在楚地的出土文獻中，「中」有兩種形體：一是繼承前代的寫法，一
是从宀从中。後者迄今爲止祇見於楚地文獻，它有時似乎特指「宮室之內」，爲
方位詞。例：

　　　　「將有亞（惡）於宮～。」（《天・卜》）／「～審尹之黃爲左服。」
　　　（《曾》152）／「～廐苟善」（《包》167）

案：用於官署名稱或官稱之前的「宙」，大概特指王室。

宙（中）廐

　　【術】楚國行政機構名稱，可能是管理王宮內馬匹的部門。例：

　　　　「享月己巳，～䞈豫、邡思公……」（《包》163）／「己丑，珞
　　　尹郢、～苛善、陳聖。」（《包》167）

案：傳世文獻「宙」作「中」。☞本章「中廐尹」。

宙（中）廐馭

　　【術】楚國官稱，或以爲「中廐尹的屬員」（石泉：1996：60 頁）。例：

　　　　「己丑，～郲臣、武城人番衰耳。」（《包》174～175）

宙（中）戰（獸）

　　【術】楚國行政機構名稱，「當是宮廷管理飼養牲畜的機構」（石泉：1996：

60頁）。例：

「邧易之牢～竹邑人宋矗……」（《包》150）

按：在古文字中，「獣（獸）」通常用為「狩」，那麼，「审獣（獸）」也有可能是
負責宮廷狩獵的機構。相應地，「审寶（獸）尹」和「审寶（獸）令」則可能
是「审獸」的長官，除非我們能證實「寶」、「獣」是兩個不同的字。

审（中）寶（獸）尹

【術】楚國官稱，「中獸」的行政長官（石泉：1996：60頁）。例：

「～之黃為左服。」（《曾》152）

审（中）寶（獸）敏（令）

【術】楚國官稱，「中獸尹」的屬官（石泉：1996：60頁）。例：

「～鵦所馭少軒。」（《曾》18）

宗老

【術】古代貴族家中主持禮樂的家臣（石泉：1996：262頁）。例：

「屈到嗜芰，有疾，召其～而屬之。」（《國語·楚語》）／「公
父文伯之母，欲室文伯，饗其～。」（《國語·魯語》）

定甲

【名】寒號鳥（鶡鴠）。《方言》：「鶡鴠，周、魏、齊、宋、楚之間謂之定
甲；或謂之獨舂。自關而東謂之城旦；或謂之倒懸；或謂之鴲鴠。自關而西秦
隴之內謂之鶡鴠。」（卷八）

定呇（文）王

【術】楚樂律名。例：

「坪皇角為～商」（《雨》21·1）

案：或謂冠以「定」的樂律為「陽律」，即正律（李純一：1990）。

定斳（新）鐘

【術】楚樂律名。例：

「～之宮為濁穆〔鐘〕」（《雨》21·1）

案：或謂冠以「定」的樂律為「陽律」，即正律（李純一：1990）。

宓妃

【專】洛神。例：

「吾令豐隆乘雲兮，求～之所在。」（《楚辭・離騷》）

宮後（后）土

【專】宮室中之土神（參閱「后土」條）。例：

「賽禱～一羖（羖）。」（《包》214）／「壓（趣）禱～一羖（羖）。」（《包》233）

宮陞（地）宝

【專】鬼神名，宮室內的土地之神。例：

「獺（趣）禱於～一羖（羖）。」（《包》202）／「～一貒（貒）。」（《包》207）／「賽禱～一……」（《望》1・109）／「賽禱～」（《秦》99・1）／「賽禱～一殊（牂）。」（《天・卜》，凡四例）／「壓（趣）禱～一殊（牂）。」（《天・卜》）

宮行／宮梁

【專】宮室內的路神。例：

「壓（趣）禱～一白犬、酉（酒）飤（食）。」（《包》229）／「壓（趣）禱～一白犬、酉（酒）飤（食）。」（《望》1・28）

「宮行」或作「宮梁」。例：

「壓（趣）禱～一白犬。」（《包》210）

宮室

【專】宮室之鬼神。例：

「囟攻解於累（明）禔（祖），啟（且）叙於宮室？」（《包》211）／「囟攻叙於～？」（《包》229）

宮廏尹

【古】【術】楚國官稱。「當爲春秋時主管宮廷馬廏的官員。」（石泉：1996：313頁）例：

「養由基爲～。」（《左傳・襄十五》）／「～子晳出奔鄭。」（《左傳・昭元》）／「敗其師於房鐘，獲～棄疾。」（《左傳・昭六》）／

「～之騆馬爲左飛（騑）。」（《曾》175）／「～一馬。」（《曾》210）

案：既然曾侯乙墓簡文仍見「宮廐尹」的稱謂，那戰國時期沿用舊稱是可以肯定的。吳永章有詳考（1982）。

宮廐敂（令）

【術】楚國官稱。「可能是戰國時宮廷飼養管理馬匹機構的長官。」（石泉：1996：313頁）例：

「～裂所馭乘𨻶。」（《曾》4）

宮禡（廡）

【專】宮廡之鬼神。「禡」可能爲「廡」神格化的形體。例：

「舉（趣）禱～豬豕。」（《天・卜》）

害

【專】鬼神名。例：

「叡（且）爲～纓璑，遯（趎）～犿（豭）之厭一於陞（地）宔。」（《包》219）／「舉（趣）禱～一全豬（腊）、叡（俎）豆，保逾之。」（《包》244）

案：原無釋。或隸定爲害（滕壬生：1995：612頁）。當是。

宷

【專】楚王的名字。原篆作「」，諸家釋爲「審」〔註26〕。「酓審」，以爲就是文獻所載的楚共王熊審。例：

「楚王酓～之盞。」（《楚王酓審盞銘》）

案：《說文》：「宷，悉也，知宷諦也。从宀从釆。審，篆文宷从番。」（卷二釆部）筆者曾據銀雀山漢簡本《晏子》所見「悉」字，認爲「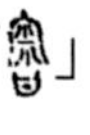」當隸定爲「𡪹」。簡文「悉」、後起字「審」可能均本於「𡪹」。「𡪹」所从「甘」，前者訛作「心」，後者則訛作「田」。而「甘」、「心」可能是聲符。甘古音見紐談韵，心古音

〔註26〕參看李學勤《楚王酓審盞及有關問題》，載1990年5月31日《中國文物報》。又饒宗頤《楚恭王熊審盂跋》，載臺北《中央研究院文哲研究集刊》創刊號，1991年3月。又王人聰《楚王酓審盞盂餘釋》，載《江漢考古》1992年2期。

心紐侵韵，審古音書紐侵韵，讀音較接近〔註27〕。

宋（宋）

【形】寂靜；安靜。《方言》：「宋、安，靜也。江、湘、九嶷之郊謂之宋。」（卷十）《說文》：「宋，無人聲。从宀未聲。諫，寂或从言。」（卷七宀部）典籍通作「寂」，例：

> 「山蕭條而無獸兮，野〜漠其無人。」（《楚辭‧遠遊》）／「魂乎無東，湯谷〜寥只。」（《楚辭‧大招》）／「若然者，其心志，其容〜，其顙頯。」（《莊子‧大宗師》）

案：李翹有考（1925）。

寁

【形】行事敏捷。《說文》：「寁，居之速也。」（卷七宀部）

案：劉賾所考（1930：171 頁）。

宿莽

【名】越冬而不枯萎的草。例：

> 「朝搴阰之木蘭兮，夕攬洲之〜。」（《楚辭‧離騷》）

案：杭世駿引《楚辭‧離騷經章句》王逸注云：「草冬生不死者，楚人名之曰宿莽。」又引《楚辭‧九章章句》王逸注云：「楚人名冬生草曰宿莽。」（《續方言》卷下葉六）駱鴻凱亦有考（1931）。

寒蟛

【名】蚯蚓。

案：徐乃昌引《廣韻》云：「蟛，蚯蚓也。吳、楚呼爲寒蟛。」（《續方言又補》卷下）今粵語讀爲「黃蟛」。

保豪（家）

【術】卜具。例：

> 「鹽吉以〜爲左尹舵貞」（《包》212）

案：「寚家」或作「保家」、「琛家」、「竆家」、「賲家」。☞本章「保冡」、「琛家」、「竆家」、「賲家」。

寣

【名】竈。

案：徐乃昌引《玉篇》引《倉頡篇》云：「楚人呼竈曰寣。」（《續方言又補》卷上）

寑尹

【術】同「沈尹」，楚官稱。例：

「王曰：『～、工尹，勤先君者也。』」（《左傳・哀十八》）

案：☞本章「沈尹」。

㠯（集）

「㠯」是「集」的楚方言功能轉移形體。有多種用法：

1. 【動】同「集」，集中。例：

「鄎戠上連囂之還～瘽族𩏩一夫，凥於𨻰（域）之少桃邑。」（《包》10）／「君子～大成」（《郭・五行》42）

2. 【名】相當於「朞」，週年。☞本章「㠯（集）歲」、「集歲」。

3. 【術】官署名稱或官稱，特指王室直屬機構或其長官。☞本章「㠯（集）尹」、「㠯（集）既（饎）」、「㠯（集）脰（厨）」、「㠯（集）脰（厨）尹」、「㠯（集）糈（糈）」、「㠯（集）糈（糈）尹」、「㠯（集）𦒱（腏／餟）」、「㠯（集）獸（獸）」、「㠯（集）醻（酓）」。

案：「㠯」的意義可能指集於宮室之中，故从宀，以區別於「集」。因此，有的文字編分而別之是很正確的（張守中：1996：57、125頁）。

㠯（集）尹

【術】楚國官稱，職掌冶鑄製造事宜。例：

「～悼□」（《鄂君啓舟、車節銘》）／「～陳夏」（《燕客銅量銘》）

案：「集尹職司應與冶鑄製造有關，當屬於工尹一類的中央職官。」（石泉：1996：410頁）又有「少（小）集尹」，當是「集尹」的輔佐。☞本章「少（小）㠯（集）尹」。

㠯（集）既（饎）

　　【術】楚王室機構，掌管膳食事宜。例：

　　　　「鑄客爲〜鑄爲之」（《鄩既甂銘》）

案：「集既爲楚王室總管餼廩的機構。」（陳秉新：1987：335頁）同銘者另有方爐
　　一器。

鄩（集）朏（厨）

　　【術】楚王室機構，掌管膳食事宜。例：

　　　　「〜之器，十醓垪（瓶），屯有盇（盖）。」（《信》2・12）／「〜
　　　　之器」（《信》2・24）／「〜嗚夜」（《包》194）「〜𤮛鼎」（《鄩朏鼎
　　　　銘》）／「〜」（《鄩朏鼎銘》）／「鑄客爲〜爲之」（《鑄客鄩朏鼎銘》）
　　　　／「鑄客爲〜爲之」（《鑄客鄩朏鎬銘》）／「鑄客爲〜爲之」（《鑄客
　　　　鄩朏方爐銘》）／「〜」（《楚王酓忎鼎銘》）

案：《信》2・12「朏」作「豆」。「集朏乃楚王室總饌之官，也就是總管膳羞的機
　　構。」（陳秉新：1987：334頁）

鄩（集）朏（厨）尹

　　【術】官称，當是鄩（集）朏（厨）之長。例：

　　　　「〜𤮛一齒輨」（《天・策》）

鄩（集）䊮（糈）

　　【術】楚王室機構，掌管烹煮事宜。例：

　　　　「鑄客爲〜爲之」（《集䊮鼎銘》）／「鑄冶客爲〜〔少府爲之〕」
　　　　（《集䊮甂銘》）

案：「主管膳食的機構。」（劉彬徽：1995：364頁）或謂「楚王室總管烹煮的機構……」
　　（陳秉新：1987：337頁）同銘者尚有一甂。

鄩（集）䊮（糈）尹

　　【術】【術】楚國官稱，掌管稻粱等主食的官員。例：

　　　　「〜尹𤮛臒一革轡」（《天・策》）

案：「集䊮尹即集䊮之主管官史（當爲「吏」——步雲案），爲掌稻粱等主食之官。」
　　（劉彬徽：1995：364頁）或謂「其長（指集䊮的官長——步雲案）相當於《周
　　禮》之亨人。」（陳秉新：1987：337頁）

集（集）歲

【名】朞年，週年。例：

「自顕（夏）层之月以商～之顕（夏）层之月，津（盡）～窮（躬）身尚（當）毋又（有）咎。」（《包》209～210、212～213、216～217）／「～尚（當）自利訓（順）」（《天・策》）

案：「集歲」或作「集（集）歲」。☞本章「集歲」。

集（集）爵（朡／餿）

【術】楚王室機構，掌管製攀事宜。例：

「鑄客爲～、佶（造）爵、罸爵爲之」（《集爵大鼎銘》）／「～」（《集爵小鼎銘》）

案：「當爲主管朡祭的機構，……」（劉彬徽：1995：363頁）或以爲「是楚王室總管制攀的機構。」（陳秉新：1987：337頁）「爵」或釋爲「膴」（郝本性：1983：317頁），而「以釋朡較爲可信」（劉彬徽：1995：363頁）。

集（集）獸（獸）

【術】楚王室機構，殆掌管狩獵事務。例如：

「辛未之日不徑（逆）～黃辱、黃蟲以廷，阦門又敗。」（《包》21）

案：以「集（集）既（餼）」、「集（集）脰（厨）」等例之，則「集（集）獸（獸）」恐怕也是官署名稱。

集（集）醻（酉）

【術】楚王室機構，可能負責管理釀酒事務。例：

「鑄客爲～爲之」（《集醻鼎銘》）

案：「集醻（酋）是楚王室總管釀酒的機構。」（陳秉新：1987：336頁）同銘者尚有盃、爐、鏇等器。

窺豕（家）

【術】卜具。例：

「……以～爲惄固貞：」（《望》1・13）

案：「窺豕」或作「保豕」、「琛豕」、「㑦豕」、「賨豕」。☞本章「保豕」、「琛豕」、

「㝱豕」、「償豕」。

㾖

　　【動】寐。《說文》:「㾖,楚人謂寐曰㾖。」(卷七㾖部)

案:杭世駿有考(《續方言》卷上葉七)。

11. 寸部(3)

將

　　【形】大。《方言》:「敦、豐、厖、奔、憮、般、嘏、奕、戎、京、奘、將,大也。凡物之大貌曰豐。厖,深之大也。東齊海、岱之間曰奔;或曰憮。宋、魯、陳、衛之間謂之嘏;或曰戎。秦、晉之間凡物壯大謂之嘏;或曰夏。秦、晉之間凡人之大謂之奘;或謂之壯。燕之北鄙、齊、楚之郊或曰京;或曰將。皆古今語也。」(卷一)例:

> 「哀我人斯,亦孔之～。」(《毛詩・豳風・破斧》)/「唯士與女,伊其～謔,贈之以勺藥。」(《毛詩・鄭風・溱洧》(步雲案:前一章「將」作「相」。朱熹認為「將當作相」)/「於皇來牟,～受厥明。」(《詩・周頌・臣工》)

將軍

　　【術】楚官稱,泛指一軍之將帥。例:

> 「～子玉請戰,成王曰:」「與晉兵戰鄢陵,晉敗楚,射中共王目。共王召～子反。」「秦齊交合,張儀乃起朝,謂楚～曰:」(《史記・楚世家》)/「楚莊王既伯鄭伯,敗晉師,～子重三言而不當。」(《說苑・君道》,《韓詩外傳》卷六、《新序》卷四亦載)

案:吳永章有詳考(1982)。

尊缶

　　【名】盛酒銅器。「尊」或作「罇」。例:

> 「郳子佣之～。」(《郳子佣尊缶銘》)/「永陳之～。」(《永陳尊缶銘》)

　　「尊」或作「鹽」。例:

> 「佣之～」(《佣尊缶銘》,器蓋同銘)

按：實物見曾侯乙墓等所出，儘管在器形學上可以確定不少的「尊缶」，但自名
為「尊缶」者並不太多。有學者認為，酒器的缶之所以綴加「尊」字，可能
是為了區別於水器。在信陽、江陵、荊門等地墓葬出土的竹簡中的「迅缶」
〔註28〕，「應即尊缶之異稱。」「自名『尊缶』者目前祇見於楚系銅器，……
應為典型楚器。」（劉彬徽：1995：180～182頁）。「尊缶」或作「迅缶」。☞
本章「迅缶」。

12. 小部（14）

小令尹

【術】楚國官稱。「可能是在令尹之下輔助令尹處理軍國政務的官員。」
（石泉：1996：23頁）例：

> 「韓公仲謂向壽曰：『禽困覆車。公破韓，辱公仲，公仲收國
> 復事秦，自以為必可以封。今公與楚解中，封～以桂陽。……」（《戰
> 國策・韓策一》）／「今公與楚解口地，封～以杜陽。』」（《史記・
> 甘茂列傳》）

少（小）人

迄今為止，「小人」兩字合文，祇見於楚地的出土文獻。在這些文獻當中，
「小人」有兩個義項：

1.【古】【代】第一人稱謙稱。例：

> 「～命為晉以傳之」（《包》120）／「～不信糙（遨）馬，～
> 信（申）卡（辯）：下蔡闈（關）里人雇女返……」（《包》121）／
> 「皆以甘匠之𩟁月死於～之敵邵戊之笑邑」（《包》125）／「～與
> 慶不信（身）殺恒卯」（《包》136）／「～各政（徵）於～之地」
> （《包》140）／「甲晨（辰）之日，～之州人君夫人之故愴之苟一
> 夫遊（逆）趟（趣）至州衛（衛）。」（《包》141～142）／「～牲（將）
> 敦（搏）之，夫自傷，～女（如）戰（守）之，以告。」（《包》

〔註28〕 近來廣瀬熏雄把「迅」重新隸定為「辻」，以為「赴」的異體，並把「迅缶」
改釋為「卜缶」。參氏著《釋「卜缶」》，《古文字研究》28輯，中華書局，2010
年10月第1版。

142）

案：在傳世的先秦典籍中，已見「小人」用為第一人稱謙稱，例如：「小人有母，
　　皆嘗小人之食也。」（《左傳・隱元》）可見，楚簡所用，當為古語。

　　2.【古】【名】卑鄙者，與「君子」相對。例：

　　　　「非豊而民兌（悅）忎（哉），此～矣。」（《郭・尊》25）／「垄
　　　　（刑）不隸於君子，豊（禮）不隸于～。」（《郭・尊》32）／「是
　　　　古（故）～變（亂）天棠（常）以逆大道，君子訂（治）人侖（倫）
　　　　以川（順）天悳（德）。」（《郭・成》32）／「～不經（逞）人于刃
　　　　（仁），君子不經（逞）人於豊（禮）。」（《郭・成》34～35）／「不
　　　　智（知）其向（鄉）之～、君子。」（《郭・語四》11）

案：在傳世的先秦文獻中，已見「小人」用為卑鄙者，例如：「君子之德風，小
　　人之德草。」（《論語・顏淵》）可見，楚簡所用，當為古語。

少（小）攻（工）尹

　　【術】楚國官稱。「當為工尹輔佐。」（石泉：1996：57頁）例：

　　　　「～戀（惑）」（《包》106）／「～忺（哀）」（《包》111）

少（小）攻（工）差（佐）

　　【術】楚國官稱。可能是「工佐」的副手。例：

　　　　「～李癸」（《燕客銅量銘》）

案：「李」或作「孝」（劉彬徽：1995：349頁）。

少司命

　　【專】星名。文昌的第四星，主災咎。例：

　　　　「《～》」（《楚辭・九歌》篇名）

案：《包》215、243，《望》1・1、《秦》簡均見「司命」之稱。

少司城

　　【術】楚國官稱。「當為大司城的副貳。」（石泉：1996：56頁）例：

　　　　「足命郊～韐頡為……」（《包》155）

少里喬與尹

【術】楚國官稱。「似爲左尹輔佐。」（石泉：1996：57頁）例：

「～孚」（《包》128）／「～孚」（《包》143）

「少里喬與尹」或作「少里喬鄹尹」。例：

「所詎於～孚」（《包》195）

少宰

【古】【術】楚國官稱。例：

「楚～如晉師。」（《左傳・宣十二》）／「向帶爲大宰，魚府爲
～。」（《左傳・成十五》）

案：杜預注云：「少宰，官名。」吳永章「疑爲太宰之次官」（1982）。

少（小）槩（集）尹

【術】楚國官稱。例：

「～龔賜」（《燕客銅量銘》）

案：「少（小）槩（集）尹」當是「集尹」的輔佐。☞本章「槩（集）尹」。

少簡／少敵

【術】占卜用具。例：

「以～爲愳固貞：」（《望》1・3）

「少簡」或作「少敵」。例：

「以～爲愳固貞：」（《望》1・9）

案：或以爲「簡」、「敵」通作「籌」（湖北省文物考古研究所、北京大學中文系：
1995：68～69頁）。

少（小）僮／少（小）童

【古】【名】「少僮」即傳世文獻中的「小童」，也就是幼童。例：

「剟（份）戤之～」（《包》3）

「少僮」或作「少童」。例：

「审（中）佶（造）戤～羅角。」（《包》180）

傳世文獻作「小童」。例：

「黃帝曰：『異哉，～！』」（《莊子・徐無鬼》）

案：☞本文第六章九，少（小）僮／少（小）童。

少傅

【術】同「傅」，太子輔導之官。例：

「無忌爲～。」（《史記‧楚世家》）

按：吳永章有詳考（1982）。☞本章「傅」及「太傅」。

少（小）臧（藏）

【術】楚國官稱。「從文義分析，可能屬財政物資儲藏管理之官，乃大臧之輔佐。」（石泉：1996：58頁）。例：

「～之州人冶士石佢訟其州人冶士石𩎟」（《包》80）

少寶

【術】占卜用具。例：

「……以～爲左尹卲𨚲貞」（《包》221）

13. 尢部（兀、尣同）（1）

㒲

【形】跛。

案：徐乃昌引《集韻》：「齊、楚謂跛曰㒲。」（《續方言又補》卷上）今天粵語所用同。

14. 尸部（3）

（縣）尹

1. 【古】【動】擔任……之長官。例：

「初，楚武王克權，使鬬緡～之。遷權於那處。以叛，圍而殺之。使閻敖～之。」（《左傳‧莊十八》）

2. 【後】後綴，表官職。例如「令尹」、「左尹」、「右尹」等。

案：在楚方言中，作爲職官名的「尹」是個古語詞。「尹」早在甲骨文時代就出現了，而且就是用爲官稱，如：「右尹」、「束尹」、「族尹」、「小尹」等。早期的傳世文獻，例如《尚書‧酒誥》也有官稱的用例，如：「百僚庶尹。」可見，楚人採「尹」爲官稱，祇不過一仍舊貫而已。或以爲春秋時楚官多以

「尹」爲稱〔註29〕。但是，《曾》157、156、152、149，《包》193、84、164均見「尹」。可知戰國時楚官也以「尹」爲稱。吳永章有考（1982）。

屈柰之月／屈褻之月／屈柰／屈夕

【名】楚月名，相當於秦曆十一月。例：

「～」（《包》4）／「期至～賽金」（《包》104）／「～戊寅之日」（《包》125）／「～」（《天・卜》二例）

「屈柰月」或作「屈褻之月」。例：

「～」（《新蔡》乙一：32、23、1）／「～……」（《新蔡》零：414）

「屈褻之月」或略作「屈柰」。例：

「～內（入）月二旬」（《九》56・85）／「～」（《九》56・91）／「隹（唯）聑篿～」（《聑篿鐘銘》）

「屈柰」或作「屈褻」。例：

「～」（《新蔡》零：503）

「屈柰」或作「屈夕」。例：

「紡月、十月、～，歲在西方。」（《睡・日書甲》六六正壹）

案：☞本章「柰／褻（夜）」。

展

【古】【形】困難。《方言》：「騫、展，難也。齊晉曰騫。山之東西凡難貌曰展。荊、吳之人相難謂之展，若秦、晉之言相憚矣。齊、魯曰燀。」（卷六）例：

「～如之人兮，邦之媛也。」（《毛詩・鄘風・君子偕老》）

15. 屮部（1）

屯

【副】全都；全都是（朱德熙、裘錫圭：1972），相當於「皆」、「均」。例：

〔註29〕 俞鹿年《中國官制大辭典》157 頁，黑龍江人民出版社，1992 年 10 月第 1 版。

「～青黃之象（緣）。」（《信》2・001）／「一淒垪、一迅缶、

一湯鼎，～有蓋。」（《信》2・014）／「～錄（綠）魚耳。」（《曾》

16）／「～二儋之猷金鍏（圣）二鍏（圣）。」（《包》147）

案：《說文》：「屯，難也。」（卷一屮部）這恐非本義，但典籍可徵：「慰暋沈屯」

（《莊子・雜篇・外物》）郭象注引司馬彪云：「沈，深也。屯，難也。」可

是，屯字「全都、全都是」的義項，卻是典籍無載，當屬獨創的方言詞義。

16. 山部（6）

山鬼

【專】鬼神名，山神。例：

「《～》」（《楚辭・九歌》篇名）／「～固不過知一歲事也。」

（《史記・秦始皇本紀》）

案：「山鬼」或可稱爲「山川」。例：《說苑・君道》：「楚莊王見天不見妖而地不

出孽，則禱於山川曰……」

峁

【古】【形】「峁」可能是「嫐」的簡省，也就是「媄」的楚方言形體。《說

文》：「媄，色好也。从女从美，美亦聲。」（卷十二女部）例：

「～與亞（惡）相去可（何）若？」（《郭・老乙》4）

案：「峁」或作「媄」、「敄」、「顥」。☞本文第六章二十五，媄／敄／顥／峁。

岉山

【專】鬼神名。例：

「賽禱……～一玨。」（《包》213～214）／「……～既皆城。」

（《包》215）

案：「岉」或作「坐」，或作「侳」。☞本章「坐山」、「侳山」。

崑崙草

【名】青葙。

案：程先甲引蘇恭唐本草云：「青葙，荊襄人名爲昆侖草。」（《廣續方言拾遺》）

喦

【形】多言。《說文》：「山巗也。从山品。讀若吟。」（卷九山部）文獻用

為地名。例：

> 「宋鄭之間有隙地焉：丘、玉、暢、～、戈、錫。子產與宋人
> 為成曰：勿有是。及宋平，元之族自蕭奔鄭。鄭人為之城～、戈、
> 錫。九月宋向巢伐鄭，取錫，殺元公之孫，遂圍岩。十二月，鄭罕
> 達救～，丙申圍宋師。」（《左傳・哀十二》）

案：劉賾所考（1930：171頁）。

巒

【名】狹長的山形。例：

> 「登石～以遠望兮，路眇眇之默默。」（《楚辭・離騷》）

案：杭世駿引《爾雅・釋山》郭璞注云：「山形狹長者，荊州謂之巒。」

17. 巛部（3）

州加公

【術】楚國地方官員官稱。「應是州中的主管官員。」（石泉：1996：156頁）例：

> 「邔司馬之～李瑞」（《包》22）／「邔司馬豫之～李逗」（《包》24）／「邔司馬豫之～李偘」（《包》30）／「新遊公中䛄之～弼罷受期」（《包》35）／「䌓里子～文壬」（《包》42）／「鄇君之耆～周迶受期」（《包》68）／「迅大敏珊之周鄆」（《包》74）／「□～黃監……鮫之～誓勳」（《包》164）／「莫囂之～五陽……坪夜君之～畬鹿、眉新」（《包》181）／「右司馬愆之～番鉆」（《包》182）／「鄳郢公之～婁逌」（《包》185）／「鄄君之～周襛、株易莫囂～張歡、邘競之～邡秦……笑～周蠱；己未，遊宮～阿；辛酉篁敏～隉女、楚旂邟」（《包》189～190）

州里公

【術】楚國地方官員官稱。可能是某些官員的助手。例：

> 「邸陽君之～登綏受期」（《包》32）／「福易剕尹之～婁毛受〔期〕」（《包》37）／「秦大夫悤之～周瘀言於左尹與鄴公賜……」（《包》141）／「邰君新～隉勳」（《包》180）／「王西～命訧、郿

　　　　　族～黃固」（《包》191）

州差（佐）

　　【術】楚國官稱。「可能是州加公之副職，爲楚國基層政權官吏。」（石泉：
1996：156 頁）例：

　　　　　「霝里子之～**響時**」（《包》180）

18. 工部（11）

工正

　　【術】楚國官稱。相當於「工尹」（杜預說）。例：

　　　　　「蔿賈爲～，……」（《左傳・宣四》）

案：吳永章有詳考，認爲「工正爲司馬之屬」之說較勝（1982）。

左史

　　【術】楚國官稱，職掌史乘。晉亦有「左史」一職。例：

　　　　　「～倚相趨過。」（《左傳・昭十二》）／「～倚相廷見申公亹。」

　　　（《國語・楚語（下）》）／「～倚相謂子期曰……」（《韓非子・說林

　　　上》）

案：吳永章有詳考（1982）。

左敏（令）／差敏（令）

　　【術】楚國官稱。「似爲左司馬屬官。」（石泉：1996：101 頁）例：

　　　　　「左司馬**逊**命～敓定之。」（《包》152）

　　「左敏」或作「差敏」。例：

　　　　　「～弝所馭乘車」（《曾》7）

左尹

　　【術】令尹之副手。中央政府官員。例：

　　　　　「楚～子重侵宋，王待諸郔。」（《左傳・宣十一》）／「～郤宛、

　　　工尹壽帥師至於潛，吳師不能退。」（《左傳・昭二十七》）

案：《包》12、128、137 反、212、230、232、242、267、《曾》31 亦見「左尹」

　　例。吳永章有詳考（1982）。

左司馬

【術】地位在「大司馬」之後而在「莫敖」之前。中軍政府官員。但也有地位略低的「左司馬」。例：

> 「公子成爲～」（《左傳・襄十五》）／「～逃命左敏敓定之。」
>
> （《包》152，又見 129、《曾》169、《古璽》0037 等）

案：吳永章有詳考（1982）。

左徒

【術】相當於後世左右拾遺之類（《正義》說）。例：

> 「考烈王以～爲令尹。」（《史記・楚世家》）／「屈原者……爲
>
> 楚懷王～。」（《史記・屈原賈生列傳》）

案：「左徒」尚見於《左徒戈》。「左徒」一稱，姜亮夫謂與「莫敖」同（1940）。缺乏理據。湯炳正認爲「左徒」即「左登徒」的省稱，與《曾》所載之「左迃徒」同（1981：119～126 頁）。《曾》另有「右迃徒」，傳世文獻未見「右登徒」或「右徒」的稱謂。因此，「左徒」是否即「左登徒」尚不能遽然論定。吳永章有考（1982）。☞本章「左迃徒」。

左喬尹

【術】楚國官稱。「職掌不明。」（石泉：1996：101 頁）例：

> 「不逞（逆）姧～穆奚以廷。」（《包》49）

左迃徒

【術】楚國官稱。例：

> 「～一馬。」（《曾》211）

按：「其職掌學界有不同推論，有人認爲迃徒即『登徒』，『左迃徒』即『左徒』；有人認爲是祝宗卜史之官；或認爲是掌諷諫之官。」（石泉：1996：101 頁）☞本章「左徒」。

左闡（關）尹

【術】楚國官稱。例：

> 「～黃惕」（《包》138）

案：傳世文獻有名「關尹喜」者。那「左關尹」也許是「關尹」的副手。

巫咸

　　【專】鬼神名。例：

　　　　「～將夕降兮，懷椒糈而要之。」（《楚辭・離騷》）

案：傳世出土文獻《詛楚文》見「巫咸」。

差

　　【形】痊愈。《方言》：「差、間、知，愈也。南楚病愈者謂之差；或謂之間；或謂之知。知，通語也。或謂之慧。或謂之憭。或謂之瘳。或謂之蠲。或謂之除。」（卷三）「差」，傳世文獻多作「瘥」。《說文》：「瘥，瘉也。从疒差聲。」（卷七疒部）楚地出土文獻作「癥」。

案：☞本章「癥」。

19. 己部（2）

配已

　　【形】喜悅。《方言》：「紛怡，喜也。湘潭之間曰紛怡；或曰配已。」（卷十）例：

　　　　「不隨俗而～兮，斂虛襟之蕭瑟。」（清・沈欽韓《幼學堂詩文稿》卷三）

咢

　　【量】楚貨幣單位。例：

　　　　「～」（楚貨幣文）

案：原篆通常作「𢍮」，大概可以隸定爲「咢」。其意義則不甚明瞭。或以爲古彝文「銖」字，其異體則爲「整雙」、「整對」之合文，即兩銖之意（劉志一：1984）。可備一說。

20. 巾部（9）

市令

　　【術】商市管理長官。春秋時置（石泉：1996：119頁）。例：

　　　　「莊王以爲幣輕，更以小爲大，百姓不便，皆棄其業。～言之相……」（《史記・循吏列傳》）

案：吳永章有考（1982）。

市攻（工）

　　【術】楚國官稱。「當是楚市所屬工官。」（石泉：1996：119頁）例：
　　　　「～」（《漆耳杯印銘》）

衯（紛）

　　【名】大巾。《方言》：「帗，巾也。大巾謂之衯。嵩、嶽之南，陳、潁之間謂之帤；亦謂之帗。」（卷四）《說文》：「衯，楚謂大巾曰衯。从巾分聲。」（卷七巾部）典籍或作「紛」，或作「帉」。《禮記・內則》：「左佩紛帨刀礪小觿金燧。」陸德明《音義》云：「紛，芳云反，或作帉。」
　　案：杭世駿有考（《續方言》卷上葉十九）。

帕頭

　　【名】絡頭。《方言》：「絡頭，帕頭也。紗繢、鬠帶、髲帶、帤、崦，絉頭也。自關而西，秦晉之郊曰絡頭。南楚、江、湘之間曰帕頭。自河以北趙、魏之間曰絉頭；或謂之帤；或謂之崦。其遍者謂之鬠帶；或謂之髲帶。覆結謂之幘巾；或謂之承露；或謂之覆髲。皆趙、魏之間通語也。」（卷四）

師

　　1.【古】【術】太子之師，其職責爲「教之以事而諸德者也」。例：
　　　　「初，楚子將以商臣爲大子，訪諸令尹子上。……商臣聞之而
　　　　未察，告其～潘崇曰：」（《左傳・文元》）
　　案：「師」或稱爲「少師」。除楚國外，晉也有「師」。吳永章有詳考（1982）。
　　　☞本章「少師」。
　　2.【古】【術】樂師。例：
　　　　「楚子使～縉示之俘馘。」（《左傳・僖二十二》）
　　案：杜預注云：「師縉，楚樂師也。」

棪（錦）

　　【名】「棪」是「錦」的楚方言形體，僅見於曾侯乙墓所出竹簡。《說文》：「錦，襄邑織文也。从帛金聲。」（卷七帛部）例：
　　　　「二紫～之箙」（《曾》42、60）／「紫～之安賠（造）」（《曾》
　　　　48）／「紫～之繛（襮）」（《曾》53）／「紫～之裏」（《曾》54、55、

106）／「屯紫～之裏」（《曾》59）／「紫～之純」（《曾》65）／「紫

～之純」（《曾》67）／「～扈」（《曾》70）／「紫～裏」（《曾》88）

案：楚地出土文獻有「錦」，說明楚人也使用通語文字。

幝

　　【名】無緣上衣。《方言》：「無緣之衣謂之幝。」（卷四）《說文》：「幝，楚
謂無緣衣也。」（卷七巾部）

案：錢繹箋云：「《說文》：『幝，無緣衣也。』又云：『幝，楚謂無緣衣也。』」（《方
　　言箋疏》卷四）杭世駿有考（《續方言》卷上葉十七）。

幝哑

　　【形】（毛）茸茸的。《方言》：「揄鋪、幝哑、帗縷、葉輸，毳也。荊、揚、
江、湖之間曰揄鋪。楚曰幝哑。陳宋鄭衛之間謂之帗縷。燕之北郊，朝鮮洌水
之間曰葉輸。」（卷二）

幠（釁）

　　【古】【形】衣、囊坼裂。《說文》：「幠，以囊盛穀，大滿而裂也。」（卷七
巾部），段玉裁注云：「幠之言釁也。釁者，隙也。」

案：劉賾所考（1930：156 頁）。《方言》云：「癬，披散也。東齊聲散曰癬，器
　　破曰披。秦、晉聲變曰癬，器破而不殊，亦其音，謂之癬，器破而未離謂之
　　釁。」（卷六）那麼，「幠（釁）」似乎并非楚方言詞，至少，并非楚方言所
　　獨有。

21. 广部（6）

庖宰

　　【古】【術】楚國官稱。「職掌爲烹飪膳食。」（石泉：1996：255 頁）例：
　　　　「（伊尹）身執鼎俎爲～，昵近習親，而湯乃僅知其賢而用之。」
　　　　（《韓非子·難言》）／「（楚襄）王曰：『我食寒菹而得蛭，念譴之
　　　　而不行其罪乎，是法廢而威不立也；譴而行其誅，則～、監食者法
　　　　皆當死，心又弗忍也。故吾恐蛭之見也，遂吞之。』」（漢·賈誼《新
　　　　書·春秋》）／「～烹殺胎卵，煎炙齊和，窮極五味，則魚肉不足
　　　　食也。」（漢·桓寬《鹽鐵論·通有》）

案：事實上，如果《韓非子》所載可信的話，「庖宰」可能是楚語中的古語詞，而
　　且爲後世所繼承。

廋

　　【古】【動】隱藏。《方言》：「廋，隱也。」（卷三）例：
　　　　「武子曰：『何暮也？』對曰：『有秦客～辭於朝。大夫莫之能
　　對也。吾知三焉。』」（《國語・晉語（五）》）／「遵野莽以呼風兮，
　　步從容於山～。」（漢・劉向《楚辭・九嘆・憂苦》）

案：今粵方言沿用。

廣平

　　【動】用來投簿的楸枰。《方言》：「（吳楚之閒）所以投簿謂之枰；或謂之
廣平。」（卷五）

案：文獻中有地名「廣平」。

廐尹

　　【術】楚國官稱。「其職掌當爲負責飼養管理公用馬匹牲畜」（石泉：1996：
367 頁）。例：
　　　　「十月辛未之日不行代易～郙之人戕我於長尾公之軍，阰門又
　　敗。」（《包》61）

廐右馬

　　【術】楚國官稱。「其職掌當與馬匹有關」（石泉：1996：367 頁）。例：
　　　　「～鈢」（《古璽》0268）

案：亦見《分域》1045，但「廐」字未釋。

廧（嗇）夫

　　【術】小臣（鮑彪說），泛指縣及縣以下地方行政機構的官員。例：
　　　　「（楚）相國御展子、～。」（《戰國策・東周策》）

案：吳永章有考（1982）。

22. 廴部（2）

廷

　　【古】《說文》：「廷，朝中也。从廴，壬聲。」（卷二廴部）在西周金文中，

常常可以見到「立中廷」這個句子。在楚地的出土文獻中（目前祇見於包山所出法律竹簡），「廷」有三個義項：

1. 【動】意思是「應訊」，「接受（司法官員）聆訊」，多作「不逞／徑（逆）……以廷」句式。例：

「八月乙亥之日不徑（逆）鞏倉以～」（《包》19）／「辛未之日不徑（逆）橾（集）獸（獸）黃辱、黃蟲以～」（《包》21）／「癸巳之日不徑（逆）玉敏（令）步、玉婁■以～」（《包》25）／「辛巳之日不徑（逆）■尹之鄙邑遠忻、莫囂遠睨以～」（《包》28）／「癸未之日不～」（《包》29）／「癸巳之日不徑（逆）徛奋君之司馬駕與徛奋君之人南輊、登敢以～」（《包》38）／「十月壬午之日不以～」（《包》59）／「十月辛巳之日不徑（逆）安陸之下里人屈犬、少宮墮申以～」（《包》62）／「執事人■莫、求朔，阿不以朔～」（《包》63）／「己未之日不～」（《包》79）／「徑（逆）以～」（《包》85 反）

2. 【名】大概是指與「廷理」相關的物事。例：

「～莘■以內（入）」（《包》9）／「～疋易之酷官之客」（《包》125 反）／「～莘」（《包》簽）

3. 【動】義如《說文》所釋，指朝中，不過卻是用爲動詞，指視朝。例：

「八月乙酉之日，王～於藍郢之游宮。」（《包》7）

案：《釋文》所確立的「廷」的義項，如進一步與《鄂君啓舟節銘》、《鄂君啓車節銘》中相類似的句子進行比較，便可確定其不誤。「……乙亥之日王處於栽郢之游宮。」在這裏，「處」和「廷」的意義應相當接近。至於「廷」的第二個義項，也可以與「受期」簡的其他文例相比較以進一步加以確定。《包》27 云：「乙亥之日不以死於其州者之譴告，阶門又敗。」《包》29 云：「辛巳之日不譴陳雏之剔（傷）以告，阶門又敗。」《包》42 云：「九月戊戌之日不譴公孫虢之侸（豎）之死，阶門又敗。」《包》54：「丙辰之日不譴長陵邑之死，阶門又敗。」「譴」用爲「對質」，其意義是清楚的。「廷」與之相仿佛，當然也還是有點區別。「廷」的本義爲「朝中」，用作動詞則可理解爲「至朝中」、「到朝中對質」。不過，此處的「朝中」恐怕不能指「朝廷」，而祇是「治

獄之場所」。「不廷」〔註30〕、「不以廷」、「不以……廷」等句式當是「不徑（逆）……以廷」的簡省。總之，「廷」所具有的「對質」、「出庭聆訊」的意義，是可以從楚官稱「廷理」和秦官稱「廷尉」中看出來的。或謂「廷」為「縣廷」（湖北省荊沙鐵路考古隊：1991a：42 頁）。顯然不是確詁。☞本章「廷理」。

廷理

【術】楚國司法之官，春秋時置（石泉：1996：142 頁）。例：

「～曰……」「～舉殳而擊其馬。」「～斬其輈，戮其御。」（《韓非子·外儲說右上》）／「楚令尹子文之族有干法者，～拘之。」「子文召～而責之曰：『凡立～者……』」（《說苑·至公》：

案：吳永章有詳考（1982）。「廷理」或簡稱曰「理」。☞本章「理」。

23. 廾部（2）

弁

1. 【古】【名】帽子。《說文》：「覍，冕也。周曰『覍』，殷曰『吁』，夏曰『收』。从兒象形。弁，或覍字。」（卷八兒部）如果《說文》的解釋是正確的話，那楚語中的「弁」當來自周人的語言。例：

「一～，一小～」（《信》2·015）

2. 【形】通作「變」。例：

「顏色＝佲（容）佼（貌）悃（溫）～也。」（《郭·五行》32）

3. 【動】通作「辯」，辯解；爭辯；論辯。例：

「小人信～：下鄯關里人雇女返、東邨里人場貯、蕢里人競不割晉（并）殺會（余）罩於競不割之官。而相～：棄之於大迯（路）。」（《包》121）／「君子不～，女（如）道。」（《郭·六德》5）／「㔶（絕）智棄～，民利百怀（倍）。」（《郭·老子甲》1）

4. 【動】通作「辨」，分辨。例：

〔註30〕 葛英會認爲，「不」讀如「丕」，「廷」讀如「成」、「平」。參看氏著《包山楚簡釋詞三則》，《于省吾教授百年誕辰紀念文集》175～177 頁，吉林大學出版社，1996 年 9 月第 1 版。葛說容有可商。

「男女～生言」「男女不～，父子不新（親）。」（《郭・六德》

31～32、37）

5.【形】通作「便」。例：

「甬（用）身之～者，兌（悅）爲甚。」（《郭・性自命出》43）

案：在楚地出土文獻中，「弁」有多個形體。☞本文第六章十六，**卡**（弁）。

畀

【動】舉。《說文》：「畀，舉也。从廾由聲。《春秋傳》曰：『晉人或以廣

墜，楚人畀之。』黃顥說：『廣車陷，楚人爲舉之。』」（卷三廾部）

24. 弓部（6）

弩父

【名】士卒；下屬。《方言》：「楚、東海之間，亭父謂之亭公，卒謂之弩

父；或謂之褚。」（卷三）

㢭死者／㢭死

【專】鬼神名。例：

「……累（明）〔祖〕、～……」（《天・卜》）／「凶攻解於不殆、

～？」（《天・卜》）／「……不殆、～〔者〕……」（《天・卜》）

「㢭死者」或簡稱爲「㢭死」。例：

「凶攻解於累（明）祖、～？」（《天・卜》）

案：「㢭」字，諸家所釋紛紜：或作「剛」（朱德熙：1954），或作「冶」（王人聰：

1972），或作「肆」（何琳儀：1991），或作「弘」（滕壬生：1995：884～885

頁），或作「強」（見李家浩所引：1980）。事實上，儘管都是楚地出土文獻，

儘管字形相當接近，然而，此字在銅器銘刻和簡帛上應分屬兩字。銅器銘刻

上的是「冶」，而從楚地出土文獻所見的「勥」「彊」等字看，「㢭」則有可

能是「強」的草率寫法。上博簡可證。《季庚（康）子問於孔子》「㢭」字凡

四見（其中重文一，5、8、9），都讀作「彊」〔註31〕。

張皇（餦餭）

　　【名】同「餦餭」，即「餳」，一種甜食，沾上飴糖的油炸薄面片。《方言》：「餳謂之餦餭。飴謂之餃。餦謂之籠。餳謂之餭。凡飴謂之餳，自關而東陳、楚、宋、衛之通語也。」（卷十三）顏師古注《急就篇》「棗杏瓜棣饊飴餳」條云：「饊之言散也。熬稻米飯使發散也。古謂之張皇。亦目其開張而大也。」（卷二）

　　按：「張皇」也作「粻程」。☞本章「餦餭」、「粻程」。

弸

　　【形】憤怒。《說文》：「弸，弓彊兒。从弓朋聲。」（卷十二弓部）在楚地文獻中，通作「馮」。《方言》：「馮、齘、苛，怒也。楚曰馮。」（卷二）錢繹注：「馮又通作弸。」（《方言箋疏》卷二）例：

　　　　「康回馮怒，墜何故以東南傾。」（《楚辭·天問》）

　　按：劉賾有考（1930：169頁），引申爲繃緊；物之鼓張突起。☞本章「憑1」。

弜弜

　　【形】不見於傳世典籍。從上下文推敲，意思大概是重複的樣子。《說文》：「弜，輔也；重也。」（卷十二弜部）例：

　　　　「亡章～。」（《帛·乙》）

彈

　　【動】射（箭）。《說文》：「彈，射也。从弓畢聲。《楚詞》曰：『弓彈彈日。』」例：

　　　　「羿焉～日？烏焉解羽？」（《楚辭·天問》）

　　按：或以爲彝語同源詞（陳士林：1984：16頁）。

25. 彡部（1）

彤筶

　　【術】卜具。例：

　　　　「屈宜習之以～爲左尹邵㐌貞」（《包》223）

　　按：「彤筶」可能也作「筶彤」。☞本章「筶彤」。

26. 彳部（4）

德

　　【名】用力前徙。《說文》：「德，升也。」（卷二彳部）

按：劉蹟所考（1930：168 頁）。

四畫（凡370）

1. 心部（忄、小同）（55）

㣺（恐）

　　【形】「恐」的楚方言形體。例：

　　　　「……隹濠栗～朧（懼）。」（《新蔡》甲三：15、60）／「武王
　　宙（聞）之～覭（懼）。」（《上博七・武王踐阼》5）

案：《說文》：「恐，懼也。从心巩聲。㣺，古文。」（卷十心部）許書所載古文，
　　可能便是來自楚方言。

㤈／愳（仁）

　　【形】「㤈」是「仁」的異體。《說文》：「仁，親也。从人从二。㤈，古
文仁从千心。」（卷八人部）例：

　　　　「～之至也。」「古（故）昔臤（賢）～聖者如此。」（《郭・唐
　　虞之道》2）／「則下之爲～也靜（爭）先。」（《上博一・緇衣》6）

　　「㤈」或作「愳」。例：

　　　　「故大道廢，安有～義？」（《郭・老子丙》3）／「～以尋（得）
　　之，～以獸（守）之。」（《上博七・武王踐阼》4）／「～心者晶
　　（盟），能行職（聖）人之道，女（如）子罪～，行職（聖）人之
　　道。」（《上博六・孔子見季趄子》4）

案：楚地出土文獻，「㤈」或从人从心，不排除訛誤的可能性，當然也有可能，
　　「人」是「千」的簡省。而許書「㤈」字所從之「千」，恐怕正是「愳」所
　　從之「身」。

㤽／惡（怒）

　　【形】《說文》：「怒，仁也。从心如聲。㤽，古文省。」（卷十心部）楚地

出土文獻的「忞」，卻非「恕」，而是「怒」。例：

> 「皆又（有）憙（喜）又（有）～」（《郭・語叢一》46）／「惡
> 生於眚（性），～生於惡，乘生於～」（《郭・語叢二》25～26）

「忞」或作「惹」。例：

> 「未智（知）牝戊（牡）之合，然～，精之至也。」（《郭・老
> 子甲》34）／「憙（喜）～悆（哀）悲之熮（炁），性也。」（《郭・
> 性自命出》2）／「～谷（欲）涅（盈）而毋□」（《郭・性自命出》
> 64）

悉／忨（願）

【副】「願」的楚方言形體。願意；情願。例：

> 「～夫＝（大夫）之母（毋）胭（燕）徒以員（慎）。」（《上博
> 八・王居》4）／「～戠（歲）之啓時。」（《上博八・李頌》1 背）
> ／「言不～見於君子。」（《上博六・孔子見季趄子》13）

念／愈（貪）

「念／愈」是「貪」的楚方言形體。或从心今聲，或从心含聲，前者可視
爲後者的省聲，與音 niàn 的「念」同形。《說文》：「貪，欲物也。从貝今聲。」
（卷六貝部）在楚地出土文獻中，「念／愈」有以下用法：

1. 【名】貪欲；貪念。例：

> 「愈生於欲，怀生於念」（《郭・語叢二》13）

2. 【動】「愈」或通作「含」，含有；包含。例：

> 「而能～悳（德）者，未之有也。」（《郭・成之聞之》2）

案：在楚地的出土文獻中，也使用「貪」字，但更多場合卻是使用「念」「愈」這
　　兩個形體。

悉（過）

【形】「過失」的「過」的楚方言形體。

> 「天陞（地）名忞（字）並立，古（故）～其方，不囟（思）
> 相……」（《郭・太一生水》12）／「從允懌（釋）～，則先者余，
> 逨（來）者信。」（《郭・成之聞之》36）／「句（苟）以其青（情），

唯（雖）～不亞（惡）。」（《郭・性自命出》50）／「肰（然）而亓（其）～不亞，速（數），惪（謀）之方也。又（有）～則咎」（《上博一・性情論》39）／「又（有）～，信矣。」（《上博一・性情論》40）／「亡不又（有）～」（《上博三・中（仲）弓》19）

忸怩

【形】羞慚的樣子。《方言》：「忸怩，慙歰也。楚郢江湘之間謂之忸怩；或謂之㰤咨。」（卷十）／例：

「君～，乃趣赦之。」（《國語・晉語八》）

快扛鳥

【名】鴟鵂。

案：李時珍云：「（鴟鵂），楚人呼爲快扛鳥。」（《本草綱目》卷四十九）

悉

【動】「愛」的本字。例：

「甚～必大贎（費）」（《郭・老子甲》36）／「古（故）孳（慈）以～之，則民又（有）新（親）。」（《郭・緇衣》25）／「是古（故）谷（欲）人之～昌（己）也，則必先～人。」（《郭・成之聞之》20）／「堯舜之行，～親尊賢。」（《郭・唐虞之道》6）／「～親忘賢，仁而未義也。」（《郭・唐虞之道》8）／「苟民～，則子也；弗～，則戲（仇）也。」（《郭・尊德義》26）／「不～則不親」（《郭・尊德義》33）／「親則～＝玉色」（《郭・五行》13）

案：《說文》：「悉，惠也。从心先聲。㤅，古文。」（卷十心部）又：「慨，忼慨，壯士不得志也。从心既聲。」（卷十心部）顯然，許愼是把「㤅」、「慨」當作兩字的。在楚地的出土文獻中，有「悉／㤅」無「慨」[註32]。雖然「悉」、「㤅」可能是一字之異，前者爲「既」省聲。但這對異體字卻有著不同的用法，而這點不同，很可能就是造成「㤅」分化爲「慨」的原因。☞本文第六

〔註32〕 也許如此，以致某些文字編在處理這幾個字時無所適從。例如《包山楚簡文字編》（張守中：1996：162 頁）把「㤅」當作「慨」，而《郭店楚簡文字編》（張守中：2000：143 頁）卻把「㤅」附在「悉」字條下。

章二十一，恷／憗／慨／爱。

思

【名】憐惜；憐憫。《方言》：「噋、無寫，憐也。沅、澧之原凡言相憐哀謂之噋；或謂之無寫。江濱謂之思。皆相見驩喜有得亡之意也。九嶷湘潭之間謂之人兮。」（卷十）此外，楚地出土文獻的「思」還有以下用法：

1. 【語】通作「其」，表揣測或不確定的語氣。例：

「～〔攻解〕於宮室……」（《望》1・117）／「～攻解於下之人，不死？」（《望》1・176）／「……～攻……」（《望》1・177）「～攻解於人愚？」（《包》198）／「～趨解安？」（《天・卜》）

2. 【連】通作「斯」，相當於「則」，表轉折或遞進。例：

「奠三天□，～敚奠四亟。」「～百神風雨晨亂乍（作）。乃逆日月，以⚡相□，～又（有）宵又（有）朝，又（有）晝又（有）夕。」（《帛・甲》）

案：☞本文第六章二十八，囟。

恩（慍）

【形】「恩」是「慍」的楚方言形體。《說文》：「慍，怒也。从心昷聲。」（卷十心部）「恩」用如此。例：

「～斯憂……通，～之終也。」（《郭・性自命出》35）／「～生於憂」（《郭・語叢二》7／「～生於眚（性），憂生於～，哀生於憂。」（《郭・語叢二》30）

案：迄今為止，「恩」未見於列國出土文獻，楚地出土文獻所獨有。「囚」，古體「蘊」〔註33〕。可見楚地所出就是「慍」的本來形體。或作未識字觀（張守中：2000：147～148頁）。

怛

【古】【形】厭惡。《方言》：「憚、怛，惡也。」（卷十三）例：

「顧瞻周道，中心～兮。」（《毛詩・檜風・匪風》）／「子犁往

問之，曰：『叱！避，無～化！』」（《莊子・大宗師》）

怕癢花

【名】紫薇花。

案：清・汪志伊云：「紫薇花，楚人謂之怕癢花。」（《稼門詩文鈔》卷十七，清嘉慶十五年刻印本）

慜1（謀）

【古】【名】在楚地的出土文獻中，「謀」從心母聲，爲楚人所創製。當然，由於中山國器銘也有這個詞形，那這個詞形也可能是古之孑遺。《說文》：「謀，慮難曰謀。從言某聲。……慜，亦古文。」（卷三言部）例：

「其未菲（兆）也，易～也。」（《郭・老子甲》25）／「古（故）軍不與少（小）～大，……毋以少（小）～敗大惹（圖）。」《郭・緇衣》22～23：／「教以懽（權）～……」（《郭・尊德義》16）／「凡～，已道者也。」（《郭・語二》38）／「智□者寡～。」（《郭・語叢三》31）／「早與智～，是胃（謂）童（重）基。」（《郭・語叢四》13～14）／「君又（有）～臣，則壤地不鈔（鮮）。士又（有）～友，則言談不甘。」（《郭・語叢四》23）／「金玉涅（盈）室不女（如）～，……古（故）～爲可貴。」（《郭・語叢四》24～25）／「肰（然）而亓（其）怸（過）不亞（惡），速（數），～之方也。又（有）～則咎」（《上博一・性情論》39）

慜2（悔）

1. 【動】「慜2」是「悔」的楚方言形體。例：

「凡～，已衢（道）者也。」（《郭・語叢二》38）／「迖（動）～，又（有）～」（《上博三・周易》43）／「名（銘）於笰之四專（端）曰：『安樂必戒。』右專（端）曰：『毋行可～。』笰逡（後）左專（端）曰：『民之反宿（側），亦不可志。』」（《上博七・武王踐阼》6）

2. 【形】通作「敏」。例：

「售（雍）也不～……」（《上博三・中（仲）弓》9）

案：楚地出土文獻，从每得聲的字往往从母，例如「洢（海）」、「晦（晦）」。

恒慨

【形】廣大。《方言》：「恒慨、夢綏、羞繹、紛母，言既廣又大也。荊、揚之間凡言廣大者謂之恒慨。東甌之間謂之夢綏；或謂之羞繹、紛母。」（卷二）

恩（溫）

【形】「恩」是「溫柔」、「溫和」的「溫」的楚方言形體。例：

「安則～，～則兌（悅）」（《郭・五行》13）／「顏色＝伀（容）佼（貌）～弁（變）也」（《郭・五行》32）

案：「恩」或隸定為「悃」（張守中：2000：148頁）。不如作「恩」。迄今為止，「恩」字未見於列國出土文獻，當楚方言所獨有。「因」實際上就是「昷」所从[註34]。因此，字讀如「昷」沒有問題。《說文》：「溫，水出犍為涪，南入黔水。从水昷聲。」（卷十一水部）可見表「溫柔」、「溫和」意義的「溫」祇是個通假字，本當作「恩」。

恔／懐（哀）

「恔／懐」是「哀」的楚方言形體。

1. 【形】【名】《說文》：「哀，閔也。从口衣聲。」（卷二口部）更為常見的「恔」用如此。例：

「則以～悲位（莅）之」（《郭・老子丙》）／「憙（喜）怒～悲之燹（炁），性也。」（《郭・性自命出》2）／「詥遊～也，」（《郭・性自命出》33）／「甬（用）青（情）之至者，～樂為甚。」（《郭・性自命出》43）／「居喪必又（有）夫繺＝（戀戀）之～。」（《郭・性自命出》67）／「治樂和～，民不可或（惑）也。」（《郭・尊德義》31）「唯～悲是思」（《上博二・昔者君老》4）

2. 【專】「恔」也用為人名，例：

「少攻尹～」（《包》111）

「恔」偶然作「懐」。例：

[註34] 參張政烺《釋因薀》，《古文字研究》第 12 輯，中華書局，1985 年 10 月第 1 版。

「～生於憂。」（《郭‧語叢二》31）／「於（嗚）唬（呼）～
哉！」（《新蔡》零：9＋甲三：23＋甲三：57）

案：在楚地的出土文獻中，本有「哀」字，有「然後能至哀。」（《郭‧五行》17）、
「哀也。」（《郭‧語叢三》41）、「得者樂，遴（失）者哀」（《郭‧語叢三》59）
等三個用例。其餘的卻不是用爲「閔（憫）也」的「哀」，而是用爲人名，例
如《包》145「公孫哀」、《新蔡》乙四：57「獸哀」。可能地，「哀」爲通語形
體，而在楚地出土文獻中，表「哀傷」義的「恢／懐」是正體。

恰

【形】貪婪而吝嗇。《方言》：「亄、嗇，貪也。荊、汝、江、湘之郊凡貪而
不施謂之亄；或謂之嗇；或謂之恰。恰，恨也。」（卷十）

悅

【形】脫除。《方言》：「悅、舒，蘇也。楚通語也。」（卷十）典籍「悅」
或作「脫」。例：

「胡蝶胥也化而爲蟲，生於灶下，其狀若～，其名爲鴝掇。」

（《莊子‧至樂》）

愆／忩（欲）

【名】「愆／忩」是「欲」的楚方言形體。「忩」當「愆」的簡省。欲望；
貪欲。《說文》：「欲，貪欲也。从欠谷聲。」（卷八欠部）例：

「古（故）君民者，章好以視民～」（《郭‧緇衣》6）

「愆」或作「忩」。例：

「～生於眚（性），慮生於～」（《郭‧語叢二》10）／「愄（貪）
生於～，怀生於念（貪）」（《郭‧語叢二》13）／「楦生於～」（《郭‧
語叢二》15）／「滯生於～」（《郭‧語叢二》17）／「返生於～」

（《郭‧語叢二》19）

案：楚人也使用通語的「欲」，見於《郭‧老子甲》、《郭‧老子丙》。

恿（勇）

【形】《說文》：「勇，氣也。从力甬聲。戚，勇或从戈用，恿，古文勇从心。」
（卷十三力部）在楚地出土文獻中，使用《說文》所載古文。例：

　　　　「弗～則亡復。」(《郭・尊德義》33～34)／「行谷(欲)～
　　　　而必至」(《郭・性自命出》63)／「壬子生子，～」(《睡・日書甲》
　　　　148 正肆)

案：在楚地的出土文獻中，固然有「勇」，例如《包》71：「中昜司敗黃勇受期。」
　　但也使用「恿」和「戜」。後者與《說文》所載別體古體略同。迄今為止，「勇」
　　的別體古體祇見於楚地的文獻，可能是楚人的新造詞形。☞本章「戜」。

悇／悇(疑)

　　「悇」是「疑」的楚方言形體。在楚地出土文獻中，有如下用法：

1. 【動】懷疑；疑惑。例：

　　　　「為下可頪(述)而等(志)也，則君不～。」(《郭・緇衣》4)
　　　／「此以後(邇)者不賊(惑)而遠者不～。」(《郭・緇衣》44)
　　　／「戜(勇)而行之不果，其～也弗枉(往)悇(矣)。」(《郭・成
　　　之聞之》21)

2. 【形】通作「怡」。例：

　　　　「～好色之忨。」(《上博一・孔子詩論》14)

3. 【嘆】通作「噫」，表示驚嘆；驚訝。例：

　　　　「～！善才(哉)，言唬(乎)！」(《郭・魯穆公問子思》4)

4. 【語】通作「矣」，表已然。例：

　　　　「其所才(在)者內～。」(《郭・成之聞之》3)／「民弗從之
　　　～。」(《郭・成之聞之》5)／「其迭(去)人弗遠～。」(《郭・成
　　　之聞之》21)

　　「悇」或作「悇」，懷疑；疑惑。例：

　　　　「甸(弱)生於眚(性)，～生於休(弱)，北(悖)生於～。」
　　　(《郭・語叢二》36～37)／「～取再。」(《郭・語叢二》49)

案：「悇／悇」嚴格上應隸定為「惢／惢」。不過，既然時下的文字編著作如是作，
　　那也不妨約定俗成。

惪(圖)

　　【動】「圖」的楚方言形體，謀劃；謀取；期望得到。例：

「哀公胃（謂）孔子，子不爲我～之。」（《上博二・魯邦大旱》
1）／「虡（吾）子～之。」「遠愳（慮）～後。」（《上博五・姑成
家父》7）／「元（願）虡（吾）子～之。」（《上博八・子道餓》1）

案：孟蓬生（2002：28 頁）、陳斯鵬（2006：193～199 頁）有說。

慮畾

【術】占卜用具。例：

「……之歲，九月，甲申之日，攻（工）差（佐）以君命取～……」
（《新蔡》乙四：144）

惏

1. 【古】【形】殘忍。《方言》：「叨、惏，殘也。陳、楚曰惏。」（卷二）
例：

「狄固貪～。」（《左傳・僖二十四》）／「生伯封，實有豕心，
貪～無饜，忿纇無期，謂之封豕。」（《左傳・昭二十八》）

2. 【形】貪婪。典籍「惏」同「婪」。《說文》「惏，河內之北謂貪曰惏。」
（卷十心部）又：「婪，貪也。从女林聲。杜林說：卜者黨相詐驗爲婪。讀若
潭。」（卷十二女部）例：

「眾皆競進以貪～兮，憑不猒乎求索。」（《楚辭・離騷》）

案：陸德明《經典釋文》引《方言》云：楚人謂貪爲婪。

悃

【形】惑亂。《方言》：「悃、愁、頓愍，惽也。楚、揚謂之悃；或謂之愁。
江湘之間謂之頓愍。」（卷十）

憪

【形】羞慚。《方言》：「憪、㤅、憋也。荊、揚、青、徐之間曰憪。若梁、
益、秦、晉之間言心內慚矣。山之東西自愧曰㤅。趙、魏之間謂之聏。」（卷
六）

案：杭世駿引《說文》云：「楚人爲慚曰憪。」（《續方言》卷上葉八）今本《說文》
作：「青徐謂慚曰憪。」程際盛已辨其非。（《續方言補正》卷下）

惕

【動】漫遊、徜徉。《方言》：「婬、惕，遊也。江、沅之間謂戲爲婬；或謂之惕；或謂之嬉。」（卷十）

悼

1. 【古】【形】哀憐；哀悼。《方言》：「㥪、憮、矜、悼、憐，哀也。齊、魯之間曰矜。陳、楚之間曰悼。趙、魏、燕、代之間曰㥪。自楚之北郊曰憮。秦、晉之間或曰矜；或曰悼。」（卷一）例：

> 「及其得柘棘枳枸之間也，危行側視，振動～慄。」（《莊子‧外篇‧山木》）

2. 【古】【形】恐懼。《說文》：「悼，懼也。陳、楚謂懼曰悼。」（卷十心部）例：

> 「豈不爾思，中心是～。」（《毛詩‧檜風‧羔裘》）

案：杭世駿（《續方言》卷上葉九）、李翹（1925）均有考。

謷

【形】惑亂。《方言》：「㥮、謷、頓湣，惛也。楚、揚謂之㥮；或謂之謷。江湘之間謂之頓湣。」（卷十）《說文》：「誖，亂也。从言孛聲。悖，誖或从心。」（卷三言部）《類篇》云：「（謷）同誖。」楚地出土文獻用「孛」爲「誖（悖）」。

案：☞本章「孛」。

惼₁（畏）

【形】「惼₁」是「畏」的楚方言形體，畏懼。《說文》：「畏，惡也。从由虎省。鬼頭而虎爪，可畏也。」（卷九由部）在楚地出土文獻中，「惼₁」用如此。例：

> 「猶唬（乎），亓（其）奴（如）～四哭（鄰）」（《郭‧老子甲》8～9）／「未型（刑）而民～，又（有）心～者也。」「凡於迅（徵）毋～，毋蜀（獨）言蜀（獨）處」（《郭‧老子甲》）／「□豊（禮）～，守樂遜，民教也。」（《郭‧唐虞之道》12）

案：用如「畏」的「惼₁」，可以視之爲後起本字。《集韻》有「惼」字，云：「烏回

切，音煨，中善。」與「畏」無涉。

愄2／懀（威）

【名】「愄2」是「威」的楚方言形體，使人畏懼的震懾力；威嚴；威望。

例：

「《寺（詩）》員（云）：『誓（慎）爾出話，敬爾～義（儀）。』」

「《寺（詩）》員（云）：『偍（朋）友卣（攸）叞（攝），叞（攝）

以～義（儀）。』」（《郭・緇衣》30、45）／「不氂（賴）則亡～。」

（《郭・尊德義》13）／

「愄2」或作「懀」。例：

「……用～，虵（夏）用戈，正（征）不備（服）也。」（《郭・

唐虞之道》13）

案：《說文》：「威，姑也，从女从戉。」（卷十二女部）顯然，典籍中表「威嚴」

意義的「威」是個通假字。據《大盂鼎銘》「畏天畏」，可知「使人敬畏」的意

義是通過「畏」的使動用法而產生的。《包》簡中也見「愄」字，例如「愄王」

（《包》166），都可根據《郭》簡得到確解。

愄2（威）王

【專】就是楚威王熊商（前339～328）。例：

「～垞臧嘉」（《包》166）／「～之垞人臧」（《包》172）／「～

慅室埶牆」（《包》173）／「～垞人臧。」（《包》183）／「～慅室

楚劃」（《包》192）

案：或以爲「愄王」就是楚威王（湖北省荊沙鐵路考古隊：1991a：51頁）。《郭》

簡中，「愄」可讀爲「威」，證明「愄王」就是楚威王。

悁

【動】「悁」是「怨」的楚方言形體。例：

「少（小）民隹（唯）曰～，晉多旨滄，少（小）民隹（唯）

曰～」（《郭・緇衣》10）／「則大臣不～」（《郭・緇衣》22）／「不

黨則亡～」（《郭・尊德義》17～18）／「龏（恭）則民不～」（《郭・

尊德義》34）

案：因爲傳世本《緇衣》作「小民惟曰怨，資多祁寒，小民惟曰怨」，而且，《上

博一・緇衣》作「少（小）民隹（唯）曰命，晉冬耆寒，少（小）民隹（唯）曰令」，「命（令）」其實就是《說文》所載的古文「怨」：🔯，所以學者們順理成章地把「悁」釋爲「怨」。不過，按照某些學者的想法，「悁」也許是「悁」的異體〔註35〕。《說文》：「悁，忿也。从心肙聲。一曰憂也。」（卷十心部）「悁」和「怨」是同義詞，用在以上的文本裏，都是合適的。當然，還有學者認爲當作「悁」，從「獻」省〔註36〕。

愴豪（家）

【術】占卜用具。例：

「軦纕志以～爲𨶿固貞。」（《望》1・1）

愮

【動】醫治。《方言》：「愮、療，治也。江、湘郊會謂醫治之曰愮。愮又憂也。或曰療。」（卷十）

慆

【形】喜悅；快樂。《說文》：「慆，說也。」（卷十心部）例：

「憙（喜）斯～」（《郭・性自命出》34）／「潚深𦕂（鬱）～」

（《上博一・性情論》19）

案：典籍以「陶」通作。

慦

【形】憂愁。《說文》：「慦，楚、潁之間謂憂曰慦。」（卷十心部）

案：杭世駿（《續方言》卷上葉九）、徐乃昌（《續方言又補》卷上）有考。

懂（謹）

「懂」是「謹」的楚方言形體。在楚地出土文獻中，「懂」有三個用法：

〔註35〕 黃德寬、徐在國《郭店楚簡文字考釋》，載《吉林大學古籍整理研究所建所十五周年紀念文集》102 頁，吉林大學出版社，1998 年 1 月第 1 版。又參孔仲溫《郭店楚簡〈緇衣〉字詞補釋》，載《古文字研究》22 輯 244～245 頁，中華書局，2000 年 7 月第 1 版。

〔註36〕 魏宜輝、周言《讀〈郭店楚墓竹簡〉劄記》，載《古文字研究》22 輯 233～234 頁，中華書局，2000 年 7 月第 1 版。

1. 【形】謹慎。例：

　　「～亞（惡）以渫民淫，則民不賊（惑）。」（《郭・緇衣》6）
／「則民誓（慎）於言而～於行。」（《郭・緇衣》33）

2. 【形】通作「艱」，艱難；艱苦。例：

　　「可（何）～之又（有）才（哉）？」（《郭・窮達以時》2）

3. 【名】通作「巾」。例：

　　「邵繇（繇）衣胎蓋，冒（帽）裵（絰）冤（蒙）～」（《郭・
窮達以時》3）

慧

　　【形】痊愈。《方言》：「差、間、知、愈也。南楚病愈者謂之差；或謂之間；或謂之知。知通語也。或謂之慧；或謂之憭；或謂之瘳；或謂之蠲；或謂之除。」（卷三）

悬

1. 【動】【名】同「志」，愛。例：

　　「～膳（善）之胃（謂）悬（仁）。」（《郭・語叢一》92）／「父慈子～，非又（有）爲也。」（《郭・語叢三》8）／「～，悬（仁）也。」（《郭・語叢三》37。按：原編次緊接 34 號簡，當爲 35）／「～親則其蚄（方）～人。」（《郭・語叢三》40）

2. 【名】同「愾」，指心理方面的疾病。例：

　　「疠腹疾，以少～，尙毋又（有）咎。」（《包》207）／「既又疠＝心疾，少～，不內飤。」（《包》221）／「既又疠＝心疾，少～，不內飤。」（《包》223）／「既腹心疾，以迠～，不甘飤。」（《包》236）／「既腹心疾，以迠～，不甘飤。」（《包》239）／「既腹心疾，以迠～，不甘飤。」（《包》242）／「既腹心疾，以迠～，不甘飤。」（《包》245）

案：或以爲「愾」的異體，讀如「氣」（湖北省荊沙鐵路考古隊：1991a：55 頁）。從《郭》簡既有「悬」又有「愾」的情況分析，「悬」用爲「愾」的可能性不大。☞本文第六章二十一，志／悬／愾／愾。

慫悥（從容）

【動】鼓動；煽動。《方言》：「食閻、慫悥，勸也。南楚凡己不欲喜而旁人說之，不欲怒而旁人怒之，謂之食閻；或謂之慫悥。」（卷十）典籍或通作「從容」。例：

　　「衡山王以此恚，與奚慈、張廣昌謀，求能爲兵法候星氣者，日夜從容王密謀反事。」「賓客來者，微知淮南、衡山有逆計，日夜從容勸之。」（《史記・衡山王傳》）

憚

1. 【形】惱怒；憤怒。《方言》：「戲、憚，怒也。齊曰戲。楚曰憚。」（卷六）例：

　　「天下五合、六聚而不敢救也，王之威亦～矣。」（《戰國策・秦策四》）

2. 【形】厭惡。《方言》：「憚、怛，惡也。」（卷十三）／例：

　　「君王親發兮～青兕，朱明承夜兮時不可以淹。」（《楚辭・招魂》）

案：或以爲侗族、水族等少數民族語詞（嚴學宭：1997：400 頁）。

憭

【形】瘂愈。《方言》：「差、間、知，愈也。南楚病愈者謂之差；或謂之間；或謂之知。知通語也。或謂之慧；或謂之憭；或謂之瘳；或謂之蠲；或謂之除。」（卷三）

愙1（僞）

【形】「僞」的楚方言形體，虛僞。例：

　　「𢇍（絕）～棄慮，民復季（孝）子（慈）。」（《郭・老子甲》1）／「凡人～爲可亞（惡）也。～斯嗖（吝）壴（矣）。」（《郭・性自命出》48）／「言及則明亯（舉）之而毋～。」（《郭・性自命出》60）／「慮（虛）谷（欲）困（淵）而毋～。」（《郭・性自命出》62）／「巠（輕）谷（欲）皆廈（度）而毋～。」（《郭・性自命出》65）

愙2（化）

「化」的楚方言形體。在楚地出土文獻中，「愿2」有兩個用法：

1.　【形】變化。例：

「而萬物牾（將）自～＝而雒（欲）乍（作）」（《郭・老子甲》

13）

2.　【專】人名。例：

「九月甲晨（辰）之日不甶（貞）周～之奴以至（致）命，阽

門又敗。」（《包》20）

憑1

【形】憤怒。《方言》：「憑、齘、苛，怒也。楚曰憑，小怒曰齘。陳謂之

苛。」（卷二）例：

「康回～怒，墜何故以東南傾？」（《楚辭・天問》）

「憑」或作「馮」。例

「今君奮焉，震電～怒。」（《左傳・昭五》）

憑2

【形】滿。例：

「眾皆競進以貪婪兮，～不厭乎求索。」（《楚辭・離騷》）

案：王逸注：「憑，滿也。楚人名滿曰憑。」（《楚辭章句・離騷》）杭世駿引同（《續

方言》）。李翹有考（1925）。駱鴻凱以為「『馮』之聲轉」（駱鴻凱：1931：

17～20 頁）。今湘方言用如此，寫作「朋」（劉曉南：1994）。陳士林以為彝

語同源詞（1984：15～16 頁）。岑仲勉以為古突厥語詞（2004b：192～193

頁）。

憑1心

【名】憤懣之心。例：

「依前聖以節中兮，喟～而歷茲。」（《楚辭・離騷》）

案：王逸注：「憑心，憤懣之心。」（《楚辭章句・離騷》）陳士林以為彝語同源詞

（1984：15～16頁）。

愁

【古】【形】哀傷。《方言》：「悼、愁、悴、愁，傷也。自關而東汝、潁、

陳、楚之間通語也。汝謂之忞。秦謂之悼。宋謂之悴。楚、潁之間謂之憖。」
（卷一）例：

> 「秦行人夜戒晉師曰：『兩君之士皆未～也，明日請相見也。』」
>
> （《左傳‧文十二》）

儓佽

　　【古】【形】簡慢；欺侮。《方言》：「眠娗、脈蜴、賜施、茭媞、譠謾、儓
佽，皆欺謾之語也。楚郢以南、東揚之郊通語也。」（卷十）

案：徐乃昌引《玉篇》云：「楚云慢言輕易也。」（《續方言又補》卷上）程先甲亦
　　有考（《廣續方言》卷一）。

憐

　　【古】【形】憐愛。《方言》：「亟、憐、憮、俺，愛也。東齊海岱之間曰亟。
自關而西秦、晉之間凡相敬愛謂之亟。陳、楚、江、淮之間曰憐。宋、衛、邠、
陶之間曰憮；或曰俺。」（卷一）例：

> 「夔～蚿，蚿～蛇，蛇～風，風～目，目～心。」（《莊子‧外
>
> 篇‧秋水》）／「國人憎惡糾之母以及糾之身，而～小白之無母也。」
>
> （《管子‧大匡‧內言一》）

懷

　　【古】【動】到；至。《方言》：「假、徦、懷、摧、詹、戾、艐，至也。
邠、唐、冀、兗之間曰假；或曰徦；齊、楚之會郊或曰：懷、摧、詹、戾。
楚語也。」（卷一）例：

> 「淑人君子，～允不忘。」（《毛詩‧谷風‧鼓鐘》）／「《詩》
>
> 云：『惟此文王，小心翼翼。昭事上帝，聿～多福。』」（《禮記‧
>
> 表記》）

案：郭璞注云：「《詩》曰「先祖于摧。六日不詹。魯侯戾止」之謂也。此亦方國
　　之語，不專在楚也。」

慐（寵）

　　【動】「慐」是「寵」的楚方言形體，寵愛；寵幸。例：

> 「人～辱若纓（驚），貴大患若身。可（何）胃（謂）～辱？
>
> ～之爲下也。……是胃（謂）～辱〔若〕纓（驚）」（《郭‧老子乙》

5～6）

案：《說文》：「寵，尊居也。从宀龍聲。」（卷七宀部）顯然，「寵」并不表「寵愛」、「寵幸」的意義。如果不是有楚地的出土文獻，恐怕我們會認爲是「寵」詞義的引申。事實上，从心龍聲的這個字纔是表示「寵愛」「寵幸」意義的本字。目前的證據是，除了楚地出土文獻保留此字外，其他地域的出土文獻都沒有。楚地出土文獻雖然也有从宀龍聲的「寵」，卻祇用爲人名，而且祇有一例：「陳寵」（《包》135）。稍後的睡虎地秦簡見「寵」字。可能地，在秦火以後，秦人不得已借「寵」爲之，并確定爲規範字。

憪慄

【形】慚愧。

案：徐乃昌引《集韻》：「楚人謂慚曰憪慄。」（《續方言又補》卷上）

2. 戈部（16）

戎

【古】【動】拔。《方言》：「搣、擢、拂、戎，拔也。自關而西或曰拔；或曰擢。自關而東江、淮、南楚之間或曰戎。東齊海岱之間曰搣。」（卷三）例：

「朕夢協朕卜，襲于休祥，～商必克。」（《書·泰誓》）

攻（攻）

【動】「攻」的楚方言形體。《說文》：「攻，擊也。」（卷三支部）例：

「求者（諸）其杏（本）而～者（諸）其末，弗得矣。」（《郭·成之聞之》10）

案：楚地出土文獻也有「攻」，不過，卻并不用爲「擊也」。不是用爲「工」（例如工尹之類），就是用爲「功」（例如《郭·老子甲》）。顯然，「攻」在楚方言中纔是表「擊也」意義的本字。

戒（械）客

【術】楚國官稱。「械客應是楚官府手工業中主管器械製造的基層職官或技術工匠。」（石泉：1996：179頁）例：

「～之鉨」（《古璽》0163）

案：璽文亦見《分域》1070。

莪（羢）

【名】《說文》：「羢，大臠也。从肉戔聲。」（卷四肉部）楚語以「莪」爲
羢，例：

「～酳（醢）一氉（瓮）。」（《包》255）

案：或謂讀如「薐」，即「落」（湖北省荊沙鐵路考古隊：1990a：60 頁）。

戝

【量】衡量單位。小於 1／12 銖，相當於「粟」，即 1／12 分。例：

「□襄冢（重）三朱（銖）二全（格）朱（銖）四～。」（《郞陵
君王子申攸豆銘》）

案：《玉篇》：「戝，徒弄切，船板木。」（卷十七戈部）明代粵方言正有以之爲地
名者：「戝船澳」（今廣東陽江市西南閘坡港）。可證顧氏言之不誣。那麼，用
爲衡量單位的「戝」也許是個借字。☞本章「全朱」。

戜（勇）

同「恿（勇）」。可用爲名詞或形容詞。

1. 【名】勇氣；勇武。例：

「～不足以沬（蔑）眾」（《郭・尊德義》35）／「唯～力聞於
邦不女（如）材」（《郭・語叢四》24）／「～而行之不果」（《郭・
成之聞之》21）

2. 【形】勇敢的樣子。例：

「一軍之人勅（勝）不其～」（《郭・成之聞之》9）

案：在楚地的出土文獻中，固然有「勇」，例如《包》71：「中易司敗黃勇受期。」
但也使用「恿」和「戜」。前者與《說文》所載古體同，後者與《說文》所
載別體略近。迄今爲止，「勇」的別體古體祇見於楚地的文獻，可能是楚人
的新造詞形。☞本章「恿（勇）」。

戮（傷）

【形】「剔」的異體，也就是「傷」的楚方言形體。例：

「小人信以刀自～，州人女以小人告。」（《包》144）／「敚（養）
生而弗～」（《郭・唐虞之道》11）

案：☞本章「剔」。

戠（職）室

【術】楚國官稱。例：

「～之鈢」（《分域》1055，《古璽》0213）

案：別有「中職（戠）室」（《分域》1052）

戠（職）飤（食）

【術】楚國官稱。「應是負責楚王及王室飲食膳羞的官職。」（石泉：1996：
361 頁）例：

「～之鈢」（《古璽》0217）

戠（職）歲

【術】楚國官稱。例：

「～之鈢」（《分域》1057）

戠（職）襄

【術】楚國官稱。例：

「下鄝～」（《分域》1056）

戔（戡）尹

【術】楚國官稱。「職掌未詳。」（石泉：1996：457 頁）例：

「～癸謝之。」（《包》125）／「戊寅鄭～欵」（《包》162）／
「子西～之人辛」（《包》166）／「武陵～之人翏足」（《包》169）
／「新～之人滕」（《包》186）／「郊～鼂之人」（《包》194）

案：原篆隸定爲「戔」，無釋（荊沙鐵路考古隊：1991a：圖版一五五）。滕壬生作
「戡」（1995：871 頁）。應可從。「湛」古文作「㳄」，與「戔」所從近。

戡（割）

原篆從戈從害作「戡」，爲「割」的楚方言形體。楚簡中有兩個用法：

1. 【動】「割」的異體，切割。例：

「昔才（在）上帝，～紳觀文王惠（德）。」（《郭·緇衣》37）

2. 【專】用如人名。例：

「卲無～之州人……」（《包》95）

案：或隸作从咨从戈（湖北省荊沙鐵路考古隊：1991a：23 頁）。應隸作从戈从
　　害（滕壬生：1995：878頁）。《郭》別有从刃的「割」字。根據「傷」或作
　　「剔」或作「剔」的情況看，「戟」也可能是「割」的異體。

戲

【動】歇息。《方言》：「戲、泄，歇也。楚謂之戲。泄，奄息也。楚、揚謂
之泄。」（卷十）

案：其本字可能是「愒」或「憩」。《說文》無「憩」有「愒」：「愒，息也。從心
　　曷聲。」（卷十心部）然而傳世典籍見「憩」，例：「蔽芾甘棠，勿翦勿敗，召
　　伯所憩。」（《毛詩・召南・甘棠》）毛亨注：「憩，息也。」

截

【動】物之一段。《說文》：「截，斷也。從戈雀聲。」（卷十二戈部）

案：劉賾所考（1930：167頁）。

戮（穳）

【名】「戮」當「穳」的楚方言形體，小矛。例：

　　　　「五罴～。」（《包》269）／「臼～」（《包》272）／「二～，
　　　皆戮」（《包》273）／「五罴～。」（《包》牘1）

案：或謂「借作鍛」，就是包山墓所出如錐狀的小矛。「罴」或「讀如厹」，即《詩・
　　秦風・小戎》之「厹矛」，并云出土實物中有如「厹矛」者（湖北省荊沙鐵
　　路考古隊：1991a：65 頁）。除誤「戮」為「鍛」外，則堪稱正確。所謂「鍛」，
　　應是「穳」。原篆從戈從爨作「戮」，古文從戈從矛或可無別，「爨」、「贊」
　　的讀音也接近。前者清紐元韵；後者精紐元韵。原篆恐怕即《玉篇》所載的
　　「穳」：「千喚切，鋋也。」「穳，同上。」（卷十七矛部）《說文》：「鋋，小
　　矛也。」（卷十四金部）楚語殆用如此。

3. 戶部（2）

牀（戶）

【名】「牀」是「戶」的楚方言形體。《說文》：「戶，護也。半門曰戶。象
形。凡戶之屬皆從戶。牀，古文戶從木。」（卷十二戶部）「牀」同《說文》古

文。例：

「～」（《包》簽 13）／「口不誓而～之閟。」（《郭・語叢四》4）

案：《新蔡》簡見「戶」，均不從木。從甲骨文有「戶」的情況分析，「戶」為通語
　　用字當無問題。

戾

　　【古】【動】到；至。《方言》：「假、徦、懷、摧、詹、戾、艐，至也。
邠、唐、冀、兗之閒曰假，或曰徦；齊、楚之會郊或曰懷、摧、詹、戾，楚
語也。」（卷一）例：

　　　　「魯侯～止，言觀其旂。」「魯侯～止，其馬蹻蹻。」「魯侯～
　　止，在泮飲酒。」（《毛詩・魯頌・泮水》）

案：郭璞注云：「《詩》曰『先祖于摧』、『六日不詹』、『魯侯戾止』之謂也。此
　　亦方國之語，不專在楚也。」

4. 手部（扌同）（36）

扱

　　【動】斂取。《說文》：「扱，收也。」（卷十二手部）

案：劉賾所考（1930：170 頁）。

扰

　　【動】擊打。《方言》：「拯、扰，椎也。南楚凡相椎搏曰拯；或曰揔。沅、
涌、澬、幽之語或曰攙。」（卷十）例：

　　　　「旣而狎侮欺詒攙拯挨～，亡所不為。」（《列子・黃帝》）

案：徐乃昌引《集韻》云：「楚謂搏曰扰。」（《續方言又補》卷上）今粵語用如
　　此。

折

　　【動】《說文》：「斳，斷也。從斤斷草。譚長說。……折，篆文折從手。」
（卷一艸部）引申為短小。

案：劉賾所考（1934：179 頁）。

承命

　　【術】卜具。例：

「新～」（《天・卜》一例）

承豢（家）

【術】卜具。例：

「～」（《天・卜》三例）

承悳

【術】卜具。例：

「五生以～爲左尹沱貞」（《包》209、232、245）／「～」（《新蔡》乙四：49）

挏

【動】拿；取。《方言》：「挏、擄，取也。南楚之間凡取物溝泥中謂之挏；或謂之擄。」（卷十）例：

案：今粵方言用如此，寫作「揸」。在楚地出土文獻中，「挏」作「叙」。☞本章「叙」。

抍（拯）

【動】拯救。《方言》「躝、抍，拔也。出溺爲抍，出火爲躝也。」（卷十三）《說文》：「抍，上舉也。从手升聲。《易》曰：『抍馬壯吉。』撜，抍或从登。」徐鉉注：「臣鉉等曰：今俗別作『拯』。非是。」（卷十二手部）如果徐鉉的說法同樣適合於先秦典籍的話，那「拯」無疑是俗體，而用爲「拯救」義，則是俗義。例：

「使弟子并流而～之。」（《莊子・達生》）

拌

【動】拋棄。《方言》：「拌，棄也。楚凡揮棄物謂之拌；或謂之敲。淮汝之間謂之役。」（卷十）

拯

【動】擊打。《方言》：「拯、扰，椎也。南楚凡相椎搏曰拯；或曰揔。沅、涌、澬、幽之語或曰攩。」（卷十）例：

「旣而狎侮欺詒攩～挨扰，亡所不爲。」（《列子・黃帝》）

捐

【動】抛棄。《說文》：「捐，棄也。从手肙聲。」（卷十二手部）例：

「生相憐，死相～。」（《列子・楊朱》）

案：劉賾所考（1930：148 頁）。

挾斯

【形】襤褸；破損。《方言》：「褸裂、須捷、挾斯，敗也。南楚凡人貧衣被醜弊謂之須捷；或謂之褸裂；或謂之襤褸。故《左傳》曰：『蓽路襤褸以啓山林。』殆謂此也。或謂之挾斯。器物弊亦謂之挾斯。」（卷三）

捷

【形】快捷；有智慧的。同「倢」。《方言》：「虔、儇，慧也。秦謂之謾。晉謂之㦧。宋、楚之間謂之倢。楚或謂之譐。自關而東趙、魏之間謂之黠；或謂之鬼。」（卷一）《廣雅・釋詁》：「捷，慧也。」《集韻・葉韻》：「『捷』或从『人』作『倢』。」例：

「何桀紂之猖披兮，夫唯～徑以窘步。」（《楚辭・離騷》）

掩

【古】【形】相同。《方言》：「掩、醜、掍、綷，同也。江、淮、南楚之間曰掩。宋、衛之間曰綷；或曰掍。東齊曰醜。」（卷三）典籍通作「奄」。例：

「自彼成康，～有四方。」（《毛詩・周頌・執競》）／「王用～有四鄰。」（《逸周書・皇門解》）

案：李翹有考（1925）。

掉花

【名】給穀物脫粒的用具。

案：清・厲荃引《餘多存錄》云：「打稻具，吳人謂之連枷；楚人謂之掉花。」（《事物異名錄》卷十八）

掌夢

【術】楚國官稱。「掌占夢之吉凶。」（石泉：1996：404 頁）例：

「巫陽對曰：『～，上帝其難從。』」（《楚辭・招魂》）

捼

【動】揉物；搏動。《說文》：「推也。从手委聲。一日兩手相切摩也。」（卷十二手部）

案：劉賾所考（1930：144 頁）。

扱

【動】擊打。《方言》：「扱、扰，椎也。南楚凡相椎搏曰扱；或曰扱。沅、涌、滍、幽之語。」（卷十）

案：徐乃昌引《類篇》云：「楚謂擊爲扱。」（《續方言又補》卷上）

援夕

【名】同「遠夕之月／遠夕之月／遠夕」，楚月名，相當於秦曆十二月。

例：

「七月、爨月、～，歲在北方。」（《睡‧日書甲》六七正壹）

案：☞本章「遠夕之月／遠夕之月／遠夕」。

揞

【動】收藏；掩藏。《方言》「揞、揜、錯、摩，滅也。荊楚曰揞。吳揚曰揜。周秦曰錯。陳之東鄙曰摩。」（卷六）

案：「揞」仍活躍於今天的粵方言中。

揚荷

【專】楚歌曲名。例：

「敶鐘按皷，造新歌些：《涉江》《采菱》，發《～》些。」（《楚辭‧招魂》卷九）

案：王逸注云：「楚人歌曲也。」（《楚辭‧招魂章句》卷九）李翹有考（1925）。

揫

【形】（樹枝）糾結的樣子；果實攢迫的樣子。《說文》：「揫，聚也。从手酋聲。」（卷十二手部）典籍中每以「遒」通作。例：

「《詩》曰：『布政優優，百祿是～。』」（《左傳‧成二》）

案：杜預注：「遒，聚也。」劉賾所考（1930：163 頁）。

摑

【動】用手推。《說文》：「掆，手推之也。」（卷十二手部）

案：劉賾所考（1930：155頁）。

挻

【動】取。《方言》：「撍、攓、摭、挻，取也。南楚曰攓。陳、宋之間曰摭。衛、魯、揚、徐、荊、衡之郊曰撍。自關而西秦、晉之間凡取物而逆謂之篡。楚部或謂之挻。」（卷一）例：

　　　　「～埴以爲器。」（《老子》十一章）

摸

【動】擴大。《方言》：「張小使大謂之廓。陳、楚之間謂之摸。」（卷一）

摮（奚）

【名】「奚」的楚方言形體，奴隸。在楚地出土文獻中，指殉葬用的奴隸俑。例：

　　　　「柏～二夫」「桐～二夫」（《曾》212）

案：《說文》：「奚，大腹也。从大𢆶省聲。𢆶，籒文系字。」（卷十大部）大概因爲收入了「㜎」，許慎已經不大瞭解「奚」的意義了。《說文》：「㜎，女隸也。从女奚聲。」（卷十二女部）其實《周禮・天官》就有用「奚」爲「隸役」的例子：「酒人奚三百人。」鄭玄注云：「奚猶今官婢女。通作㜎、傒。」我不知道許慎當年所見到的《周禮》是不是作「㜎」，以致誤解「奚」義。事實上，甲骨文、銅器銘文「奚」均作以手繫人之狀，且用爲「奴隸」義。尤其是甲骨文，「奚」也有从女的〔註37〕，義當同「㜎」。在楚地的出土文獻中，「奚」附加「手」符，顯然強調以手控制的意義。「柏摮」、「桐摮」即以柏木、桐木作的「俑」。

搳

【動】搔物。《說文》：「搳，擖也。从手害聲。」（卷十二手部）

案：劉賾所考（1934：180頁）。

〔註37〕　參中國科學院考古研究所編輯《甲骨文編》427頁，中華書局，1965年9月第　　　　1版。

摧

【古】【動】至；到。《方言》：「假、袼、懷、摧、詹、戾、艐，至也。邠、唐、冀、兗之閒曰假，或曰袼；齊、楚之會郊或曰懷、摧、詹、戾，楚語也。」（卷一）例：

「胡不相畏，先祖于～。」（《毛詩・大雅・雲漢》）

案：郭璞注云：「《詩》曰『先祖于摧』、『六日不詹』、『魯侯戾止』之謂也。此亦方國之語，不專在楚也。」

摶

1. 【形】圓形。例：

「圓果～兮，青黃雜糅。」（《楚辭・九章・橘頌》）

2. 【形】引申為旋轉。例：

「～扶搖而上者九萬里。」（《莊子・逍遙遊》）

案：王逸注：「摶，圓也。楚人名圓為摶。」（《楚辭・九章・橘頌章句》）杭世駿引同（《續方言》）。李翹有考（1925）。

擔

【動】拿；取。《方言》：「抯、擔，取也。南楚之間凡取物溝泥中謂之抯；或謂之擔。」（卷十）例：

「～狒猲，批窫猰。」（張衡《西京賦》）

案：劉賾所考（1930：159頁）。或以為壯、侗等少數民族語詞（嚴學宭：1997：401頁）。今粵方言寫作「揸」。在楚地出土文獻中，「擔」作「𡙹」。☞本章「𡙹」。

撚

【動】以手執物。《說文》：「撚，執也。从手然聲。一曰蹂也。」（卷十二手部）

案：劉賾所考（1930：151頁）。今粵語引申為「玩弄」。

攓／攐／攓

【古】【動】拿取；拔取。《說文》：「攓，拔取也。南楚語。从手寒聲。楚詞曰：『朝攓批之木蘭。』」（卷十二手部）典籍作「攐」。例：

「朝～阰之木蘭兮，夕攬洲之宿莽。」（《楚辭·離騷》）／「采薜荔兮水中，～芙蓉兮木末。」（《楚辭·九歌·湘君》）／「列子行，食于道，從見百歲髑髏，～蓬而指之曰：」（《莊子·至樂》，亦見《列子·天瑞》）／「而子獨～草而坐之。」（《晏子春秋·內篇諫下第二》）／「然則一軍之中必有虎賁之士，力輕扛鼎，足輕戎馬，～旗斬將，必有能者。」（《吳子·料敵第二》卷上）／「盜者慮探柱下之金，刼寢戶之簾，～兩廟之器，白晝大都之中，劓吏而奪之金。」（漢·賈誼《新書·俗激》）

《方言》作「擥」：「摣、擥、摷、挻，取也。南楚曰擥。陳、宋之間曰摣。衛、魯、揚、徐、荊、衡之郊曰摷。自關而西秦、晉之間凡取物而逆謂之篡。楚部或謂之挻。」（卷一）

案：杭世駿（《續方言》卷上葉四）、李翹（1925）均有考。今粵方言常用詞。

撲

【動】聚集。《方言》：「撲、翕、葉，聚也。楚謂之撲；或謂之翕。葉，楚通語也。」（卷三）

擎

【動】持；採擷。例：

「～木根以結茝兮，貫薜荔之落蘂。」（《楚辭·離騷》）

案：岑仲勉以為古突厥語詞（2004b：205 頁）。

攍

【動】挑；擔。《方言》：「攍、膡、賀、媵，儋也。齊、楚、陳、宋之間曰攍。燕之外郊、越之垂甌、吳之外鄙謂之膡。南楚或謂之攍。自關而西隴冀以往謂之賀。凡以驢馬馲駝載物者謂之負他；亦謂之賀。」（卷七）典籍或作「贏」。例：

「去秦而歸，～縢履蹻負書擔囊。」（《戰國策·秦策一》）

攩

【動】擊打。《方言》：「㧙、扚，椎也。南楚凡相椎搏曰㧙；或曰抌。沅、涌、㲹、幽之語或曰攩。」（卷十）例：

「旣而狎侮欺詒～拯挨扰，亡所不爲。」（《列子・黃帝篇》）

5. 支部（1）

支註

【形】語無倫次；口齒不清。《方言》：「囒哰、謰謱，拏也。東齊、周、晉之鄙曰囒哰。囒哰亦通語也。南楚曰謰謱；或謂之支註；或謂之詀謕。轉語也。拏，揚州、會稽之語也；或謂之惹；或謂之譇。」（卷十）

6. 支部（攵同）（16）

攻（工）尹

【術】百工之官。例：

「王使（子西）爲～。」（《左傳・文十》）／「楚子使～問之以弓。」（《左傳・成十六》）／「～路請曰……」（《左傳・昭十二》）

案：《燕客銅量銘》、《包》106、116、118、157、172 也見「攻（工）尹」例。《曾》簡、《鄂君啓舟節銘》見「大工尹」例，《包》簡見「少（小）工尹」例。楚地出土文獻，「工」大多作「攻」，贅加「攵」，大概是爲了強調「手」在工作中的作用，是「工」的專有形體。因此，它和「攻」是同形字的關係，而不是通假字的關係。吳永章有詳考（1982）。

攻（工）差（佐）

【術】楚國官稱。「當爲輔佐主管百工的官員。或云即工尹之下屬官職。」（石泉：1996：10頁）例：

「～坪所賠（造）行軒五乘」（《曾》120）／「～競之」（《燕客銅量銘》）

案：楚地出土文獻，「工佐」均作「攻差」。

攻叙

【術】祭祀儀式。例：

「囟～於宮室？」（《包》229）

攻祱

【術】祭祀儀式。例：

「囟～逯（歸）繡（佩）珥（珥？）、冕（冠）繻（帶）於南方？」

（《包》231）

攻解

　　【術】祭祀儀式。例：

　　　　「思～於人愚？」（《包》198）／「凶～於絮（明）禵（祖）？」
　　　（《包》211）／「凶～於不殆（辜）」（《包》217）／「凶～於歲？」
　　　（《包》238）／「凶～於禵（祖）與兵死？」（《包》241）／「凶
　　　～於水上與朁（沒）人？」（《包》246）／「凶～於日月與不殆（辜）？」
　　　（《包》248）／「命～於漸木立」（《包》250）／「凶～於強死？」
　　　（《天・卜》）／「凶～於不殆（辜）？」（《天・卜》）／「凶～於
　　　絮（明）禵（祖）？」（《天・卜》）／「凶～於下之人？」（《天・
　　　卜》）

敓

　　【形】破損。《方言》：「癖，披散也。東齊聲散曰癖；器破曰披。秦、晉
　　聲變曰癖；器破而不殊其音，亦謂之癖；器破而未離謂之璺。南楚之間謂之
　　敓。」（卷六）楚地出土文獻用為動詞，意思是「擊破」。例：

　　　　「～者（諸）礚（囂）硻（聲）。」（《瀞鐘銘》）

案：器物破損，今粵方言說成「敓」，與《方言》所釋同。

敁（廐）差（佐）

　　【術】楚國官稱。例：

　　　　「～顕（夏）臣馭乘輦。」（《天・策》）

案：「敁」，或「讀為廐」（滕壬生：1995：276頁）。其實當是「廐」的楚方言形
　　體。或謂敁（廐）差（佐）「當為管理馬匹機構長官的佐官」（石泉：1996：
　　367頁）。

攷（敓）

　　【古】【動】「攷」是「敓」的異體，為「施行」的「施」的楚方言形體。
　　例：

　　　　「古（故）悳可易而～可迣（轉）也。又（有）是～少（小）
　　　有利，迣（轉）而大又（有）鬳（害）者又（有）之。又（有）是
　　　～少（小）又（有）鬳（害），迣（轉）而大有利者又（有）之。」

（《郭・尊德義》37～38）

案：「改」大概上承甲骨文〔註38〕。通過古文字考察，「它」、「也」可能同源。因此，從「它」從「也」諸字每每通用無別，例如「蛇」或作「虵」，「佗」或作「他」，「駝」或作「馳」，等等。所以有理由相信「改」就是「敧」的異體。《說文》：「敧，敷也。」（卷三攴部）在傳世文獻中，「敧」通常作「施」。表「施行」的意義，而「施」，實際上是通假用法。《說文》：「施，旗皃。」（卷七㫃部）換言之，「敧」纔是表「施行」意義的本字〔註39〕。

敳

【形】「敳」，可能是「嬔」的簡省，也就是「媙」的楚方言形體。例：

「天下皆知～之爲媙也，惡已。」（《郭・老甲》15）／「生子，男必～於人。」（《九》56・35）

案：《說文》：「敳，妙也。从人从攴，豈省聲。」（卷八人部）那把它看作是「媙」的同義詞似乎也可以。尤其值得我們注意的是上引《老子》，「敳」、「媙」并見，則「敳」讀爲「妙」也堪稱允當，雖然傳世本二字皆作「美」。☞本文第六章二十五，媙／敳／顠／耑。

敏（畋）尹

【術】楚國官稱。可能是負責田獵的官員。「敏」當是「畋」的楚方言形體。《說文》：「畋，平田也。从攴田。《周書》：『畋尒田。』」（卷三攴部）這衹是「畋」其中一個義項。在楚地出土的文獻中，「畋」應作「田獵」解。例如曾侯乙墓所出簡文有「敏（畋）車」（《曾》65、67、70 等），顯然是用於田獵（當然也用於戰爭）的車子。例：

「～之馴爲右騝（服）」（《曾》151）

敍（啓）故（毆）（除驅）

【動】「敍（啓）故（毆）」即文獻中的「除驅」或「驅除」，驅逐；排除。例：

「～不義於四方。」（《帛・丙》）／「……尙～……」（《新蔡》

〔註38〕 于省吾《甲骨文字釋林》159～167 頁，中華書局，1979 年 6 月。

〔註39〕 這一點，段玉裁早就看出來了。他說：「今字作施。施行而敧廢矣。施，旗旖也。經傳多假借。」（《說文解字注》敧字條）

零：148）

案：☞本文第六章十八，敓／�（除）故（敺）。

敷

【動】《說文》：「敷，敚也。从攴專聲。《周書》曰：『用敷遺後人。』」（卷三攴部）在楚地的出土文獻中，「敷」用如「搏」。《說文》：「搏，索持也。一曰至也。从手專聲。」（卷十二手部）例：

> 「鄝之戠客～得冒。」（《包》135 反）／「州人牊～小人……」
> （《包》144）

案：迄今爲止，楚地出土文獻祇見「敷」不見「搏」，古文字从手从攴每可通，
如「揚」＝「敭」就是一例，因此，「敷」可能是「搏」的楚方言形體。

敲

【動】拋弃。《方言》：「拌，棄也。楚凡揮棄物謂之拌；或謂之敲。淮汝之間謂之役。」（卷十）《說文》：「敲，橫擿也。」（卷三攴部）

歛（敆）

「敆」的楚方言形體。《說文》：「敆，合會也。从攴从合，合亦聲。」（卷三攴部）「歛」在楚地出土文獻中，有以下用法：

1. 【專】人名。例：

> 「酈～占之曰」（《包》204）

2. 【名】用爲「盒」，可能爲編織之盒。例：

> 「一紛～」（《包》260）／「一草齊之緅～，帛裏。」（《信》2・
> 013）

3. 【形】用爲「合」。例：

> 「凡是戊晨（辰）以～己巳禱之。」（《新蔡》甲一：10）／「二
> ～豆」（《信》2・025）

案：古文字「合」「會」形近義同，每每可通用無別，而從以上引例看，「歛」是
「敆」的楚方言形體應無疑問。☞本文第六章五，會（合）臛（懽／歡）。

歅

【動】略略舂之。《說文》：「小舂也。从攴算聲。」（卷三攴部）

案：劉賾所考（1930：151 頁）。

斀（擣、討）

【古】【動】捐棄。《說文》：「斀，棄也。从攴壽聲。《周書》以爲『討』。
《詩》云：『無我斀兮。』」（卷三攴部）

案：劉賾所考（1930：162 頁）。

7. 文部（2）

文王

【術】楚樂律名，相當於周樂律的「夷則」，見於曾侯乙墓所出編鐘鐘銘。
例：

> 「濁～之宮」「濁～之衍宮」（《集成》286）／「～之變商」（《集成》287）／「夷音之在楚也爲～」（《集成》291）／「～之變商」（《集成》292）／「爲～羽」（《集成》294）／「～之徵」（《集成》295）／「～之宮」「～之衍歸」（《集成》296）／「濁～之商」（《集成》297）／「濁～之鴣」（《集成》302）／「濁～之少商」（《集成》303）／「濁～之宮」「濁～之巽」（《集成》304）／「～之羽」（《集成》305）／「～之冬」（《集成》306）／「～之宮」「～之下角」（《集成》307）／「濁～之宮」（《集成》308）／「濁～之喜（鼓）」（《集成》312）／「濁～之鴣」（《集成》313）／「濁～之少商」（《集成》314）／「濁～之宮」「濁～之巽」（《集成》315）／「～羽」（《集成》316）／「～之冬」（《集成》317）／「～之宮」「～之下角」（《集成》318）／「濁～之商」（《集成》320）／「其在楚也爲～」（《集成》323）／「夷音之在楚也爲～」（《集成》326）／「～之變商」（《集成》327）／「爲～羽」（《集成》329）／「～徵」（《集成》330）

文坪夜君／文坪柰君／文坪鼂君

【專】左尹𣄰之先祖，祭祀的對象〔註40〕。例：

〔註40〕 或以爲「文坪夜君」就是《曾》簡中的「坪夜君」（湖北省荊沙鐵路考古隊：
1991a：54 頁）。

> 「罷禱～、邵公子春、司馬子音、鄴公子豪各戠豢、酉（酒）
>
> 飤（食）。」（《包》200）／「罷禱於～、邵公子春、司馬子音、鄴公
>
> 子豪各戠豢，饋之。」（《包》206）／「賽禱～、邵公子春、司馬子
>
> 音、鄴公子豪各戠豢，饋之。」（《包》214）

「文坪夜君」或作「文坪鞏君」。例：

> 「罷禱～、邵公子春、司馬子音、鄴公子豪各舉豢、酉（酒）
>
> 飤（食），夫人戠腊、酉（酒）飤（食）。」（《包》203～204）

「文坪夜君」或作「文坪鼉君」。例：

> 「墨（趣）禱～子良、邵公子春、司馬子音、鄴公子豪各戠豢，
>
> 饋之。」（《包》240～241）

8. 斗部（1）

斛

【名】計量時刮平量具溢出的穀物，也用作名詞，指刮平量具的用具。引申為平量大小。《說文》：「斛，平斗、斛也。」（卷十四斗部）

案：劉賾所考（1930：161頁）。

9. 斤部（8）

新長刺

【術】占卜用具。例：

> 「義懌習之以～占之」（《天·卜》）

新官帀（師）

【術】楚國官稱。「職掌未詳。」（石泉：1996：455頁）例：

> 「～瑗」（《包》5）

新官敏（令）

【術】楚國官稱。「新官敏（令）之職掌，有人推測為宮廄之屬官。」（石泉：1996：455頁）例：

> 「～邤」（《包》5）

新官婁

【術】楚國官稱。「職掌未詳。」（石泉：1996：455頁）例：

「～顕（夏）犬」（《包》5～6）

新承命

【術】占卜用具。例：

「鹽丁習之以～占之」（《天・卜》）／「陳遣習之以～占之」（《天・卜》）／「陳慸習之以～占之」（《天・卜》）

新保豪（家）

【術】占卜用具。例：

「陳郢習之以～占之」（《天・卜》）

新佶

【專】楚地名。「地望不詳。」（石泉：1996：455 頁）例：

「～一邑」（《包》149）

新鐘

【術】楚樂律名，相當於周樂律的「無射」。例：

「定～之宮爲濁穆」（《雨》21・1）／「～之商顀」（《集成》312）／「～之𤰇顀」（《集成》313）／「～之少徵顀」（《集成》314）／「～之𤰇」（《集成》315）／「～之𤰇顀」（《集成》302）／「～之少徵顀」（《集成》303）／「～之徵曾」「～之徵」「～之夈」（《集成》305）／「～之𤰇顀」「～之𤰇曾」（《集成》306）／「～之商曾」「～之商」「～之商」（《集成》307）／「～之宮曾」「～之徵顀」（《集成》308）／「～之𤰇」（《集成》293）／「～之𤰇」（《集成》288）／「～之徵曾」（《集成》294）／「～之商曾」「～之潸（衍）商」「～之商」（《集成》296）／「～之宮曾」「～之徵顀」（《集成》297）／「嬴嗣（亂）之在楚爲～」（《集成》290）／「～之潸（衍）𤰇」（《集成》286）／「～之訷（變）商」（《集成》295）／「～之𤰇」（《集成》304）／「～之徵曾」「～之徵」「～之夈」（《集成》316）／「～之𤰇顀」「～之𤰇曾」（《集成》317）／「～之商曾」「～之商」「～之商」（《集成》318）／「嬴嗣（亂）之在楚爲～」（《集成》319）／「～之宮曾」「～之徵顀」（《集成》320）／「嬴嗣（亂）

之在楚也爲～」（《集成》321）／「～之斝角」（《集成》323）／「～之韽（變）徵」（《集成》325）／「～之斝」（《集成》328）／「～之徵」「～之徵曾」（《集成》329）／「～之韽（變）商」（《集成》330）

10. 方部（3）

於䖘／於菟／於檡

【名】老虎。《方言》「虎，陳、魏、宋、楚之間或謂之李父。江、淮、南楚之間謂之李耳；或謂之於䖘。自關東西或謂之伯都。」（卷八）「於䖘」典籍或作「於菟」。例：

> 「鬭穀～爲令尹，自毀其家，以紓楚國之難。」《左傳・莊三十》）／「若敖卒，從其母畜於䢵，淫於䢵子之女，生子文焉。䢵夫人使棄諸夢中。虎乳之。䢵子田見之，懼而歸以告。遂使收之。楚人謂乳穀，謂虎～，故命之曰鬭穀～。」（《左傳・宣四》）

或作「於檡」。例：

> 「楚人謂乳穀，謂虎～。」（《漢書・叙傳第七十上》卷一百上）

案：杭世駿有考（《續方言》卷下葉十五）。一般認爲「於䖘／於菟／於檡」是虎字的析讀。不過，岑仲勉謂「諒必西北羌族的語言」（2004b：181頁）；而或以爲是彝語的同源詞［註41］，嚴學宭認爲與湘西苗語、川滇黔苗語、布努瑤語、藏語、彝語等音近（1997：399頁）。「於䖘／於菟／於檡」或作「烏䖘」。☞本章「烏䖘」。

旃（旌）

【名】「旃」是「旌」的楚方言形體。例：

> 「朱～」（《曾》65）

案：楚地出土文獻，「旌」又作「𦔻」。☞本章「𦔻」。

〔註41〕　陳士林《彝文 vyxtu（vuxtu）與楚語「於菟」——彝經考釋之一》，全國第三次民族語文科學討論會論文，1979 年。載《中國民族古文字研究》第二輯 147～153 頁，天津古籍出版社，1993 年 1 月第 1 版。

旆（旗）

【名】「旆」是「旗」的楚方言形體。《說文》：「旗，熊旗五游，以象罰星，士卒以爲期。从㫃其聲。《周禮》曰：『率都建旗。』」（卷七㫃部）例：

「～賹（造）」（《曾》3、17、30、40、82、87、91、100、103）

／「其～」（《曾》6）／「屎～賹（造）」（《曾》15）／「其～賹（造）」（《曾》20）

案：「旆」或簡省爲「㫃」。☞本章「㫃」。

11. 日部（10）

日

【專】日神，可能就是「東君」，楚人祭祀的對象。例：

「囟攻解～、月與不殆（辜）？」（《包》248）

昔

【名】夜晚；夕。例：

「魂乎歸徠，以娛～只。」（《楚辭・大招》）／「今日適越而～至也。」（《莊子・齊物論》）

案：陳士林以爲彝語同源詞（1984：13～14頁）。楚地出土文獻有「昔」字，作「**㫺**」，都用爲「昔日」義。例：「昔者君子有言曰：」（《郭・成之聞之》6）又：「《君奭》員（云）：『昔才（在）上帝戲（割）紳觀文王惪（德），其集大命於㡷（厥）身。』」（《郭・緇衣》37）因此，頗懷疑楚地出土文獻的「㭭／㭱」就是傳世文獻的「昔」。

昃（仄）㭱（柮）

【名】狹小的木案。例：

「一～」（《包》266）

案：「昃」讀如「仄」；「㭱」讀作「柮」。「㭱（柮）似指木案。」（湖北省荊沙鐵路考古隊：1991a：64頁）

晞／曧

【動】曬。《方言》：「晞、曧，乾物也。揚、楚通語。」（卷十）例：

「視其前，則酒未清，肴未～。」（《列子・周穆王》）

「昲」或作「曠」。例：

「扶木在陽州，日之所～。」（《淮南子・地形訓》）

案：李翹有考（1925）。

昒（晦）

【形】「晦」的楚方言形體，不明；晦暗。例：

「庵（顏）色深～。」（《上博五・鬼神之明／融師有成氏》8）

晏

【古】【形】晚；時間上臨近終點。例：

「及年歲之未～兮，時亦猶其未央。」（《楚辭・離騷》）

案：今湘方言用如此（劉曉南：1994）。今粵語亦同。

曉

【動】知；知道。《方言》：「黨、曉、哲，知也。楚謂之黨；或曰曉。齊、宋之間謂之哲。」（卷一）例：

「近智以守見而不之之者，以路絕而莫～。」（晉・孫綽《遊天臺山賦》）

案：《揚子雲集》「曉」作「曉」（卷三）。今各本作「曉」。

棗（早）

【古】【名】「棗」是「早」的楚方言形體，早；早先；。《說文》：「早，晨也。從日在甲上。」（卷七日部）例：

「地能均之生之者，在～。」（《郭・語叢三》19）／「～與賢人，是謂訣行。」（《郭・語叢四》12）／「～與智謀，是謂重甚。」（《郭・語叢四》13）／「夫爲嗇，是以～，是以～備是謂……」（《郭・老乙》1）

案：從現有古文字材料來看，「早」本是從日棗聲，「當爲早字的原始字。」[註42]《說文》所載殆後起。目前祇有楚地及中山國出土文獻見此字，估計是古已有之，楚和中山祇不過用其古體而已。

〔註42〕　參商志覃編《商承祚文集》480頁，中山大學出版社，2004年11月第1版。

暴

　　【名】猝；突然。《說文》：「暴，疾有所趣也。」（卷十本部）

案：劉賾所考（1934：186 頁）。

曬

　　【動】在陽光下曝乾。《方言》：「晞、曬，乾物也。揚、楚通語。」（卷十）

例：

　　　　「～白日而掃朝雲也。」（《曹子建集・漢二祖優劣論》）

12. 曰部（5）

沓

　　【形】交合。例：

　　　　「天何所～？十二焉分？」（《楚辭・天問》）

案：王逸注：「沓，合也。」（《楚辭章句・天問》）今鄂方言用如此（邵則遂：1994：
　　62～64 頁）

曹

　　【名】命。例：

　　　　「～氏之裂布蛂者貴之，然非夏后氏之璜。」（《淮南子・說林
　　訓》卷第十七）

案：杭世駿引《淮南鴻烈解・說林訓第十七》許慎注云：「楚人名命為曹。」（《續
　　方言》卷上葉三）

曾

　　【古】【副】為什麼；何。《方言》：「曾、訾，何也。湘潭之原、荊之南鄙
謂何為曾；或謂之訾。若中夏言何為也。」（卷十）《廣雅》：「曾，何也。」（卷
五上）例：

　　　　「～是彊禦」、「～是掊克」「～是在位」「～是在服」（《毛詩・
　　大雅・蕩》）

案：章炳麟有考（《新方言》卷一）。

會（合）懽（懽／歡）

　　【名】原篆作「會懽」，即「合歡（懽）」的楚方言形體。合歡本是植物名，

古代常以合歡贈人，據說可以消怨合好。因此而產生了「聯歡」的意義。楚地
出土文獻用如此。例：

> 「一～之鍚（觴）。」（《包》259）

案：☞本文第六章五，會（合）戁（懽／歡）。

揭

　　【動】前往；去。《說文》：「揭，去也。」（卷五去部）

案：劉賾所考（1930：146 頁）。

13. 月部（1）

月

　　【專】月神，楚人祭祀的對象。例：

> 「凶攻解日、～與不殆（辜）？」（《包》248）

14. 木部（63）

末

　　【形】殘餘的。《方言》：「緤、末、紀，緒也。南楚皆曰緤；或曰端；或曰
紀；或曰末。皆楚轉語也。」（卷十）

未及

　　【形】連續不斷。《方言》：「嬛、蟬、繝、撚、未，續也。楚曰嬛。蟬，出
也。楚曰蟬；或曰未及也。」（卷一）

案：前一「未」下似缺一「及」字。

杜狗

　　【名】螻蛄。《方言》：「蛄詣謂之杜蛒。螻蛬謂之螻蛄；或謂之蟓蛉。南楚
謂之杜狗；或謂之蛄螻。」（卷十一）

案：今粵方言作「土狗」。

杜敖

　　【專】同「堵敖」，或以爲楚賢人，或以爲楚王熊囏。例：

> 「齊桓公始霸，楚亦始大，十二年伐鄧，滅之。十三年卒。子
> 熊囏立。是爲～。～五年，欲殺其弟熊惲。惲奔隨，與隨襲弒～，

代立。是爲成王。」(《史記‧楚世家》)

案：☞本章「堵敖」。

李父

【名】老虎。《方言》：「虎，陳、魏、宋、楚之間或謂之李父。江、淮、南楚之間謂之李耳；或謂之於䓊。自關東西或謂之伯都。」(卷八)

案：或以爲是土家族語「雄虎」的同源詞（王靜如：1998：330）。

李耳

【名】老虎。《方言》：「虎，陳、魏、宋、楚之間或謂之李父。江、淮、南楚之間謂之李耳；或謂之於䓊。自關東西或謂之伯都。」(卷八)

案：《太平御覽》卷八百九十一獸部三虎上引《風俗通‧佚文》：「呼虎曰李耳。俗說虎本南郡中盧李氏公所化。爲呼李耳因喜，呼班便怒。」或以爲是土家族語「雌虎」的同源詞（王靜如：1998：330）。

東方

【專】方位神名，楚人的祭祀對象。例：

「叡（且）有惡於～」(《天‧卜》)

東邸公／東厇公／東石公

【專】楚人祭祀之對象。邵固之先君，地位次於「聖（聲）王、恩（昭）王」。例：

「～備（佩）玉一環。」(《望》1‧109) ／「……聖（聲）王、恩（昭）王、～各戠牛。」(《望》1‧110) ／「罷禱先君～戠牛。」(《望》1‧112) ／「壨（趣）禱於～……」(《望》1‧114)

「東邸公」或作「東厇公」。例：

「月饋～。」(《望》1‧113)

「東邸公」或作「東石公」。例：

／「……於～、社、北子、禜……」(《望》1‧115)

東君

【專】太陽之神。例：

「《～》」（《楚辭・九歌》篇名）／「～」（《漢書・郊祀志（上）》）

東城夫人

【專】楚人祖先名，祭祀的對象。例：

「壐（趣）禱～豬豕、酉（酒）飤（食）。」（《天・卜》）

東皇太一

【專】天神之至尊貴者。例：

「《～》」（《楚辭・九歌》篇名）

案：楚簡見「袆」及「太一」，可能就是「東皇太一」。☞本章「袆」、「太一」。

東陵連囂

【專】左尹㐌之先祖，祭祀的對象。例：

「獻（趣）禱～肥豬、酉（酒）飤（食）。（《包》202～203）
／「賽禱～豬豕、酉（酒）飤（食），蒿之。」（《包》210～211）
／「……爲子左尹㐌壐（趣）禱於殤～子發肥豬，蒿祭之。」（《包》
225）

柿

【名】（未書寫過的）木牘；木札；木片。《說文》：「柿，削木札朴也，
陳、楚謂槧爲柿。」（卷六木部）例：

「爨陳焦之麥，～梠桷之松。」（潘安仁《馬汧督誄并序》，《六
臣注文選》卷五十七）

案：李善注云：「《說文》曰：柿，削柿也。」劉賾有考（1930：153頁）。

枓

【名】挹水器。【名】挹取（水等）。《說文》：「枓，勺也。从木从斗。」（卷
六木部）例：

「請代王使厨人操銅～，以食代王及從者，行斟陰令宰人各以
～擊殺代王及從官，遂興兵平代地。」（《史記・趙世家》）

案：劉賾所考（1934：183頁）。

枊

【名】打禾之連枷。《方言》「僉，宋、魏之間謂之攝殳；或謂之度。自關

而西謂之梧。或謂之柫，齊、楚、江、淮之間謂之柍；或謂之梼。」（卷五）《說文》：「枷，淮南謂之柍。」（卷六木部）例：

「楄枒枃櫊，～柘檍檀。」（張衡《南都賦》）

按：上舉例子似乎不是指「連枷」。可見「柍」的「連枷」義是方言義。

柬

【動】選擇。《說文》：「柬，分別簡之也。从束从八。八，分別也。」（卷六束部）

案：劉賾所考（1930：149～150頁）。

柬大王

【專】楚人先祖，祭祀的對象。例：

「爲邵固遾（趣）禱～、聖（聲）〔王〕……」（《望》1·10）／「言遈（歸）繡（服）玉一環～。」（《望》1·28）／「……遈（歸）玉～。」（《望》1·106）／「餌（聞）遈（歸）玉於～……」（《望》1·107）／「……賽禱於～……」（《望》1·108）

案：或謂「柬大王」即「簡王」（湖北省文物考古研究所、北京大學中文系：1995：90～91頁）。當是。「柬大王」（簡王）爲「聲王」父。

柸治

【動】遺憾得不到。例：

「止～，悖若有喪也」（《淮南子·道應訓》）

案：杭世駿引《淮南子·道應訓》許愼注云：「楚人謂恨不得爲柸治。」（《續方言》卷上葉八）。

柱國

【術】楚官稱，「上柱國」的簡稱。例：

「公爵爲執圭，官爲～。」（《戰國策·東周策》）／「荊～莊伯」（《呂氏春秋·淫辭》）／「六年，楚使～昭陽將兵而攻魏。」（《史記·楚世家》）

案：☞本章「上柱國」。

柢

【名】物或地之底下處。《說文》：「柢，木根也。」（卷六木部）

案：劉賾所考（1934：180頁）。

桂冠（冠）

【名】桂花編製的冠。例：

「一～。」（《包》259）

案：竹簡出現「桂冠」一詞，使它產生的時間提前了好幾百年。過去以爲，「桂冠」最早見於三國時魏繁欽的《弭愁賦》。不過，「桂冠」也可能就是望山簡的「觟冠」，指司法官員戴的帽子。有學者認爲，「桂疑讀作獬，《淮南子·主術》：『楚文王好服獬冠，楚國效之。』」（湖北省荊沙鐵路考古隊：1991a：61頁）事實上，「獬」同「觟」。《太平御覽》六八四引作「觟」即是明證。

栽陵君

【專】卲固之祖先，祭祀的對象。地位似高於「北子」。例：

「……～肥豕、酉（酒）飤（食）。」（《望》1·116）

案：「栽」原無釋，本作「𢧵」，恐怕就是「栽」字。

柯（柯）

【名】「柯」可能是「柯」的楚方言形體。《說文》：「柯，斧柄也。」（卷六木部）《方言》：「盂，宋、楚、魏之間或謂之盌。盌謂之盂。或謂之銚、銳。盌謂之櫂。盂謂之柯。海岱、東齊、北燕之間或謂之盎。」（卷五）未知《說文》、《方言》孰是。例：

「一～」（《望》2·15）

案：原篆作「柯」。楚地出土文獻，從「可」從聲者可從「夸」。如「舸」作「舿」（《鄂君啓舟節銘》），即其例。則「柯」可能是「柯」的異體。出土文獻僅見。

梠

【名】屋檐（相連）。《說文》：「梠，楣也，從木呂聲。」又：「楣，秦名屋㯥聯也。齊謂之檐，楚謂之梠。」（卷六木部）

案：程先甲引慧琳《音義》八十二云：「梠，今秦中呼爲連檐。呼爲梠者，楚語

也。亦通云橡栺也。」又引《文選・景福殿賦》注云：「欀栺，秦名屋綿聯。
楚謂之栺。」（《廣續方言》卷二）

株

【名】樹榦；樹根〔註43〕。《說文》：「株，木根也。从木朱聲。」（卷六木
部）

案：劉賾所考（1930：161頁）。

桻（格）

【名】「桻」可能是「格」的楚方言形體，用如「杙」，即欒。傳世文獻可
證：「削格、羅落、置罘之知多，則獸亂於澤。」（《莊子・胠篋》）「峭格周施。」
（左思《吳都賦》）後起之「欒」可能就是「削格」、「峭格」的合音字。包山墓
中出有所謂「殳」〔註44〕，筆者疑心就是簡文的「桻」。例：

「一～，替（有）毠（旄）之首」（《包》269）／「一～，緣毠
（旄）首」（《包》牘1）／「一～」（《天・策》六例）

案：原篆作「**桻**」，可以隸定爲「桻」。「夆」是「各」的楚方言形體，亦即「佫」
之古體。☞本文第六章「夆」。

根格

【形】（牽拉時氣力不支）倒退。例：

「命曰～，以占病者不死，繫久毋傷，求財物，買臣妾馬牛。」
（《史記・龜策列傳第六十八》）

案：上引《史記》例子所用似乎爲別義。杭世駿引《漢書・灌夫傳》云：「吳楚俗
謂牽引前卻爲根格。」（《續方言》卷上葉四）

梃

【名】春杵；磨子。《方言》：「碓機，陳、魏、宋、楚，自關而東謂之梃、

〔註43〕 關於「株」的形體流變及詞義變化，筆者有詳說。參拙論《說「朱」及其相關
的字——兼說「守株待兔」之釋義》，中國文字學會第五屆學術年會論文・福
建武夷山福建師大・2009 年 8 月 19～23 日。又刊「簡帛研究」網站
http://www.bamboosilk.org/showarticle.asp?articleid=1716

〔註44〕 參看湖北省荊沙鐵路考古隊《包山楚墓》206～207 頁、圖一三二，文物出版
社，1991 年 10 月第 1 版。

礎；或謂之磄。」（卷五）例：

> 「孟子對曰：『殺人以～，與刃有以異乎？』」「壯者以暇日脩其
> 孝悌忠信，入以事其父兄，出以事其長上，可使制～以撻秦楚之堅
> 甲利兵矣。」（《孟子・梁惠王章句上》）／「置連～、長斧、長椎各
> 一物。」（《墨子・備城門》）

桃棓／桃部

【名】桃木大杖。例：

> 「羿死於～。」（《淮南子・詮言訓》）

「桃棓」或作「桃部」例：

> 「羿死～，不給射。」（《淮南子・說山訓》）

案：許慎注：「棓，大杖。以桃木爲之，以擊殺羿。猶是已來鬼畏桃也。」（《淮南
鴻烈解》卷十四）又：「桃部，地名。」（《淮南鴻烈解》卷十六）陳士林以爲
「桃棓」「桃部」一詞，爲彝語同源詞（1984：16頁）。

桯

【名】牀前長几。《說文》：「桯，牀前几。从木呈聲。」（卷六木部）楚簡
有「桯」字，用爲人名。例：

> 「司豊之塦邑人～甲」（《包》124）

案：劉賾所考（1930：157頁）。

梪

《說文》：「梪，木豆謂之梪。从木豆。」（卷五豆部）目前爲止，「梪」祇
見於楚地出土文獻，有四種用法：

1. 【名】特指木豆。例：

> 「戲（俎）～」（《包》244）／「四合～、四皇～」（《包》266）

2. 【動】通作「逗」（湖北省荊沙鐵路考古隊：1991a：59頁）。例：

> 「戲（且）遲（尾）其尻而～之」（《包》250）

3. 【專】通作「棓」。「天棓」，星名。《史記・天官書》：「紫宮右三星曰天
棓。」楚地文獻用如此。例：

> 「天～牁（將）乍（作）殤」（《帛・乙》）

4. 【動】通作「尌」。例：

「剛之～也，剛取之也。」（《郭・性自命出》8）

栟

【名】打禾之連枷。《方言》「僉，宋、魏之間謂之攝殳；或謂之度。自關而西謂之棓。或謂之柫，齊、楚、江、淮之間謂之枷；或謂之栟。」（卷五）

梧落

【名】盛杯器。《方言》「梧落，陳、楚、宋、衞之間謂之梧落；又謂之豆筥。自關東西謂之梧落。」（卷五）

桷子

【名】椽子。《說文》：「榱，秦名爲屋椽；周謂之榱；齊、魯謂之桷。」（卷六木部）

案：程先甲引慧琳《音義》八十二云：「榱，今楚人亦謂之桷子。」（《廣續方言》卷二）

臬（拔）

「拔」的楚方言形體，爲會意字，从臼从木，象雙手拔木之形。「臬」在楚地出土文獻中，有如下用法：

1. 【動】同「拔」。例：

「善建者不～」（《郭・老子乙》15）／「肰（然）句（後）其內（入）～人之心也叩（厚）」（《郭・性自命出》23）

2. 【動】通作「伐」，誇耀；矜誇。例：

「宙（貌）谷（欲）壯（莊）而毋～（伐）」（《郭・性自命出》63）

案：「臬」字此前衹見於《古文四聲韵・黠韵》，謂出自《古老子》。夏竦大概沒想到，在他身後一千多年，果然在郭店所出楚簡中得到印證：字形幾乎一模一樣！

桴

【名】同「泭／浮」，筏子。例：

「子曰：『道不行，乘～浮於海。從我者，其由也與。』」（《論

語・公冶長第五》）

案：☞本章「泭／浮」。

萋

【名】博棋；博塞（一種古棋戲）。《方言》：「簙謂之蔽；或謂之箘。秦、晉之間謂之簙。吳、楚之間或謂之蔽；或謂之箭裏；或謂之簙毒；或謂之夗專；或謂之匴璇；或謂之萋。」（卷五）例：

「菎蔽象～，有六簙些。」（《楚辭・招魂》）

棘

【形】刺。《方言》：「凡草木刺人，北燕、朝鮮之間謂之茦；或謂之壯。自關而東或謂之梗；或謂之劌。自關而西謂之刺。江、湘之間謂之棘。」（卷三）例：

「曾枝剡～，圓果摶兮。」（《楚辭・橘頌》）

案：今湘方言用如此（劉曉南：1994）。今粵語亦同，寫作「剭」，音吉。

植

【名】懸挂蠶薄用的柱子。《方言》「槌，宋、魏、陳、楚、江淮之間謂之植。自關而西謂之槌。齊謂之样。」（卷五）《說文》：「槌，關東謂之植，關西謂之㭕。」（卷六木部）

桎（桎）

【名】「桎」是「桎」的楚方言形體，木製鐐銬。《說文》：「桎，足械也。從木至聲。」（卷六木部）例：

「小人取愴之刀解小人之～」（《包》144）

案：迄今為止，字僅見於楚地出土文獻。

㭕

【名】懸挂蠶薄用的橫梁。《方言》：「槌，宋、魏、陳、楚、江淮之間謂之植。自關而西謂之槌。齊謂之样。其橫，關西曰㭕。宋魏陳楚江淮之間謂之㭕。齊部謂之㭕。」（卷五）

梋豦（家）

【術】占卜用具。例：

「郹斀（豹）以～……」（《望》1‧7）

極

【形】不順暢的樣子。《方言》「譴、極，吃也。楚語也。或謂之軋；或謂之澀。」（卷十）

案：今粵語用如此，但讀音則作〔kʰik〕。

椹（枕）

【名】「枕」的楚方言形體。例：

「一竹～。」（《包》260）

案：「椹」，原隸定為「柣」（湖北省荊沙鐵路考古隊：1991a：38 頁）。《包》265
　　形體相同的另一字則作「椹」。宜統一作「椹」。包山楚墓出枕二件，「竹質
　　枕面，木質枕身」〔註45〕。

楊豚尹

【術】楚國官稱。或謂「楊」為姓氏。（石泉：1996：182 頁）例：

「楚子聞之，使～宣告子庚曰：」（《左傳‧襄十八》）

榾

【形】木未破貌。《說文》：「榾，梡木未析也。从木圖聲。」（卷六木部）

案：劉賾所考（1930：155 頁）。

楥

【名】製鞋子的模具；楦子。《說文》：「楥，履法也。从木爰聲。讀若指
撝。」（卷六木部）

案：劉賾所考（1930：148～149 頁）。

樏

【名】小而深的艇。《方言》：「舟，自關而西謂之船。自關而東或謂之舟；
或謂之航。南楚江湘凡船大者謂之舸；小舸謂之艖；艖謂之艒䑠；小艒䑠謂之
艇；艇長而薄者謂之艜；短而深者謂之䑸；小而深者謂之樏。東南丹陽會稽之
間謂艖為欚；泭謂之䉶；䉶謂之筏。筏，秦晉之通語也。江淮家居䉶中謂之薦；

〔註45〕 湖北省荊沙鐵路考古隊《包山楚墓》122 頁、圖七五，文物出版社，1991 年
　　　　10 月第 1 版。

方舟謂之濿；舡舟謂之浮梁。」（卷九）

楮

【名】柱礩。《說文》：「楮，柱砥。古用木，今以石。从木耆聲。《易》曰：『楮恒凶。』」（卷六木部）

案：劉賾所考（1934：180 頁）。

槏（戾）

【名】門戶；窗子。《說文》：「槏，戶也。从木兼聲。」（卷六木部）

案：劉賾所考（1930：170 頁）。

樂尹

【術】司樂大夫（杜預注）。例：

「曰：『所以爲女子，遠丈夫也。鍾建負我，以妻鍾建。以爲～。』」（《左傳・定五》）

案：吳永章有考（1982）。

棺

【古】【名】馬槽。《方言》「櫪，梁、宋、齊、楚、北燕之間或謂之棺；或謂之皁。」（卷五）

樾

【名】兩樹之間的樹蔭下。例：

「武王蔭暍人於～下。」（《淮南子・人間訓》）／「山有猛虎，林～弗除。」（《子華子・虎會問》）

按：徐乃昌引《玉篇》：「楚謂兩樹交陰之下曰樾。」（《續方言又補》卷下）程先甲亦有考（《廣續方言》卷四）。

犪牛

【名】牦牛。例：

「恒秉季德，焉得夫～？」（《楚辭・天問》）

案：陳士林以爲彝語同源詞（1984：16～17 頁）。

橉

【名】門檻。例：

「枕戶～而臥鬼神履其首者。」（《淮南子・氾論訓》）

案：程先甲引《廣益玉篇》木部云：「楚人呼門限爲橝。」（《廣續方言》卷二）

檐

【量】《說文》：「檐，檼也。从木詹聲。」（卷六木部）通作「儋」。在楚語中作量詞，意義爲「一挑（東西）」。例：

「如～徒，屯二十～以當一車，以毀于五十乘之中。」（《鄂君啓車節銘》）／「王命瀕賃一～飲之。」（《王命龍節銘》）／「五～」「六～」（《九》56・1）／「七～」《九》56・2／「廿＝～」（《九》56・3）／「四十＝～六～」（《九》56・7）／「八～」（《九》56・9）

案：張振林（1963）、于省吾（1963）並釋爲「擔」。甚確。如果不是有《說文》的解釋，視之爲「儋」的異體也是可以的。☞本章「儋」。

檐鼓

【專】牽牛星。典籍或作「何鼓」。《爾雅・釋天》：「何鼓謂之牽牛。」

案：杭世駿引《爾雅・釋天》郭璞注云：「荆楚人呼牽牛星爲檐鼓。檐者，荷也。」（《續方言》卷下葉一）

檮杌

【專】史書名。例：

「晉之《乘》，楚之《～》，魯之《春秋》，一也。」（《孟子・離婁（下）》）

案：陳士林以爲彝語同源詞（1984：6～7 頁）。李瑾考「檮杌」等同於「於菟」，本義爲「虎」（1994：157～176 頁）。

櫂

【名】橈；桹。例：

「是縱～於陸，而發軔於川也。」（《子華子・孔子贈》）／「桂～兮蘭枻，斲冰兮積雪。」（《楚辭・湘君》）

案：徐乃昌引《類篇》云：「楚、宋謂橈曰櫂。」又引《集韻》云：「楚、宋謂桹曰櫂。」（《續方言又補》卷上）

櫋（籩）

【名】「籩」的楚方言形體。例：

「〔大〕箕（籠）四十又（有）四。少（小）箕（籠）十又（有）二。四～箕（籠）、二豆箕（籠）、二笑（簠）箕（籠）。」（《信》2・06）／「少（小）囊～四十又（有）八，大囊～十又（有）二。」（《信》2・022）

案：☞第六章二十七，櫋／鎔／櫋（籩）。

榪（寫）

【古】【名】案。《方言》：「案，陳、楚、宋、魏之間謂之榪。自關東西謂之案。」（卷五）

櫼

【古】蠡；勺。《方言》：「蠡，陳、楚、宋、魏之間或謂之簞；或謂之櫼；或謂之瓢。」（卷五）

櫼

【名】楔子。《說文》：「櫼，楔也。」（卷六木部）

案：劉賾所考（1930：170 頁）。

15. 止部（17）

正

【術】楚國官稱。或以爲地方的司法官員（石泉：1996：92 頁）。例：

「～旦塙戠之」（《包》21）／「～羅忹」（《包》24）／「～羅壽戠之」（《包》26）／「～**坓**得」（《包》29）／「～秀不孫」（《包》31）／「～疋忻戠之」（《包》39）／「長㞃（沙）～龏懌受期」（《包》59）／「～義牢戠之」（《包》77）／「～浞期戠之」（《包》83）／「～秀齊戠之」（《包》90）／「～義牢、**坓**坷」（《包》99）／「～吏炎」（《包》102）

正（征）官

【術】楚國官稱。「是專管徵收賦稅的官吏。」（石泉：1996：92 頁）或謂即「政官」，與《周禮・夏官・序官》所載同。例：

「～之鈢」（《古璽》0136）

案：「正」原釋作「五」。璽亦見《分域》1031，「五」則改釋爲「正」。

正差（佐）

【術】楚國官稱。「是各地之『正』的副貳。」（石泉：1996：92頁）例：

「陰疾之～」（《包》51）／「長廖（沙）～□思」（《包》78）

／「正易～翟璽」（《包》177）

正婁

【術】楚國官稱。「參與處理司法事務。」有中央和地方兩類官職。（石泉：1996：92頁）例：

「邸～剆虜受期」（《包》19）／「十月乙未之日羕陵～邵奇受期」（《包》75）／「～慼」（《包》128、141、143）

正敏（令）

【術】楚國官稱。「應是左尹輔佐。」（石泉：1996：92頁）例：

「～翟」（《包》128、141、143）

正僕人

【術】楚國官稱。例：

「蔡公使須務牟與史猈先入，因～殺大子及公子罷敵。」（《左傳・昭十三》）

案：杜預注：「正僕，大子之近官。」孔穎達疏：「正僕人即大僕也。」《儀禮》卷七：「僕人正徒相大師，僕人師相少師，僕人士相上工。」〔注〕：僕人正，僕人之長。或以爲「正僕人」實即楚之「僕人正」（石泉：1996：92頁），未必正確。

走（上）

同「辻」。方位詞「上」的功能轉移詞形。在楚地出土文獻中，有以下用法：

1. 【專】人名。例：

「陳人龔僕之人～」（《包》192）

2. 【動】沖上；向上。例：

「既腹心疾，以～懇，不甘飮（食）」（《包》236、242）／「既

腹心疾，以～懇，不甘飤（食）」（《包》245）「以其又（有）瘇，疠（妨）～熨，尙（當）毋死」（《包》249）／「又（有）～賢」（《信》1·02）／「之～與忥新（親）王之悁佫迅邵逯以王命賏舒方途歲愲」（《常》2·2）／「～天」（《范》2）／「～」（《新蔡》甲三：103）／「～」（《新蔡》乙四：9）

3. 【名】通作「上」，指代在上的人；上級。例：

「繇（由）～之弗身也」（《郭·成之聞之》6）／「是古（故）～句（苟）身備（服）之，則民必有甚安（焉）者」「～句（苟）昌（倡）之，則民鮮不從矣。」（《郭·成之聞之》8～9）

4. 【專】「辵繭」，地名。例：

「貸～繭之王金不賽」「～繭之客苟內（入）之」（《包》150）

案：「辵」可以視爲「辻」的簡省。☞本章「辻」。

步

　　【名】浦。例：

「江之滸，凡舟可縻而上下者曰～。」（柳宗元《鐵爐步記》，《河東先生集》卷二十八記祠廟）

案：程先甲據任昉注《述異記》「湘中有靈妃步」云：「吳、楚間謂浦爲步。語之訛也。」（《廣續方言》卷三）

步馬

　　【動】馴馬；遛馬。例：

「左師見夫人之～者。」（《左傳·襄廿九》）／「子西～十里，引轡而止。」（《說苑·正諫》）／「上車而～，顏色不變。」（《淮南子·人間訓》）

案：陳士林以爲彝語同源詞（1984：14～15頁）。

武

　　【名】士人。例：

「夫死生同域，不可脅凌。勇～一人，爲三軍雄。」（《淮南子·覽冥訓》）

案：杭世駿引許愼注《淮南子·覽冥訓》云：「江、淮間謂士曰武。」又引《齊

俗訓》注云：「楚人謂士爲武。」又引《史記集解·淮南王列傳》徐廣注云：「江、淮間謂士曰武。」（《續方言》卷上葉十二）嚴學宭（1997：390 頁）有考。

武王

【專】即楚王熊通，楚人先祖，祭祀的對象。例：

「鬶（趣）禱酓（荊）王，自酓鹿（麗）以商～五牛五豕。」
（《包》246）

堂

【形】邪柱。《說文》：「堂，距也。」（卷二止部）

案：劉賾所考（1930：160 頁）。

隹（進）

【量】「隹」是「進」的楚方言形體。《說文》云：「進，登也。」（卷二辵部）文獻似用爲量詞，相當於「輛」。例：

「乘轚人兩～轚＝（田車）。」（《曾》206）

比較：「乘轚人兩馬與其車。」（《曾》205）

案：原篆从止从隹。漢字从止从足从辵每每不別。例如：「踵」或作「蹱」，「远」或作「踂」，「峙」或作「跱」，等等。古文字中更是如此，例甚夥，恕不一一。因此，或作「躣」，云「《說文》所無」（滕壬生：1995：174 頁）。固然是可以的，不過，不如徑作「進」。《玉篇》：「躣，千水切。蹙也。亦進字。」（卷七足部）楚地出土文獻也見「進」（《帛·乙》）字。可證楚人用方言字的同時也用雅言通語字。

歲

【專】歲星。祭祀的對象。例：

「凶攻解於～？」（《包》238）

踾

【形】不順暢的樣子。《方言》：「讓、極，吃也。楚語也。或謂之軋；或謂之踾。」（卷十）例：

「四酎并孰，不～嗌只。」（《楚辭·大招》）

趡（趣）

　　「趡」可能是「趣」的楚方言形體。《說文》：「趣，安行也。从走與聲。」（卷二走部）「趡」或作「昷」。例：「〔其〕迪十昷（舉），其心必才（在）安（焉）。」（《郭・性自命出》38）在楚地出土文獻中，「趡」有以下用法：

　　1.【专】人名。例：

　　　　「攻（工）尹之訌執事人暊～、宲（衛）妝爲子左尹杝趡（趣）
　　禱新（親）王父司馬子音戠牛，饋之。」（《包》224）

　　2.【術】祭祀用語，與「禱」連用，可能指行祭禱祝。☞本章「趡（趣）禱」。

　　3.【動】通作「舉」。例：

　　　　「有德則邦家～（舉）。」（《五行》29）／「荃（刑）〔罰〕所以□～（舉）也。」（《尊德義》3）／「得其人～（舉）安（焉），不得其人則止也。」（《六德》48）

　　4.【語】通作「歟」，表疑問語氣。例：

　　　　「其古之遺言～（歟）？」（《緇衣》46）

案：「趡」或作「遷」（見《望》簡等）。古文字，从足从止从辵从走每每可以通作。如「迹」或作「蹟」；「记」或作「起」；「歸」或作「逌」。因此，「趡／遷」與「趣」當爲一字之異，而「昷」則是其草率寫法。某些文字編一分爲二顯然是不妥當的〔註46〕。

趡（趣）禱

　　【術】用犧牲、酒、玉等祭品以及鐘樂祭祀祖先、神衹的儀式，以求祈福禳禍。例：

　　　　／「～蝕、扙全豢，～社一全豭（腊），～宮宒一白犬、酉（酒）飤（食）。」（《包》210）／「～楚先老僮。」（《包》217）／「～直牛。」（《包》222）／「～於新王父司馬子音戠牛。」（《包》224）／「～于殤東陵連囂子發肥豬」（《包》225）／「～蝕、扙全豢，～覜（兄）俤（弟）無逡（後）者。」（《包》227）／「～宮宒一

〔註46〕　例如張守中（2000：9～20頁），分爲兩個字頭。又如滕壬生（2008：132～134頁），亦作二字。

白犬」（《包》229）／「～宮矦（后）土一祮（殺），～行一白犬、
酉（酒）飤（食）。」（《包》233）／「～秖一膚，矦（后）土、
司命各一牂。」「～楚先老僮、祝鼀（融）、媸酓各兩祮（殺）。」
（《包》237）／「～五山各一牂，～卲（昭）王戠牛，～文坪虽君
子良、郚公子春、司馬子音、鄟公子豪各戠豢，饋之。」（《包》
240～241）／「～秖一膚，矦（后）土、司命各一牂，～大水一
膚」「～卲王戠牛，饋之。～東陵連囂猪豕。」（《包》243）／「～
害一全豭（臘）。」（《包》244）／「～醋（荊）王。」（《包》246）
／「～郚公子春、司馬子音、鄟公子豪各戠豢，饋之。～社一豭（臘）」
（《包》248）／「～於繼無遂（後）者各肥豭（臘）。」（《包》250）
／「～大地主一祮（貑）。」（《秦》99‧14）／「～酓（巫），猪；
靇，酉（酒）；鏞鐘樂之。」（《天‧卜》）／「～社戠牛樂之」（《天‧
卜》）／「～於二天子各兩牂。」（《天‧卜》）／「～大水一靜（牲）。」
（《天‧卜》）／「～大一精（牲）。」（《天‧卜》）／「～大一靜
（牲）。」（《天‧卜》）／「～宮地主。」（《天‧卜》）／「～番先
戠牛。」（《天‧卜》）／「～宮廡猪豕。」（《天‧卜》）／「～惠
公戠豢。」（《天‧卜》）／「～卓公」（《天‧卜》）／「～大禍戠
牛。」（《天‧卜》）／「～丘戠牛。」（《天‧卜》）／「～黍京戠
豢。」（《天‧卜》）／「～宮行一白犬、酉（酒）飤（食）。」（《望》
1‧28／「～於二王……」（《望》1‧55）／「～於秖一環，句（后）
土、司〔命〕……」（《望》1‧56）／「～於東邸〔公〕……」（《望》
1‧114）／「～北宗一環，～遬一牂（牲）。」（《望》1‧125）／
「～北……」（《望》1‧126）／「忻（祈）福於北方，～一備（服）
璧。」（《新蔡》甲一：11）／「～於……」（《新蔡》甲一：15）
／「～於子西君戠牛。」（《新蔡》甲一：27）／「……～……」（《新
蔡》甲二：12）／「……～於……」（《新蔡》甲三：147）／「～
醋（荊）……」（《新蔡》甲三：148）／「～楚先：」（《新蔡》甲
三：188、197）／「～子西君、文夫人各戠牛，饋，延鐘樂之。」
（《新蔡》甲三：200）／「～醋（荊）祪醋（荊）牽（牢）。」（《新
蔡》甲三：243）／「～卲（昭）王、文君……」（《新蔡》甲三：

344～1）／「慈（祈）福～旮（文）君。」（《新蔡》甲三：419）
／「～～於子西君」（《新蔡》乙一：11）／「～各一備（佩）璧。
或～於盛武君、命（令）尹之子璏。」（《新蔡》乙一：13）／「～
於卲（昭）王、獻（獻）惠王、旮（文）君各一備（服）玉。」（《新
蔡》乙一：21、33）／「癸酉之日，～……」（《新蔡》乙一：22）
／「～於卲（昭）王、獻（獻）惠王各大牢，饋。」（《新蔡》乙
一：29、30）／「～子西君、旮（文）夫人……」（《新蔡》乙二：
24、36）／「～於陞宝〔一〕青（牲）義（犧），先之一璧；～于
二天子各痒（牲）……」（《新蔡》乙二：38、46、39、40）／「～
於……」（《新蔡》乙三：6）／「以亓（其）古（故）～旮（文）……」
（《新蔡》乙三：8）／「～卲（昭）王、旮（文）〔君〕……」（《新
蔡》乙三：28）／「～三楚詵（先）各一痒（牲）。」（《新蔡》乙
三：41）

案：「罌禱」或作「遷禱」（《望》1・119等）、「獌禱」（《包》202）。如前所述，
「罌」與「遷」一字之異，都是「趣」的楚方言形體。至於「獌」。大概可
以斷定那是「遷／罌」的通假字。《玉篇》：「獌，音余，嘆聲。又豬兒聲。」
（卷二十三犬部）《集韻・魚韻》：「獌，獸名。一曰狞獌犬子。」《廣韻・魚
韻》：「獌，獸名。」「罌／遷禱」一詞不見於先秦典籍。☞本章「罌（趣）」、
「獌（趣）禱」、「遷（趣）禱」。

16. 歹部（歺同）（3）

殖

【古】【形】繁殖。《說文》：「殖，脂膏久殖也。」（卷四歹部）例：

「周任有言曰：『爲國家者見惡如農夫之務去草焉，芟夷蘊崇
之，絕其本根，勿使能～，則善者信矣。』」（《左傳・隱六》）／
「三曰桑麻不～於野，五穀不宜其地，國之貧也。」《管子・立政》
／「吾盜天地之時，利雲雨之滂，潤山澤之產，育以生吾禾，～
吾稼，築吾垣，建吾舍。」（《列子・天瑞》）／「萬物職職，皆從
無爲～。」（《莊子・外篇・至樂》）

案：劉賾有考（1930：168頁）。楚語引申爲針黹之艱澀難穿。

殢

　　【動】死。《說文》：「殢，棄也。从歺奇聲。俗語謂死曰大殢。」（卷四歺部）

案：劉賾所考（1930：143頁）。

殢（世）

　　【名】「殢」是「世」的楚方言形體。例：

　　　　「又（有）其人，亡其～。……句（苟）又（有）其～」（《郭・窮達以時》2）／「參（三）～之福，不足以出芒（亡）。」（《郭・語叢四》3）／「～此亂矣」（《郭・尊德義》25）

案：「殢」又作「裞」。☞本章「裞」。

17. 欠部（3）

欨

　　【動】啜飲。《說文》：「欨，歠也。」（卷八欠部）

案：劉賾所考（1930：170頁）。今粵語用如此。

欸

　　【嘆】表示肯定，是。《方言》「欸、譬，然也。南楚凡言然者曰欸；或曰譬。」（卷十）例：

　　　　「乘鄂渚而反顧兮，～秋冬之緒風。」（《楚辭・九章・涉江》）

案：李翹有考（1925）。「欸」或作「唉」、「誒」。☞本章「唉」、「誒」。

歆

　　【形】（咽喉）呼吸不順暢。引申為（飲水）大口咽下。《說文》：「歆，咽中息不利也。」（卷八欠部）

案：劉賾所考（1930：154頁）。

18. 殳部（4）

段

　　【動】以碓舂碎物。《說文》：「段，椎物也。从殳專省聲。」（卷三殳部）例：

「～氏爲鏄器。」（《周禮・冬官考工記》）

案：劉賾所考（1930：150 頁）。

殺

【古】【動】椎擊物。《說文》：「殺，椎毄物也。」（卷三殳部）

案：劉賾所考（1930：163 頁）。

毀

【動】通「委」，放置；裝載。例：

「如檐（擔）徒，廿＝檐（擔）以當一車，以～於五十乘之中。」（《鄂君啓車節銘》）

案：「毀」，通常釋爲「缺、減去」〔註 47〕。可商。因爲前文已對出入關的車輛數目（五十乘）作了規定，所以上引的這段文字大意是：如果是零擔，二十擔就當一車，而置於五十輛車上加以計算。意思是，如果是零擔，通關數量爲一千擔。「毀」、「委」二字，上古音分別是曉母微韵和影母微韵。據研究，上古曉、喻二紐有過分合（黃綺：1988：157 頁）。那麼，「毀」假爲「委」當可相信。

毃

【動】敲擊（頭部）。《說文》：「毃，擊頭也。从殳高聲。」（卷三殳部）

案：劉賾所考（1930：165 頁）。今粵語義同。

19. 毋部（2）

毋庸

【專】楚王熊摯的別名。

案：清・雷學淇云：「句、毋皆發語詞也。厲王時渠與三子皆去其王號，故楚人呼熊摯爲句亶，爲毋庸，不復爲庸王也。」（《介庵經說》卷七）

母姼

【名】妻子的母親；（故去的）岳母。《方言》：「南楚、瀑、淮之間母謂之媓；謂婦妣曰母姼；稱婦考曰父姼」（卷六）

〔註 47〕參方述鑫、林小安、常正光、彭裕商《甲骨金文字典》1053 頁，巴蜀書社，1993 年 11 月第 1 版。

20. 毛部（2）

毺（稱）

【名】「毺」是「稱」的楚方言形體。義爲「（一套）衣裳」〔註48〕。《禮‧喪大記》：「袍必有表不襌，衣必有裳，謂之一稱。」例：

「虦（豻）尾之～。」（《曾》4）／「觊（貂）～。」（《曾》4）／「觊（貂）襪（膜）之～。」（《曾》10）／「𧶛（絕）～。」（《曾》28）／「虦（豻）～。」（《曾》43）／「觊（貂）定之～。」（《曾》45）／「虦（豻）襪（膜）之～。」（《曾》86）／「脕襪（膜）之～。」（《曾》98）

案：因「毺」以毛皮製成，所以字从毛而不从禾。☞本章「毳」。

襪（膜）

【名】「襪」爲「膜」的楚方言形體，特指皮毛之膜。《說文》：「膜，肉間胲膜也。」（卷四肉部）例：

「屯覞（貍）～之𦉷」（《曾》9、104）／「脕～之𦉷」（《曾》8、13、29、32、42、65、78）／「觊（貂）～之毺（稱）」（《曾》10）／「覞（貍）～之𦉷」（《曾》14、39、55、70、90）「三覞（貍）～之𦉷」（《曾》37）／「脕～之毺（稱）。」（《曾》78、98）／「一脕～之𦉷」（《曾》102）／「屯脕～之𦉷」（《曾》32、99）／「虦（豻）～之𦉷。」（《曾》71、106）／「虦（豻）～之毺（稱）。」（《曾》86、95）

21. 氏部（2）

氏

【古】在楚地出土文獻中，「氏」有兩個用法：

1.【動】用爲「致」，呈上；奉上。例：

「〔廷〕嚔〔～〕以內（入）。」（《包》9）／「大邑疨內（入），～嚔。」（《包》13）／「大邑疨內（入），～嚔。」（《包》127）

案：甲骨文中，氏與氐同，義爲「致」。例如：「車不其氏十朋」（《鐵》140‧1）

〔註48〕或以爲「似是指緣飾之類」。參裘錫圭、李家浩（1989：507頁）。

「氒其十牛」（《前》5‧46‧1）「氒覿于上甲。」（《林》1‧25‧11）

2.【形】通作「緻」，細密堅韌的。《說文》：「緻，密也。」（卷十三糸部）例：

「一～袑。」（《曾》123、137 等）

案：或疑「氒袑」當讀爲「祗裯」（裘錫圭、李家浩：1989：523 頁）。過於輾轉，可商。筆者以爲「袑」當通作「絇」。☞本章「絇」。

氒惆

【形】惑亂。《方言》：「惃、愵、頓愍，惛也。楚、揚謂之惃；或謂之愵。江、湘之間謂之頓愍；或謂之氒惆。南楚飲毒藥懣謂之氒惆；亦謂之頓愍。猶中齊言眠眩也。愁恚憒憒毒而不發謂之氒惆。」（卷十）

22. 水部（水、氵同）（62）

水上

【形】鬼神名。例：

「凶攻解於～與㲻（沒）人？」（《包》246）

㲻

【古】【形】《說文》：「㲻，沒也。从水从人。」（卷十一水部）通作「溺」。例：

「悇（疑）生於～。」（《郭‧語叢二》36）

「㲻」或作「𣲷」，「人」訛作「邑」。例：

「～生於眚（性）」（《郭‧語叢二》36）

案：甲骨文有「㲻」（《佚》616、《甲》280），楚簡所載，可謂淵源有自。☞本文第六章二十三，㲻／㲻／㲻／㲻。

沐猴

【名】獼猴。例：

「說者曰：『人言楚人～而冠耳，果然。』」（《史記‧項羽本紀》）／「造～於棘刺。」（晉‧左思《魏都賦》）

案：程先甲據《太平御覽》九百一十引陸璣《毛詩草木鳥獸蟲魚疏》云：「猱，獼猴也。楚人謂之沐猴。老者爲玃猢。」（《廣續方言》卷四）《說文》作「母

猴」：「爲，母猴也。其爲禽好爪。爪母猴象也。下腹爲母猴形。」（卷三爪部）

汩

【副】速度快。《方言》：「汩、遙，疾行也。南楚之外曰汩；或曰遙。」（卷六）例：

「～余若將不及兮，恐年歲之不吾與。」（《楚辭‧離騷》）

案：李翹有考（1925）。陳士林以爲彝語同源詞（1984：15頁）。

沈尹

【術】楚國官稱。例：

「楚子比師於次，～將中軍，子重將左，子反將右，將飲馬於河而歸。」（《左傳‧宣十二》）／「楚人城州來，～戌曰：『楚人必敗。』」（《左傳‧昭十九》）／「王與葉公枚卜子良，以爲令尹。～朱曰：『吉。』」（《左傳‧哀十七》）／「齊桓染於管仲、鮑叔；晉文染於舅犯、高偃；楚莊染於孫叔、～；吳闔閭染於伍員、文義；越勾踐染於范蠡、大夫種。」（《墨子‧所染第三》卷一）

案：或以爲「春秋時楚縣尹。」（石泉：1996：208頁）恐怕太相信杜預的注了：「沈或作寢。寢縣也。今汝陰固始縣。」杜注可能不是很準確。如果「沈」是縣名，「尹」祇相當於「（縣）令」的話，那麼，怎樣理解「沈尹」擁有「帥師」，「將中軍」等王或高級官員纔擁有的權力呢？因此，按照「令尹子文」、「工尹赤」等通例，「沈尹」應是官稱，而且是級別較高的職官，官稱後則是名字。「沈尹」或作「寢尹」。☞本章「寢尹」。

沙

【專】楚水名。《說文》：「沙，水散石也。从水从少，水少沙見。楚東有沙水。」（卷十一水部）例：

「與吳師遇於窮，令尹子常以舟師及～汭而還。」（《左傳‧昭二十七》）

沽（湖）

【專】「沽」是「湖」的楚方言形體。迄今爲止，楚地出土文獻不見「湖」

字，恐怕正是已有「沽」字。《說文》：「湖，大陂也。从水胡聲。揚州浸有五湖。浸川澤所仰以灌溉也。」（卷十一水部）在楚地出土文獻中，「湖」的地望還存在爭議〔註49〕。例：

　　　　「自鄂市逾～辻灘（漢）商厭」（《鄂君啓舟節銘》）／「不見江～之水。」（《郭・語叢四》）／「堣（禹）乃週（通）三江五～，東豉（注）之海（海）。」（《上博二・容成氏》26）

案：《鄂君啓舟節銘》中的 𧜀，陳偉別釋爲「油」，讀爲「淯」〔註50〕。不過，因有《郭》簡《上博》簡例證，𧜀 恐怕還是得釋爲「湖」。

河伯／河

【專】河神。名馮夷，或名冰夷、馮遲、呂公子，等。例：

　　　　「於是焉，～欣然自喜，以天下之美爲盡在己。」（《莊子・秋水》）／「～」（《楚辭・九歌》篇名）／胡射夫～？（《楚辭・天問》）／「苦爲～娶婦。」（《史記・西門豹傳》）

「河伯」或省稱「河」。例：

　　　　「卜而～爲祟，大夫請禱～。」（《史記・楚世家》）／「楚昭王有疾，卜之日：『～爲祟。』」（《說苑・君道》。亦見《孔子家語》卷九）

泄

【形】停息。【動】歇息。《方言》：「戲、泄，歇也。楚謂之戲。泄，奄息也。楚、揚謂之泄。」（卷十）

沰盪

【名】「沰盪」同「礧𥃸」，一種球形深腹、細足外撇的楚式鼎。例：

　　　　「鄧尹疾之～」（《鄧尹疾鼎蓋銘》）

〔註49〕　郭沫若認爲「湖」指「東湖」，參氏著《關於鄂君啓節的研究》，《文物參考資料》1958 年第 4 期。譚其驤認爲「湖指現今鄂城、武昌之間吳塘、梁子、牛山、湯孫等湖，與東湖不相干。」參氏著《鄂君啓節銘文釋地》，《中華文史論叢》第 2 輯，中華書局，1962 年。

〔註50〕　參氏著《〈鄂君啓節〉之「鄂」地探討》，《江漢考古》1986 年第 2 期，又氏著《〈鄂君啓節〉，延綿 30 年的研讀》，http://www.bsm.org.cn/show_article.php?id=1136。

案：或以為「洰滥」等當讀為「庶鉈」，即「煮匜」〔註51〕。可備一說。「洰滥」或
作「嗇沱」、「碩頜」。☞本章「嗇沱」、「碩頜」、「礛䃿」。

泭／浮

【名】筏子。例：

「乘氾～以下流兮，無舟楫而自備。」（《楚辭·惜往日》）

「泭」，典籍或作「浮」。例：

「方舟投柎，乘～濟河，至于石沈。」（《管子·小匡·內言三》）

案：駱鴻凱所考（1931）。「泭／浮」或作「筏」、「桴」。☞本章「筏」、「桴」。

泠人

【術】樂官（杜預說）。例：

「對曰：『～也。』公曰：『能樂乎？』對曰：『先父之職官也，
敢有二事？』使與之琴。操南音。」（《左傳·成九》）

案：晉也有樂官名「泠」。吳永章有考（1982）。「泠人」典籍或作「伶人／伶官」。
☞本章「伶人／伶官」。

洖（海）

【名】「洖」是「海」的楚方言形體。例：

「陳得、宋獻為王煮鹽於～，爰屯二儋之鈲金鋞二鋞。」（《包》
147）／「江～所以為百浴（谷）王，以其能為百浴（谷）下，是以
能為百浴（谷）王。」（《郭·老子甲》2～3）／「猶少（小）浴（谷）
之與江～。」（《郭·老子甲》20）／「宭（窮）四～，至千里，堣
（遇）告古（故）也。」（《郭·窮達以時》10～11）／「四～之內，
其眚（性）弌也。」（《郭·性自命出》9）

波尹

【術】楚國官稱。「具體職掌未詳。」（石泉：1996：258 頁）例：

「鄳連囂競忬、攻（工）尹賠、～宜為鄳貸邱異之黃金七益以
翟（糴）穜（種）。」（《包》110）

〔註51〕 參趙平安《金文釋讀與文明探索》120～123 頁，上海世紀出版股份有限公司
上海古籍出版社，2011 年 10 月第 1 版。

㰦

　　【代】或；這樣。《方言》：「㰦，或也。沅、澧之間凡言或如此者曰㰦如是。」（卷十）

案：「㰦」，《玉篇》作「欿」。章炳麟有考（《新方言》卷一）。今粵方言用如此，寫作「嗽」、「咁」。

𣴲（休）

　　【古】「𣴲」是「休」的後起字，當从休勿聲，即「沒」。《說文》：「休，沒也。从水从人。」（卷十一水部）在楚地出土文獻中，「𣴲」用為：

　　1.【專】人名。例：

　　　　「霝昜人醓～。」（《包》172）／「大室酪尹～。」（《包》177）

　　2.【動】「收入」。例：

　　　　「邦人內其～典，臧王之墨，以內其臣之～典。」（《包》7）／「其～典。」（《包》5）

　　3.【形】溺斃的。☞本章「𣴲（休）人」。

　　4.【形】通作「弱」。例：

　　　　「骨～堇（筋）祿（柔）而捉固」（《郭·老子甲》33）／「～也者道之甬（用）也。」（《郭·老子甲》37）／「天道貴～」（《郭·太一生水》9）／「強～不絑（辭）諹（揚）」（《上博二·容成氏》36）

案：☞本文第六章二十三，休／𣴲／㥒／㝅。

𣴲（休）人

　　【專】溺斃於水裏的人。即後世之水鬼。例：

　　　　「囟攻解於水上與～？」（《包》246）

案：☞本文第六章二十三，休／𣴲／㥒／㝅。

涅石

　　【名】礬石。例：

　　　　「又東三百五十里曰賁聞之山，其上多蒼玉，其下多黃堊，多～。」（《山海經·北山經》）／「《山海經》曰：孟門之山，其上多金玉，其下多黃堊、～。」（《水經注·河水》）

案：程先甲引《山海經・西山經》注：「石涅即礬石也。楚人名爲涅石。秦名爲羽
　　涅也。」（《廣續方言》卷三）

涓人

【術】侍從之官。例：

「三日乃見其～疇。」（《國語・吳語》）／「令～取冠。」（《呂
覽・淫辭》）

案：吳永章有考（1982）。「涓人」或作「銷人」。☞本章「銷人」。

疋（疋）

《說文》：「疋，濡也。」（卷十一水部）迄今爲止，「疋」祇見於包山所出
楚簡，殆楚方言形體。「疋」在楚地出土文獻中有兩個用法。

1. 【專】水名。宋・王象之說：「《西漢・地理志・長沙國》茶陵縣下注
云：『疋水，西入湘。』」（《輿地紀勝・荊湖南路・茶陵軍・景物》卷第六十
三）〔註52〕例：

「司豐之壄邑人桯甲受～易之酷官黃＝齊＝……」（《包》124）
／「～易人陳團」（《包》172）／「～易人邘得」（《包》183）／「宅
茲～、章（漳）」（《新蔡》甲三：11、24）／「迊（及）江、灘（漢）、
～」（《新蔡》甲三：268）／「渚、～、章（漳），迊（及）江，」
（《新蔡》乙四：9）

2. 【專】姓氏人名。楚辭中有「寒疋」，恐怕就是後世疋氏所從出。例：

「～臁」（《包》52）／「～壞」（《包》55）／「～期哉（識）
之」（《包》80）「正～期哉（識）之」（《包》83）／「～□爲李（理）」
（《包》81）／「莪（栽）～君之人苟輳」（《包》176）

案：原篆作 **𫝶**、**𫝰**，或隸定爲「疋」（湖北省荊沙鐵路考古隊：1991a：圖版一
三五；滕壬生：1995：809～810 頁）。過於拘泥。古文字「足」「疋」二字
形近義通，宜作「疋」。《說文》：「疋，足也。上象腓腸，下從止。《弟子職》
曰：『問疋何止。』古文以爲《詩・大疋》字，亦以爲足字。或曰『胥』字。

<hr>

〔註52〕疋水，今本作「泥水」。誤。《說文》：「泥，水。出北地郁郅北蠻中。」（卷十
　　　一水部）「疋」、「泥」二字形近而誤。

一曰：『疋，記也。』」（卷二疋部）

浴（谷）

「浴」是「谷」的楚方言形體。在楚地出土文獻中，「浴」有以下用法：

1. 【名】用為「谷」。《說文》：「谷，泉出通川為谷。从水半見，出於口。凡谷之屬皆从谷。」（卷十一谷部）例：

> 「山川潃～」（《帛・乙》）／「必若五～之溥。」（《信》1・5）／「江海所以為百～王，以其能為百～下，是以能為百～王。」（《郭・老甲》2～3）／「猶少（小）～之與江海。」（《郭・老甲》20）／「上惪女（如）～，大白女（如）辱……」（《郭・老乙》11）／「《～風》。」（《上博一・孔子詩論》26）

2. 【動】通作「浴」。《說文》：「浴，洒身也。」（卷十一水部）例：

> 「陳之～缶。」（《陳缶蓋銘》）／「為之～缶」（《鄭臧公之孫缶銘》）

案：在楚地的出土文獻中，山谷的「谷」作「浴」，實際上是「谷」的繁構，與表「洒身」義的「浴」是同形字。楚人又造出表「洒身」義的「𣽕」，以區別於表「山谷」義的「浴」。☞本章「𣽕（浴）」。

涌

1. 【形】汹涌。例：

> 「跖之為人也，心如～泉，意如飄風。」（《莊子・雜篇・盜跖》）

2. 【專】楚水名。《說文》：「涌，滕也。从水甬聲。一曰涌水，在楚國。」（卷十一水部）杜預注：「涌水，在南郡華容。」（《春秋左傳正義》卷九）例：

> 「閻敖游～而逸。楚子殺之。其族為亂。」（《左傳・莊十八》）

淦

【名】《說文》：「淦，水入船中也。一曰：泥也。从水金聲。汵，淦或从今。」（卷十一水部）例：

> 「漱泉源之～瀅。」（《河東先生集・問答》卷十五）

案：劉賾所考（1930：169頁）。楚語引申為（茶等的）沈澱。

淰

　　【形】濃濁凝滯。《說文》:「淰,濁也。从水念聲。」(卷十一水部)例:

　　　　「故魚鮪不～。」(《禮記・禮運》)

案:劉賾所考(1930:169～170頁)。

湹(淁)

　　【形】「湹」是「淁」的楚方言形體。《說文》:「淁,水也。」(卷十一水部)「淁」恐怕是水名。楚地出土文獻中,「淁」的意義大概相當於「水」。例:

　　　　「一～瓶」(《信》2・014)

案:在楚地出土文獻中,「聿」作聲符往往與「妾」無別。例如「篕」,楚文字作「箑」。那「湹」不妨釋為「淁」。

清尹

　　【術】楚國官稱。「春秋時置,職掌不詳。」(石泉:1996:384頁)例:

　　　　「共王即位,子重、子反殺巫臣之族子閻、子蕩及～弗忌及襄
　　　　老之子黑要,而分其室。」(《左傳・成七》)

涵

　　【古】【動】潛。《方言》:「潛、涵,沈也。楚郢以南曰涵;或曰潛。潛又遊也。」(卷十)例:

　　　　「中則～,～則塞」(《管子・度地》)

案:「涵」表「潛」義,當為方言義。

湯鼎

　　【名】楚式食器,用以烹煮肉食,也兼作燒水之用(劉彬徽:1995:131頁)。例:

　　　　「一～」(《信》2・014)／「一～」(《望》2・54)／「一～」
　　　　(《包》265)

案:「湯鼎」或作「盪鼎」,或作「鑸鼎」。☞本章「盪鼎／鑸鼎」。

湖雞腿

　　【名】翻白草。

案：李時珍云：「（翻白草），翻白以葉之形名，雞腿、天藕以根之味名也。楚人謂
　　之湖雞腿。」（《本草綱目》卷二十七）

湘夫人

【專】湘水之神。即舜妃女英（洪興祖說）。例：

「《～》」（《楚辭·九歌》篇名）

湘君

【專】湘水之神。即舜正妃娥皇（洪興祖說）。例：

「《～》」（《楚辭·九歌》篇名）

渴

【名】支流（或逆流）。

案：柳宗元《袁家渴記》：「楚、越之間方言謂水之支（支或作反）流者爲渴，音
　　若衣褐之褐。」（《河東先生集》卷二十九記山水）程先甲有考（《廣續方言拾
　　遺》）。

游（遊）宮

【名】《說文》：「游，旌旗之流也。从㫃汙聲。遊，古文游。」（卷七㫃部）
楚文獻中「游宮」的「游」均作「遊」，詞義均與「旌旗之流」無涉，當訓爲
「（帝王）遊幸」義。所謂「遊宮」，恐怕就是「（帝王）遊幸之宮」。例：

「王廷於藍郢之～」（《包》7）／「新～中諭之州加公弼麗受
期」（《包》35）／「～坦倌黃贛」（《包》175）／「～州加公痾」
（《包》190）

浴（浴）

【動】「浴」是「浴」的楚方言形體。《說文》：「浴，洒身也。从水谷聲。」
（卷十一水部）例：

「楚弔（叔）之孫佣擇其吉金自乍（作）～鬲。」（《楚叔之孫
佣鼎銘》）

案：楚方言中的「浴」實際上是「谷」。☞本章「浴」。

浴（浴）缶

【名】楚式水器。例：

「楚弔（叔）之孫郘子佣之～缶」（《郘子佣之缶銘》）（《郘子
佣之浴缶銘》）／「孟滕姬擇其吉金，自作～。」（《孟滕姬浴缶銘》）

案：「浴缶」或作「盥缶」（劉彬徽：1995：207 頁），則「浴」或「盥」大概祇是
　　泛言「洗浴」、「盥洗」而已。「浴缶」可能與「浴鼎」配合使用（劉彬徽：
　　1995：132 頁）。「浴缶」或作「浴缶」。☞本章「浴」。

潃

【古】【名】泔水。《說文》：「潃，久泔也。」（卷十一水部）例：

「其漸之～。君子不近庶人，不服其質，非不美也，所漸者然
也。」（《荀子‧勸學篇》）

案：劉賾有考（1930：163 頁）。馬宗霍說：「今衡湘俗又謂淘米汁曰米糧水。」
　　（1959：泔字條）今粵方言則作「潲」。

滔滔

【形】同「陶陶」，悠長。例：

「～孟夏兮，草木莽莽。」（《楚辭‧懷沙》）

案：☞本章「陶陶」。

澣（澣）

【名】「澣」當是「澣」的楚方言形體。楚簡之「澣」，意思大概是（被揉
成）糊狀（或流質）的食物。例：

「既愴然以憂＝然不欲食，以脢～以歙，尚（當）毋又咎。」
（《天‧卜》）／「既又聞己意（憂），與脢～。」（《天‧卜》）

案：原篆作 導，可隸定作「澣」，或以為《說文》所無（滕壬生：2008：951 頁）。
　　筆者認為它就是「澣」的楚方言形體。《說文》：「澣，濯衣垢也。从水幹聲。
　　浣，澣或从完。」（卷十一水部）而「幹」，正是从「軌」得聲的。因此，可
　　以相信「澣」就是「澣」。「澣」的這個義項不見於出土文獻和傳世典籍。楚
　　方言有此意義，完全是根據上下文義所推定。「脢」，據《儀禮‧士虞禮》鄭
　　玄注云：「脢，脄肉也。」即禽、畜的「脖子肉」。「脢澣」既然可以「歙」
　　之，應當就是肉糜之類的食物。

溪（溪）

　　【名】「溪」是「溪」的異體，也就是「谿」的楚方言形體。《說文》：「谿，山瀆無所通者。从谷奚聲。」（卷十一谷部）例：

　　　　「囊～」（《包》140 反）／「某（梅）～邑人苢臒志」（《包》

　　182）／「利其渚者，不賽（塞）其～。」（《郭‧語四》17）

案：《廣韵‧齊韵》：「谿，《爾雅》曰：『水注川曰谿。』苦奚切。嵠、溪、磎并
　　上同。」《集韻‧齊韵》：「谿、溪、嵠、磎，牽奚切。《說文》：『山瀆無所通
　　也。』一曰：『水注川曰溪。』或从水，或从山、石。」在楚地的出土文獻
　　中，「奚」作「系」。那麼，「溪」作「溪」實在正常不過。迄今爲止，「溪」
　　祇見於楚地的出土文獻。☞本章「系」。

漸木

　　【動】槧木。例：

　　　　「登人所漸木四百～於鄡君之堂（地）囊溪（溪）之中；其百

　　　　又八十＝～於單堂（地）卷中。」（《包》140～140 反）

案：「漸木」可能讀爲「槧木」。《說文》：「槧，牘樸也。」（卷六木部）王先謙《釋
　　名疏證‧釋書契第十九》：「槧版之長三尺者也，槧，漸也。言其漸漸然長也。」
　　（卷六）王充《論衡》：「斷木爲槧，柎之爲板，力加刮削，乃成奏牘。」（卷
　　十二）「登人」一語至早見於殷墟甲骨文中：「庚子卜，宁（賓）貞：勿登人
　　三千正（征）舌方，弗受屮（有）佑？」（《前》7‧2‧3）爲「徵集人手」
　　之義。

漸木立

　　【專】鬼神名。例：

　　　　「有縈（祟），見於繼無逡（後）者與～，……命攻解於～。」

　　　　（《包》249～250）

案：「漸木立」，劉信芳讀爲「建木」（1992b），吳郁芳則讀爲「斷木立」，義謂「斷
　　木復立」（1996：75～78 頁）。可備一說。

漚（敽）

　　【古】【動】浸漬；使物品長時間浸泡在液體中。《說文》：「漚，久漬也。」
　　（卷十一水部）例：

「涷絲以涗水～其絲。」（《周禮‧考工記‧慌氏》）

案：杭世駿引《考工記‧慌氏》鄭玄注云：「（漚，漸也。）楚人曰漚，齊人曰湅。」
（《續方言》卷上頁四）劉賾有考（1934：184頁）。

漉

【古】【動】濾物。《說文》：「漉，浚也。从水鹿聲。㲖，漉或从彔。」（卷
十一水部）例：

「竭澤～魚，則神龍不下焉。」（《尸子‧明堂》）／「於是泏湆
摼羊而～其血。」（《墨子‧明鬼下》）

案：劉賾所考（1930：164頁）。

潛

【古】【動】沒水。《方言》：「潛、涵，沈也。楚郢以南曰涵；或曰潛。潛
又遊也。」（卷十）例：

「初九～龍勿用。」（《周易‧上經乾傳第一》）／「關尹子曰：
『水～，故蘊為五精。』」（《關尹子‧八籌篇》）

潭

【形】淵；深。例：

「亂曰：『長瀨湍流，溯江～兮。』」（《楚辭‧九章‧抽思》）／
「屈原既放，游於江～。」（《楚辭‧漁父》）

案：王逸注：「楚人名淵曰潭。」（《楚辭章句‧九章‧抽思》）洪興祖補注：「一說
楚人名深曰潭。」（《楚辭章句‧九章‧抽思》）杭世駿（《續方言》卷下葉三）、
徐乃昌（《續方言又補》）、程先甲（《廣續方言》）均有考。駱鴻凱以為「『潯』
之轉」（1931：17～20頁）。

潭府

【形】淵；深。例：

「若乃曾潭之府，靈湖之淵，澄淡汪洸，瀇滉困泫。」（郭景純
《江賦》）

案：程先甲引《文選‧江賦》李善注：「王逸楚辭注曰：『楚人名淵曰潭府。』」（《廣
續方言》卷三）

洰（流）

　　【名】「流」的楚方言形體。例：

　　　　　　「古（故）大人不昌～。」（《郭・緇衣》30）／「是古君子之
　　　　於言也，非從末～者之貴，竆潒（源）反杳（本）者之貴。」（《郭・
　　　　成之聞之》11）／「彼邦亡瘖（將），～澤而行。」（《郭・語叢四》
　　　　7）／「凸（凡）勿（物）～型。」（《上博七・凡物流形甲本》1）
　　　　／「繼■～滤，亓自能不沽（涸）。」（《上博六・用曰》6）

案：或以爲當隸定爲「洰」，讀爲「混」〔註53〕。隸定的主張可以接受，但釋義
　　則未免牽強。今本《緇衣》「故大人不倡游言」句，簡本《緇衣》大概脫一
　　「言」字。「流言」「游言」語義正相同。至於「末流」，也是古漢語常見詞
　　語。如作「末混」，則不成話了。關於「充」的流變，予師有詳說〔註54〕。

濁文王

　　【術】楚樂律名，相當於周樂律的「林鐘」，見於曾侯乙墓所出編鐘鐘銘及
雨臺山竹律管。例：

　　　　　　「～之□」（《集成》5）／「～之宮」「～之濷（衍）宮」（《集
　　　　成》286）／「～之商」（《集成》314）／「～之宮」「～之巽」（《集
　　　　成》304）／「～之商」（《集成》297）／「～之少商」（《集成》303）
　　　　／「～之宮」（《集成》308）／「～之喜（鼓）」（《集成》312）／「～
　　　　之鴗」（《集成》313）／「～之宮」（《集成》315）／「～之巽」（《集
　　　　成》315）／「～之商」（《集成》320）／「姑洗（洗）之宮爲～羿（羽）」
　　　　（《雨》21・2）

濁坪皇

　　【術】楚樂律名，相當於周樂律的「中呂」，見於曾侯乙墓所出編鐘鐘銘。
例：

　　　　　　「～之商」「～之少商」（《集成》304）／「～之宮」「～之巽」

〔註53〕　參陳松長《郭店楚簡〈語叢〉小識（八則）》，《古文字研究》22 輯，中華書局，
　　　　2000 年 7 月第 1 版。
〔註54〕　參曾師憲通、林志強《漢字源流》221～223 頁，中山大學出版社，2011 年 3
　　　　月第 1 版。

（《集成》305）／「～之冬」（《集成》10）／「～之下角」（《集成》
308）／「～之商」「～之澼（衍）商」（《集成》286）／「～之徵」
（《集成》296）／「～之下角」（《集成》297）／「～之鵖」（《集
成》300）／「～之鵖」（《集成》301）／「～之鵖」（《集成》302）
／「～之鵖」（《集成》303）／「～之鵖」（《集成》311）／「～之
鵖」（《集成》314）／「～之商」（《集成》315）／「～之少商」（《集
成》315）／「～之宮」「～之巽」（《集成》316）／「～之冬」（《集
成》318）／「～之下角」（《集成》320）

濁新鐘

【術】楚樂律名，相當於周樂律的「南呂」，見於曾侯乙墓所出編鐘鐘銘。

例：

「～之冬」（《集成》304）／「～之巽反」（《集成》300）／「～
之□」（《集成》307）／「～之冬」（《集成》312）／「～之商」（《集
成》313）／「～之巽」（《集成》303）／「～之下角」（《集成》305）
／「～之宮」（《集成》308）／「～之徵」（《集成》286）／「～之
宮」（《集成》297）／「～之壴」「～之冬」（《集成》301）／「～
之少商」（《集成》310）／「～之巽反」（《集成》311）／「～之鵖」
（《集成》312）／「～之巽」（《集成》314）／「～之冬」（《集成》
315）／「～之下角」（《集成》316）／「～之宮」（《集成》320）

濁割肄（姑洗）

【術】楚樂律名，相當於周樂律的「夾鐘」，見於曾侯乙墓所出編鐘鐘銘。

例：

「～之商」（《集成》305）／「～之冬」（《集成》9）／「～之羿
（羽）」（《集成》296）／「～之下角」（《集成》286）／「～之羿（羽）」
（《集成》307）／「～之宮」（《集成》306）／「～之商」（《集成》
316）／「～之冬」（《集成》317）／「～之羿（羽）」（《集成》318）

濁穆鐘

【術】楚樂律名，相當於周樂律的「大呂」，見於曾侯乙墓所出編鐘鐘銘及
雨臺山竹律管。例：

「～之夂」「～之商」（《集成》302）／「～之商」（《集成》306）／「～之夂」（《集成》313）／「～之商」（《集成》317）／「定斬（新）鐘之宮爲～」（《雨》21‧1）／「……爲～」（《雨》21‧4）

濁獸鐘

【術】楚樂律名，相當於周樂律的「應鐘」，見於曾侯乙墓所出編鐘鐘銘及雨臺山竹律管。例：

「～之喜（鼓）」「～之巽」（《集成》310）／「～之巽」（《集成》302）／「～之夂」（《集成》303）／「～之宮」「～之下角」（《集成》306）／「～之羿（羽）」（《集成》296）／「～之徵」（《集成》297）／「～之羿（羽）」（《集成》307）／「～之徵」（《集成》308）／「～之巽」（《集成》313）／「～之夂」（《集成》314）／「～之宮」「～之下角」（《集成》317）／「～之羿（羽）」（《集成》318）／「～之徵」（《集成》320）／「……之宮爲～羿（羽）」（《雨》21‧3）

濟

【形】憂傷。《方言》：「愼、濟、䁘、愵、淫、桓，憂也。宋、衛或謂之愼；或曰䁘。陳、楚或曰淫；或曰濟。」（卷一）

濯

【動】澡；洗。例：

「澡～棄於坎。」（《儀禮‧士喪禮》）

案：杭世駿引《儀禮‧喪服傳》鄭玄注云：「荊、沔之間以濯爲澡。」（《續方言》卷上葉四）今《儀禮‧士喪禮》註作：「古文澡作緣，荊、沔之間語。」程際盛已辨其非（《續方言補正》卷上）。

濪

【形】冷。《說文》：「濪，冷寒也。」（卷十一水部）

案：徐乃昌引《集韻》云：「楚人謂冷曰濪。」又引《類篇》云：「楚人謂冷曰濪。」（《續方言又補》）劉賾亦有考（1930：157 頁）。今本《集韻》作：濪冷也，吳人謂之濪。

澄

【形】憂傷。《方言》：「愼、濟、曆、愵、澄、桓，憂也。宋、衛或謂之愼；或曰曆。陳、楚或曰淫；或曰濟。」（卷一）

瀨

【形】湍急的水流。例：

「釣於河濱朞年而漁者爭處湍～，以曲隈深潭相予。」（《淮南子・原道訓》）／「故楚南察～胡而野江東計王之功。」（《戰國策・楚策一》）

案：程先甲引王逸《楚辭》注云：「瀨亦湍瀨也。吳、楚謂之瀨。」（《廣續方言》卷三）《漢書・武帝紀》「楚」作「越」。

瀛

【形】池澤中。例：

「倚沼畦～兮遙望傳。」（《楚辭・招魂》）

案：杭世駿引《楚辭章句・招魂》王逸注云：「楚人名池澤中曰瀛。」駱鴻凱謂窪之聲轉（1931）。岑仲勉以爲突厥語詞（2004b：202頁）。

瀵

【形】水出貌。《說文》：「瀵，水浸也。从水糞聲。《爾雅》曰：『瀵大出尾下。』」（卷十一水部）例：

「有水涌出，名曰神～。」（《列子・湯問》）

案：劉賾所考（1930：156頁）。

瀾沭

【形】惶惑。《方言》：「瀾沭、伀伀，遑遽也。江、湘之閒凡窘猝怖遽謂之瀾沭；或謂之伀伀。」（卷十）

瀁

【形】河水暴漲。例：

「礏之以～瀵，潒之以尾閭。」（郭景純《江賦》）

案：徐乃昌引《文選》郭景純《江賦》注云：「《淮南子》曰：『莫鑒於流瀁，而鑒於澄水。』許愼曰：『楚人謂水暴溢爲瀁。』」（《續方言又補》卷下）

瀳

　　【動】汰。《說文》：「瀳，淅也。从水簡聲。」（卷十一水部）

案：劉賾所考（1930：149 頁）。

灘（漢）

　　【專】「灘」是「漢」的楚方言形體，指「漢水」。例：

　　　　「自鄂市，逾沽（湖）让～，商（適）厭，商（適）芸易（陽），
　　逾～，商（適）汪。」（《鄂君啓舟節銘》）／「迖（及）江、～、
　　泿、漳，延（延）至於瀘。」（《新蔡》甲三：268）／「《～些（廣）》
　　之智」（《上博一・孔子詩論》10）／「愚（禹）乃從～以南爲名浴
　　（谷）五百，從～以北爲名浴（谷）五百。」（《上博二・容成氏》
　　27～28）

案：《說文》：「灘，水濡而乾也。从水，鷱聲。《詩》曰：『灘其乾也。』灘，俗
　　从難」（卷十一水部）又：「漢，漾也。東爲滄浪水。从水難省聲。」（卷十
　　一水部）可見楚方言的「灘」祇是偶與「灘」的異體同形，而實際上是「漢」。

23. 火部（灬同）（18）

炒爐

　　【名】燎炭之爐。是楚地的取暖器。也有學者認爲是「飯器」或「炊器」
（劉彬徽：1995：307 頁）。例：

　　　　「王子嬰次之～」（《王子嬰次爐銘》）

煤

　　【名】火。《方言》：「煤，火也。楚轉語也。猶齊言煋火也。」（卷十）

案：或以爲壯語、布依語等少數民族語詞（嚴學宭：1997：399 頁）。

舄

　　【古】【名】鞋子。例：

　　　　「良～之頁（首），翠（翠）■。」（《信》2・04）／「黃金與
　　白金之～」（《信》2・07）

案：原篆作「⿰⿱⿱⿱」，或隸定爲「焉」（劉雨：1986；滕壬生：1995：759 頁）。誤。
　　細審字形，略同金文「舄」：「⿰」（參看《金文編》卷四舄字條）。可知爲「舄」。

《說文》：「舄，䧿也。象形。誰，篆文舄从隹昔。」（卷四舄部）在傳世文獻和出土文獻中，「舄」多用為「履」義。如《詩經·大雅·韓奕》：「簟茀錯衡，玄袞赤舄。」又如：《左傳·昭十二》：「王皮冠，秦復陶，翠被豹舄，執鞭而出。」《集成》2817：「賜赤舄。」楚地出土文獻所用同此。《詩經·小雅·車攻》云：「赤市金舄，會同有繹。」可證「黃金與白金之舄」之所本。☞本文第六章二十二，舄。

舄匜

【名】舄形之匜。例：

「一～」（《信》2·024）

案：「舄匜」則可能為舄形之匜，也可能讀為「瀉匜」。《集成》2757：「用鑄舄彝。」例同。「舄」原未釋。當作「舄」。☞本文第六章二十二，舄。

烏

【古】【名】雅。《說文》：「雅，楚烏也。一名鸒。一名卑居。秦謂之雅。」（卷四隹部）

「禹長頸～喙，面貌顏色亦惡矣。」（《尸子》卷下）／「師曠告晉侯曰：『鳥～之聲樂，齊師其遁。』」（《左傳·宣十八》）

烏頭

【名】芡。《方言》：「蔆、芡，雞頭也。北燕謂之蔆。青、徐、淮、泗之間謂之芡。南楚、江、湘之間謂之雞頭；或謂之雁頭；或謂之烏頭。」（卷三）「烏頭」典籍或作「烏喙」。例：

「蘇秦曰：『臣聞飢人所以飢而不食～者，為其愈充腹而與餓死同患也。』」（《史記·蘇秦列傳第九》卷六十九）

案：裴駰《集解》云：「《本草經》曰：『烏頭一名烏喙。』」

烏檡

【名】同「於檡／於菟／於檡」，老虎。《說文》：「檡，楚人謂虎為『烏檡』。从虎兔聲。」（卷五虎部新附）

案：或謂「檡」源於湘西苗語等少數民族語言（嚴學宭：1997：399 頁）。☞本章「於檡／於菟／於檡」。

臭（焌）月／爨月

【名】楚月名，相當於秦曆八月。例：

「～辛亥之日不量駄奉，阰門又敗。」（《包》73）／「～乙巳之日不遲（逆）猷（胡）𢧢以廷，阰門又敗。」（《包》75）／「～辛丑之日不遲（逆）周緩以廷，阰門又敗。」（《包》76）／「～辛未之日」（《包》77）／「～己亥之日」（《包》78）／「～乙巳之日」（《包》143）／「～己亥之日」（《包》157 反）／「～己亥」（《包》177、192）／「～己酉之日」（《包》218、220）／「～己茜（酉）之日」「～期（中）尚毋又（有）羕（恙）。」（《包》221）／「～酉（丙）晨（辰）之日」（《包》224、225）／「～」《天・卜》／「～酉（丙）晨（辰）之日」（《望》1・9）／「～丁巳之日」（《望》1・10）／「～」（《九》56・20 上、56・90）／「～丁……」（《九》56・100）

「臭月」或作「爨月」。例：

「七月、～、援夕，歲在北方。」（《睡・日書甲》六七正壹）

案：予師認爲「臭」即後世「焌」字，與「爨」古本一字〔註55〕。乃不刊之論。

無賴

【形】狡猾。《方言》：「央亡、嚜尿、姡，獪也。江湘之間或謂之無賴；或謂之㺄。凡小兒多詐而獪謂之央亡；或謂之嚜尿；或謂之姡。姡，姼也。或謂之獪。皆通語也。」（卷十）例：

「高祖奉玉卮爲太上皇壽曰：『始大人常以臣～，不能治產業，不如仲力，今某之業所就，孰與仲多？』」（《史記・高祖本紀第八》）

無寫

【動】憐惜；憐憫。《方言》：「噴、無寫，憐也。沅、澧之原凡言相憐哀謂之噴；或謂之無寫。江濱謂之思。皆相見驩喜有得亡之意也。九嶷、湘、潭之間謂之人兮。」（卷十）

〔註55〕　曾師憲通《楚月名初探》，《曾憲通學術文集》185～186 頁，汕頭大學出版社，2002 年 7 月第 1 版。

燹（炁）

「燹」是「炁」的楚方言形體。在楚地出土文獻中，「燹」有以下用法：

1. 【名】用爲「氣」。例：

「熏～百～。」（《帛・甲》）「心吏（使）～曰勇。」（《郭・老子甲》35）／「意（喜）惹（怒）悆（哀）悲之～，眚（性）也。」（《郭・性自命出》2）／「上～也，而胃（謂）之天。」（《郭・太一生水》10）／「又（有）聖（聲）又（有）臭又（有）未（味），又（有）～又（有）志。」（《郭・語叢一》48）／「～，容司也。」（《郭・語叢一》52）／「耳之樂聖（聲），臧（郁）舀（陶）之～也」（《郭・性自命出》44）

2. 【形】通作「愾」。例：

「以丌（其）下心而疾，少～。」（《包》218）／「以丌（其）下心而疾，少～。」（《包》220）／「以丌又（有）瘇（癰）疠（病），走～，尙（當）毋死。」（《包》249）

案：☞本文第六章二十一，炁／愻／愾／燹。

鶱（蒸）

【動】「鶱」是「蒸」的楚方言形體。「蒸煮」的「蒸」古文作「烝」。《說文》：「蒸，折麻中榦也。从草烝聲。」（卷一艸部）又：「烝，火氣上行也。从火丞聲。」（卷十火部）可見表示「蒸煮」義是「烝」而不是「蒸」。例：

「～豬（膳）一筲（籠）。」（《包》257）

案：中國人很早就懂得利用蒸汽烹飪，「甗」的存在就是明證。不過，表示「蒸煮」的「蒸」或「烝」，目前所能見到的出土文獻中仍了無蹤影。在楚地文獻中，「烝」則从火登聲，當是方言形體。

燠

1. 【形】熱。《說文》：「燠，熱在中也。」（卷十火部）例：

「其土氣常～，日月餘光之照其土，不生嘉苗。」（《列子・周穆王》）

2. 【動】使熱；使暖和。《爾雅・釋言》：「燠，煖也。」郭璞注：「今江東

通言燠。」例：

「投之於冰上，鳥何～之？」（《楚辭・天問》）

案：劉賾有考（1934：184 頁）。

燭鏞（僮）

【名】童子秉燈形器（湖北省荊沙鐵路考古隊：1991a：62 頁）。例：

「二～」（《包》262）

燥

【名】火。例：

「魄在天爲～，在地爲金，在人爲魄。」（《關尹子・四符篇》）

／「西方陰止以收而生～，～生金。」（《子華子》卷下）

案：杭世駿引《爾雅・釋言》郭璞注云：「楚人名火曰燥。」（《續方言》卷上葉三）

熇（煏）

【動】以火乾（肉等）。《說文》：「熇，以火乾肉。」（卷十火部）

案：《周官・籩人》鄭玄注云：「鮑者於楅室中糗乾之。」「楅」，《漢書・貨殖傳》顏師古注引作煏。劉賾所考（1930：169 頁）。

熸

【形】熄火。例：

「吳入御諸鍾離，子瑕卒，楚師～。」（《左傳・昭二十三》）

案：杭世駿引《左傳・襄二十六》及《左傳・昭二十三》〔集解〕云：「吳、楚間謂火滅爲熸。」（《續方言》卷上頁三）

爂（熬）

【動】乾燒；煎煮。《方言》：「熬、𤆍、煎、𩚍、鞏，火乾也。凡以火而乾五穀之類，自山而東齊、楚以往謂之熬。關西隴、冀以往謂之𩚍。秦、晉之間或謂之𤆍。凡有汁而乾謂之煎。東齊謂之鞏。」（卷七）《說文》：「熬，乾煎也。从火敖聲。」（卷十火部）楚地出土文獻「熬」作「爂」。例：

「～鷄一箕（籠）」（《包》257）／「～魚二箕（籠）」（《包》257）

／「令金傷毋痛，取薺孰（熟）乾實，～令焦黑，冶……」（《馬王

堆〔肆〕‧五十二病方》二五）／「治之，～鹽令黃……」（《馬王堆

〔肆〕‧五十二病方》三○）

案：目前出土文獻中最早出現的「熬」，見於《兮熬壺銘》。在楚地的文獻中，

「敖」通作「嚻」，例如「莫敖」作「莫嚻」，「連敖」作「連嚻」。那麼，楚

地出土文獻的「𤑉」當可作「熬」觀，無疑是楚方言所特有的形體。

24. 爪部（爫同）（8）

采菱

【專】楚歌曲名。例：

「《涉江》《～》，發揚荷些。」（《楚辭‧招魂》卷九）／「欲美

和者，必先始於《陽阿》、《～》。」（淮南子‧說山訓）

案：李翹有考（1925）。

爰

【形】遺憾；可惜；悲哀。《方言》：「爰、嗳，恚也。楚曰爰，秦、晉曰

嗳。皆不欲應而強逼之意也。」（卷六）又：「爰、嗳，哀也。」（卷十二）例：

「曾傷～哀，永嘆喟兮。」（《楚辭‧九章‧懷沙》）

案：李翹有考（1925）。

爯

【量】用爲「稱」，義爲（衣服的）套。《禮‧喪大記》：「袍必有表不襌，

衣必有裳，謂之一稱。」例：

「贛之衣裳各三～。」（《包》244）

案：或謂「讀如稱」（湖北省荊沙鐵路考古隊：1991a：58 頁）。大致是正確的。

但是，據《說文》所釋：「爯，并舉也。从爪冓省。」（卷四冓部）又：「稱，

銓也。从禾爯聲。春分而禾生，日夏至晷景可度，禾有秒，秋分而秒定。律

數：十二秒而當一分；十分而寸。其以爲重：十二粟爲一分；十二分爲一銖。

故諸程品皆从禾。」（卷七禾部）「稱」當然有可能由長度單位、重量單位而

引申爲量詞。不過，從「爯」又孳乳爲「緇」的情況看，「爯」的量詞用法

有可能屬於楚方言意義，而不是通假。☞本章「緇」。

絑（奚）

「奚」的楚方言形體。在楚地出土文獻中，「絑」有以下用法。

1. 【副】用如「奚」，疑問副詞，怎麼；爲什麼。例：

「凸（凡）勿（物）流型（形），～尋（得）而城（成）？流型（形）城（成）豊（體），～尋（得）而不死？既城（成）既生，～募（呱）而鳴？……佥（陰）昜（陽）之尻（尻），～尋（得）而固？」（《上博七·凡物流形甲本》1～2）／「危弗能安，亡弗能存，則～貴於智矣。」（《馬王堆〔三〕·戰國縱橫家書》二九二）／「物（勿）往物（勿）來，至精將失，吾～以止之？」（《馬王堆〔肆〕·天下至道談》二○）

2. 【代】相當於「孰」，疑問代詞，誰；哪一個。例：

「既枈（拔）既槿（根），～遂（後）之～先？」（《上博七·凡物流形甲本》1）

3. 【專】人名。例：「陵尹之人黃～」（《包》179）

案：楚地出土文獻，「奚」俱作「絑」，而从「奚」的「溪」也作「溪」（《包》140、182），那麼，「鼷」（《包》91）當作「鼷」；「醯」（《包》256）當作「醯」。

䘚（卒）

「卒」的楚方言形體，可能是「卒」的功能轉移形體。在楚地的出土文獻中，「䘚」有以下用法：

1. 【副】卒；終；終於。例：

「下民～擔（疸）。」（《郭·緇衣》7）／「～袋（勞）百姓。」（《郭·緇衣》9）

2. 【名】通作「翠」，雉。例：

「～匿」（衣箱刻文，湖北省博物館：1989：354頁）

案：在楚地出土文獻中，「衣」、「卒」二字字形往往無別〔註56〕，爲了與「卒」相區別，別造出「䘚」顯然是必要的。

〔註56〕　參滕壬生（2008：768～769、772～773頁）。

卒（卒）歲

【名】一年。相當於傳世文獻中的「朞年」，例：

「自習尿之月以商習尿之月，出入事王，盡～躬身怸（當）毋又（有）咎。」（《包》197）／「自習尿之月以商習尿之月，盡～躬身怸（當）毋又（有）咎。」（《包》199）／「自習尿之月以商習尿之月，出內（入）事王，盡～躬身尙（當）毋又（有）咎。」（《包》201）

案：「卒」是「卒」的楚方言形體。《楚辭・九辨》見「卒歲」：「四時遞來而卒歲兮，陰陽不可與儷偕。」則「卒歲」爲楚語詞無疑。「卒歲」，曾師憲通讀爲「易歲」（1993b：412～416 頁）。

室（室）

【名】可能是「室」的楚方言形體。

案：☞本章「保室」。

豙（家）

「家」的楚方言形體，可能是「家」的功能轉移形體。在楚地出土文獻中，「豙」有以下用法：

1. 【專】楚王名。「楚公豙（家）」，或以爲楚公摯〔註 57〕；或以爲楚公熊渠〔註 58〕。當以後說爲是。例：

「楚公～自乍（作）寶大𣪘鐘。」（《楚公豙鐘銘》）／「楚公～自鑄錫鐘。」（《楚公豙鐘銘》）／「楚公～秉戈」（《楚公豙戈銘》）

2. 【專】鄒公名。☞本章「鄒公子豙」。

3. 【術】占卜用具。☞本章「保豙（家）」、「琛豙（家）」、「寐豙（家）」、「竊豙（家）」、「賃豙（家）」、「承豙（家）」、「愴豙（家）」、「槢豙（家）」。

4. 【動】通作「嫁」。例：

「曰女，可以出帀（師）篙（築）邑，不可以～女取臣妾。」（《帛・丙》）

〔註 57〕參湖北省文物考古研究所、北京大學中文系（1995：87 頁）。

〔註 58〕張亞初《論楚公豙鐘和楚公逆鎛的年代》，載《江漢考古》1984 年 4 期。

25. 父部（4）

父

【後】用以標識長者、尊者的詞綴。《方言》：「傁、艾，長老也。東齊、魯、衛之間凡尊老謂之傁；或謂之艾。周、晉、秦、隴謂之公；或謂之翁。南楚謂之父；或謂之父老。」（卷六）例：

> 「《漁～》」（《楚辭》篇名）／「安留，代人爲求盜亭～。」（《史記・田叔列傳》）／「楚、東海之閒，亭～謂之亭公，卒謂之弩～。或謂之褚。」（《方言》卷三）

案：或以爲壯族、布依族等少數民族語詞（嚴學宭：1997：400 頁）。

父老

【古】【名】長者；老人。《方言》：「傁、艾，長老也。東齊、魯、衛之間凡尊老謂之傁；或謂之艾。周、晉、秦、隴謂之公；或謂之翁。南楚謂之父；或謂之父老。」（卷六）例：

> 「～枌枝而論，終日不歸。」（《管子・輕重》）／「劉季乃書帛射城上，謂沛～曰：」（《史記・高祖本紀》）

父姼

【名】妻子的父親；（故去的）丈人。《方言》：「南楚、瀑、洭之間，母謂之娭，謂婦妣曰母姼，稱婦考曰父姼。」（卷六）

爹

【名】父親的稱謂。《廣雅・釋親》：「翁、叟、爸、爹、奢，父也。」（卷七）

案：清・趙翼云：「荊、楚方言謂父爲爹。」（《陔餘叢考》卷三十七「爹」字條，乾隆五十五年湛貽堂刻本）錢繹箋云：「姼與爹同音。」（《方言箋疏》卷六）那麼，「爹」可能是「姼」的後起字。

26. 爿部（2）

牂（牆）

【名】「牂」爲「牆」的楚方言形體。例：

> 「《～又（有）薺（茨）》」（《上博一・孔子詩論》28）

案：「牆」原隸定作「墇」。何琳儀訂正爲「牆」（2002：255 頁），釋「牆」。可從。
　　李守奎（2002：345〜346 頁）釋亦同。

牆居

　　【名】竹籠；薰籠。《方言》：「籠，陳、魏、宋、楚之間謂之牆居。」（卷
五）《說文》：「籠，答也。可熏衣。从竹，靑聲。宋、楚謂竹籠牆以居也。」
（卷五竹部）

案：「宋、楚謂竹籠牆以居也」當作「宋、楚謂竹籠以牆居也」。

27. 牛部（8）

牢敏（令）

　　【術】楚地官稱。「可能爲掌管作爲祭祀犧牲家畜牢廄的長官。」（石泉：
1996：211 頁）例：

　　　　「〜之黃爲左驂（服）。」（《曾》146）

牧

　　【形】（牛、人等）徐行。《說文》：「牧，牛徐行也。从牛㐱聲。讀若滔。」
（卷二牛部））

案：劉賾所考（1930：165〜166 頁）。

犝／牐（犝）

　　【名】「犝」應是「犝」的楚方言形體。《說文》：「犝，無角牛也。从牛童
聲。古通用『僮』。」（卷二牛部新附）楚簡用爲犧牲名。例：

　　　　「禱白朝戠牛、〜。」（《天・卜》）

　　「犝」或作「牐」。例：

　　　　「賽禱白朝戠〜，樂之。」（《天・卜》）

案：「童」、「同」古音均定紐東韵，那麼，「犝」、「犝」讀音相同應無問題。「甬」
　　古音喻紐東韵，但从甬得聲的字或屬定紐，例如「筒」；或屬透紐，例如「痛」、
　　「桶」、「通」等。因此，「牐」可能也是「犝」的楚方言形體。或以爲《說
　　文》所無（滕壬生：1995：87、88 頁；滕壬生：2008：96、97 頁）。據文例
　　可知，「犝」「牐」可能同是「犝」的異體。

犀比

【名】帶鈎。例：

「晉制～，費白日些。」（宋玉《招魂》）

案：「犀比」，典籍或作「師比」（見《戰國策・趙策二》）、「鮮卑」（見景差《大
招》）、「胥紕」（見《史記・漢文帝遺匈奴書》）、「犀毗」（見《漢書・漢文帝
遺匈奴書》）、「鷄翲」（即私鈚頭，見《淮南子・主術訓》）等。清・孫詒讓
云：「趙武靈王貝帶鷄翲（今本作鷫，注同。此依宋本）而朝。高注云：『鷄
翲讀曰私鈚頭，二字三音也。曰郭洛帶粒（今本作位）銚鏑也。』（莊云：『本
或作曰郭洛帶係銚鏑也。』）案：此注文難通。《戰國・趙策》：武靈王『賜
周紹胡服衣冠，具帶黃金師比。』《史記・匈奴傳》作『黃金胥紕』。《索隱》：
張晏云：『鮮卑郭落帶，瑞獸名也。東胡好服之。』延篤云：『胡革帶鈎也。』
班固《與竇憲牋》云：『賜犀比黃金頭帶也。』《漢書・匈奴傳》作犀毗。師
古云：『犀毗，胡帶之鈎也。亦曰鮮卑。亦謂師比。總一物也。語有輕重耳。』
此注私鈚頭，即《史記》之師比，《漢書》之『胥紕』、『犀毗』。『郭洛帶』
即張晏所謂『郭落帶』也。郭洛帶粒銚鏑也，義未詳。疑當作郭洛帶私鈚鈎
也。」（《札迻》卷七）伯希和、白鳥庫吉均以爲古匈奴語（即古突厥語）詞
（岑仲勉：2004b：184 頁）。

特／犕（牲）

【名】「特」是「牲」的楚方言形體，（祭祀用的）犧牲。《說文》：「牲，牛
完全。从牛生聲。」（卷二牛部）例：

「塞（趣）禱於秋一～。」（《新蔡》甲三：146）／「一～。」
（《新蔡》零：229、261）／「一～。」（《新蔡》乙四：12）／「禱
北方一～。」（《新蔡》乙四：14）／「塞（趣）禱大水一～。」（《天・
卜》）／「賽禱大水一～。」（《天・卜》）／「塞（趣）禱秋一～。」
（《天・卜》）

「特」或作「犕」。例：

「膚（薦）太一～」（《新蔡》甲三：111）／「於北方一～。」
（《新蔡》乙三：40）／「敢甬（用）一元～，痒（牂）。」（《新蔡》
乙四：48）／「太一～。」（《新蔡》零：402）／「於北方一～。」
（《新蔡》乙二：30）

案：在楚地的出土文獻中，从生得聲的形體往往从青，如「旌」等，則「精」可視作「牲」，而從文義考慮，「精」讀爲「牲」應無疑義。至於「欟」，可以視之爲「精」的繁構。《晏子·問上九》：「潔清。」孫星衍注：「清，瀞省。」可見从青得聲从靜得聲無別，何況楚簡往往以「靜」通作「欟」：「鼅（趣）禱衻一靜，羊。」（《天·卜》）／「鼅（趣）禱大水一靜。」（《天·卜》）

犧（犧）

【名】「犧」是「犧」的楚方言形體，（祭祀用的）犧牲。例：

「鼅（趣）禱大水一～馬。」（《包》248）

案：《說文》：「犧，宗廟之牲也。从牛羲聲。賈侍中說：『此非古字。』」（卷二牛部）假如沒有楚地出土文獻，賈逵的說法也許還不爲我們所信服。迄今爲止所見出土文獻，「犧」祇載於楚簡，作「犧」形。可能就是賈逵所說的「古字」。或謂「借作犧」（湖北省荆沙鐵路考古隊：1991：59 頁）。過於拘泥。其實可看作「羲」省，是「犧」的楚方言特有形體。再說，「羲」古音曉紐歌部，「義」疑紐歌部，在地方的文獻中即便採「義」作聲符也是可以理解的。今《戰國文字編》徑作「犧」（湯餘惠：2001：61 頁），較之《楚系簡帛文字編》（滕壬生：1995：88 頁）云「《說文》所無」是一大進步。《古璽》3744 亦見此形，當可據此確定爲楚器。

罜（牢）

【名】「牢」的楚方言形體，集中見於新蔡簡。例：

「……競坪王大～饋。」（《新蔡》甲三：209）／「鼅（趣）禱型祀型～。」（《新蔡》甲三：243）／「……大～饋。」（《新蔡》甲三：261）／「各大～饋。」（《新蔡》零：13）

案：楚地出土文獻有「牢」，是古語詞的沿用。

犢（膚）

【名】「犢」是「膚」的繁構，特指牛膚，爲楚方言形體。「犢」在楚地出土文獻中用爲犧牲。例：

「司（后）土一～。」（《天·卜》）／「……一～。」（《天·卜》）

案：「膚」用於禮，可徵諸文獻。《儀禮正義》云：「羹定，雍人陳鼎五，三鼎在羊鑊之西，二鼎在豕鑊之西。」（卷三十七）鄭玄注：「魚腊從羊，膚從豕，統於牲。」【疏】：「正義曰：自此至篚巾於西階東。言鼎及豆、籩、盤、匜等之事。○公食禮，甸人陳鼎，此雍人陳鼎者，以大夫無甸人，故雍人陳之也。鼎五者，羊、豕、魚、腊、膚，此大夫祭宗廟五鼎之正禮也。」☞本章「牄（膚）」。

27. 犬部（犭同）（14）

犬黽

　　【名】占卜用具。例：

　　　　「遝（歸）歠（豹）習以～占之。」（《秦》13‧2）

戾

　　【古】【動】至；到。《方言》：「假、俗、懷、摧、詹、戾、艐，至也。邠、唐、冀、兗之間曰假；或曰俗。齊、楚之會郊或曰懷。摧、詹、戾，楚語也。艐，宋語也。皆古雅之別語也。今則或同。」（卷一）例：

　　　　「宛彼鳴鳩，翰飛～天。」（《毛詩‧小雅‧小宛》）

豨

　　【名】豬。

　　　　「正獲之問於監市，履～也，每下愈況。」（《莊子‧外篇‧知北遊》）／「馮珧利決，封～是射。」（《楚辭‧天問》）

案：程先甲引《廣益玉篇》犬部云：「豨，楚人呼豬聲。」（《廣續方言》卷四）「豨」，《方言》作「狶」。☞本章「狶」。

狹

　　【名】貙；狸。《方言》：「貙，陳、楚、江、淮之間謂之狹。北燕、朝鮮之間謂之貐。關西謂之狸。」（卷八）

猋

　　【形】《說文》：「猋，犬走貌。」（卷十犬部）引申爲疾馳；疾飛。例：

　　　　「靈皇皇兮既降，～遠舉兮雲中。」（《楚辭‧九歌‧雲中君》）

案：今湘方言用略同（劉曉南：1994）。今粵語亦同。

猾

【古】【名】（小孩）狡詐。《方言》：「央亡、嚜屎、姪，獪也。江、湘之間或謂之無賴；或謂之獠。凡小兒多詐而獪，謂之央亡；或謂之嚜屎；或謂之姪。姪，婬也。或謂之猾。皆通語也。」（卷十）例：

「蠻夷～夏，周禍也。」（《左傳・僖二十一》）／「～民愈眾，奸邪滿側。」（《韓非子・揚權》卷二）

獢

【名】「獢」是「獢」的楚方言形體，短喙犬。《說文》：「獢，獢獢也。從犬喬聲。」又：「獢，短喙犬也。」（均卷十犬部）例：

「二～綏」（《曾》58）

案：或以為與「鼺」同，通作「獒」（裘錫圭、李家浩：1989：509頁）。可商。喬從高省，則原篆從高得聲從喬得聲可無別。

獠

【形】狡猾。《方言》：「央亡、嚜屎、姪，獪也。江、湘之間或謂之無賴；或謂之獠。凡小兒多詐而獪，謂之央亡；或謂之嚜屎；或謂之姪。姪，婬也。或謂之猾。皆通語也。」（卷十）例：

「～怏、情露、謰極、淩誶，四人相與游於世，胥如志也。」
（《列子・力命篇》）

獡

【形】驚。《方言》：「逴、獡、透，驚也。自關而西秦、晉之間凡蹇者或謂之逴。體而偏長短亦謂之逴。宋、衛、南楚凡相驚曰獡；或曰透。」（卷二）《說文》：「獡，犬獡獡不附人也。從犬舄聲。南楚謂相驚曰獡。讀若愬。」（卷十犬部）

案：杭世駿有考（《續方言》卷上葉九）。

獨

【古】【形】單獨。《方言》：「蜀，一也。南楚謂之獨。」（卷十二）例：

「我～泊兮其未兆，如嬰兒之未孩。」「眾人皆有餘，而我～若

遺。」（《老子》二十章）

案：李翹有考（1925）。郭店簡可證楚人也用「蜀」爲「獨」：「戁（愼）亓（其）
　　　蜀（獨）也。」（《郭・五行》16）

獨春

【名】鷺；寒號蟲。《方言》：「鴠旦，周、魏、齊、宋、楚之間謂之定甲；
或謂之獨春。自關而東謂之城旦；或謂之倒懸；或謂之鴠旦。自關而西秦、隴
之內謂之鴠旦。」（卷八）

案：宋・蔡卞云：「鷺潔白而不污，立常有振舉之意，足常跂有振而獨春之貌，步
　　　好自低昂，而謂之獨春也。」（《毛詩名物解・釋鳥》卷六）李時珍以爲「寒號
　　　蟲」（《本草綱目》卷四十八）。未知孰是。

獳（趣）禱

【術】同「㒇（趣）禱」，祭祀鬼神儀典。例：

　　　「～於宮埊（地）主一羖（羧）。」「～東陵連囂肥豬、酉（酒）
　飤（食）。」（《包》202）

案：☞本章「㒇（趣）禱」。

獸鐘

【術】楚樂律名，相當於周樂律的「黃鐘」，見於曾侯乙墓所出編鐘鐘銘。
例：

　　　「～之𣲙（衍）歸」「～之𣲙（衍）徵」（《集成》286）／「爲
　～徵顤下角」（《集成》288）／「爲～之徵顤下角」（《集成》289）
　／「爲～之坙（羽）顤下角」（《集成》294）／「爲～徵顤下角」（《集
　成》295）／「～之宮」（《集成》296）／「～之坙（羽）」（《集成》
　297）／「～之壴反」（《集成》300）／「～之壴」（《集成》301）／
　「～之壴」（《集成》303）／「～之下角」「～之徵」（《集成》304）
　／「～之坙（羽）」（《集成》308）／「～之鴆」（《集成》309）／「～
　之壴反」（《集成》311）／「～之鴆」（《集成》312）／「～之壴」
　（《集成》314）／「～之下角」「～之徵」（《集成》315）／「～之
　宮」（《集成》318）／「～之坙（羽）」（《集成》320）／「～之坙（羽）
　角」（《集成》321）／「爲～之坙（羽）顤下角」（《集成》329）／

「～之徵角」「爲～之徵顧下角」（《集成》330）

獻馬之月／獻馬

【術】楚月名，相當於秦曆九月。例：

「～乙栖（酉）之日」（《望》1‧1、1‧2）／「～乙……」（《望》1‧4）／「～」（《天‧卜》）

「獻馬之月」或略作「獻馬」。例：

「～、酓昆、〔八月才（在）東〕」（《九》56‧77）／「～房」（《九》56‧78）／「〔十月〕、臱（焌）月、～，秋不可以南〔遟（徙）〕。」（《九》56‧90）／「刑夷、八月、～，歲在東方。」（《睡‧日書甲》六四正壹）

案：「獻馬之月」當源自《周禮‧夏官司馬下》：「夏庌馬，冬獻馬。」（卷八）